ROMANZI E RACCONTI

Dello stesso autore
nel catalogo Marsilio

Le inchieste del commissario Wallander
Assassino senza volto
I cani di Riga
La leonessa bianca
L'uomo che sorrideva
La falsa pista
La quinta donna
Delitto di mezza estate
Muro di fuoco
Piramide
L'uomo inquieto
La mano

Gialli
Il ritorno del maestro di danza
Il cinese

Romanzi
Comédia infantil
Il figlio del vento
Scarpe italiane
Ricordi di un angelo sporco
L'occhio del leopardo
Stivali di gomma svedesi
Le ragazze invisibili
Racconto dalla spiaggia del tempo
Il cervello di Kennedy

Testimonianze
Io muoio, ma il ricordo vive
Sabbie mobili

Henning Mankell
Nel cuore profondo

traduzione dallo svedese di
Barbara Fagnoni

Marsilio

Titolo originale: *Djup*

Published by agreement with Palco Media AB, Malmö, Leopard Förlag, Stockholm, and Copenhagen Literary Agency, Copenhagen

Traduzione pubblicata su licenza di Mondadori Libri S.p.A.
Prima edizione: novembre 2021
www.marsilioeditori.it

NEL CUORE PROFONDO

Parte prima
L’amore segreto per il batimetro

1

Dicevano che nei giorni di bonaccia si potevano sentire le grida dei matti dalla sponda opposta del lago.

Soprattutto in autunno. Quelle grida appartenevano all'autunno.

È autunno anche quando inizia questa storia. Con una nebbia fitta, qualche grado appena sopra lo zero e una donna che capisce di avere la libertà a portata di mano. Ha scoperto un'apertura nella recinzione.

È l'autunno del 1937. La donna, Kristina Tacker, è rinchiusa da anni nel grande ospedale psichiatrico vicino a Säter. Da tempo i suoi pensieri sono confusi.

Osserva a lungo l'apertura, come se non ne comprendesse subito l'importanza. La recinzione è da sempre una barriera a cui sa di non doversi avvicinare troppo. È un confine, e ha un significato preciso.

Ma quello squarcio inaspettato? Quel punto dove la recinzione è stata forzata? Una mano sconosciuta ha aperto un passaggio che conduce a una zona proibita. Le occorre del tempo prima di capirlo, poi vi si infila con circospezione e si ritrova dall'altra parte. Resta immobile, in ascolto, la testa affondata tra le spalle irrigidite, pronta a sentirsi afferrare da qualcuno.

È rimasta rinchiusa nell'ospedale psichiatrico per ventidue anni, e non ha mai avvertito intorno a sé la presenza di esseri umani. Intorno a lei c'erano solo respiri, i suoi guardiani invisibili.

Gli edifici alle sue spalle la sovrastano, simili a predatori pronti ad attaccare. Lei aspetta. Il tempo si è fermato, nessuno viene a cercarla.

Dopo una lunga esitazione muove un passo cauto, poi un altro, fino a scomparire tra gli alberi.

Si ritrova in una pineta. Nell'aria si percepisce un odore acre, di cavalli eccitati. Le sembra di scorgere un sentiero e si incammina lentamente, trova il coraggio di voltarsi non appena capisce che i respiri pesanti dell'ospedale sono svaniti.

La circondano solo gli alberi. Non le importa che ora il sentiero, frutto della sua immaginazione, sia scomparso, perché non ha una meta. Si sente come un'impalcatura intorno a uno spazio vuoto. Non è più nulla. All'interno di quell'impalcatura non ci sono mai state né una casa né una persona.

Si muove in fretta nel bosco, quasi che oltre i pini avesse una meta da raggiungere. Ma si ferma spesso e resta immobile, a poco a poco sembra trasformarsi in un albero.

Nella pineta il tempo non esiste. Solo rami, perlopiù di pini ben distanziati, e raggi di sole che si posano senza far rumore sulla terra umida.

Kristina trema, sente emergere un dolore che le sfiora la pelle. Forse è quel terribile prurito che le viene ogni tanto e che costringe gli infermieri a legarla al letto per impedirle di graffiarsi e di farsi male. Poi capisce che a farla tremare è qualcos'altro.

Le torna in mente che una volta aveva un marito.

Non sa da dove venga quel pensiero. Ma ricorda con assoluta certezza che un tempo era sposata con un uomo di nome Lars. Sì, questo lo ricorda. Aveva una cicatrice sopra l'occhio sinistro ed era più alto di lei, di ventitré centimetri per l'esattezza. Non ricorda altro. Tutto il resto l'ha rimosso, confinandolo nel buio che ha dentro di sé.

Ma il ricordo riaffiora. Si guarda intorno tra gli alberi, confusa. Perché ha pensato a suo marito proprio in quel luogo? Lui odiava i boschi e amava il mare, era un batinauta, un capitano di marina con incarichi militari segreti.

La nebbia inizia a diradarsi, impalpabile.

Kristina Tacker rimane lì, non si muove. Da qualche parte un uccello si alza in volo, poi tutto torna di nuovo tranquillo.

Mio marito, pensa. Un tempo avevo un marito, le nostre vite si intrecciavano. Perché mi torna in mente adesso, qui, al di là della recinzione, con i predatori lontani alle mie spalle?

Cerca una risposta nella sua testa, e tra gli alberi.

Non c'è. Non c'è niente.

2

Gli infermieri trovano Kristina Tacker a tarda sera.

È tutto gelato, il terreno scricchiola sotto i piedi. Lei se ne sta immobile nel buio a fissare un ramo. Quello che vede non è un pino, ma un faro isolato su uno degli aridi scogli dell'arcipelago. Quasi non si accorge che non è più sola con quegli alberi muti.

È l'autunno del 1937 e Kristina Tacker ha cinquantasette anni. Il suo viso conserva le tracce di una bellezza intatta. Sono trascorsi dodici anni da quando ha pronunciato l'ultima parola. Nella sua cartella clinica, giorno dopo giorno, viene riportata sempre la stessa osservazione: «La paziente rimane inaccessibile.»

È notte. La stanza dell'ospedale è buia, ma Kristina è sveglia. Nella sua testa lampeggia continuamente la luce di un faro, come un rintocco luminoso che non fa rumore.

3

Ventitré anni prima, anche allora in un giorno d'autunno, suo marito contemplava la corazzata Svea, ormeggiata al molo di Galärvarv a Stoccolma. L'ufficiale di marina Lars Tobiasson-Svartman osservava la nave con occhio esperto. Oltre i fumaioli anneriti si vedevano la fortezza di Kastellet e la chiesa di Skeppsholmen. La luce grigia lo costringeva a socchiudere gli occhi.

Era la metà di ottobre del 1914, la Grande guerra era iniziata da due mesi e diciannove giorni. L'occhio esperto di Lars Tobiasson-Svartman non si fidava delle nuove navi da guerra dalla corazza d'acciaio. Le vecchie imbarcazioni di legno gli avevano sempre dato la sensazione di una stanza riscaldata. Quelle nuove, con lo scafo di metallo, erano simili a camere fredde e inospitali. Dentro di sé sospettava che non si sarebbero mai lasciate governare. Al di là delle macchine a vapore e dei nuovi motori a gasolio, c'erano altre forze che non potevano essere controllate.

Di tanto in tanto, dal Baltico arrivava una raffica di vento.

Se ne stava lì, esitante, vicino alla passerella ripida. Qualcosa lo turbava. Da dove veniva quel senso di insicurezza? Doveva rinunciare al viaggio prima ancora di intraprenderlo? Cercava una spiegazione, ma i suoi pensieri erano altrove, inghiottiti dal banco di nebbia che, silenzioso, lo avvolgeva.

Un marinaio che si affrettava lungo il ponte lo riportò al presente. La perdita del controllo di sé era una debolezza da nascondere ad ogni costo. Il marinaio prese le sue valigie, le carte nautiche arrotolate e la custodia di cuoio in cui teneva il suo preziosissimo strumento di misurazione. Si stupì che quell'uomo riuscisse a reggere tutti quei bagagli con una mano sola.

La passerella vacillava sotto i suoi piedi. Tra lo scafo e il molo s'intravedeva l'acqua scura, impenetrabile.

Gli tornarono in mente le parole della moglie, quando si erano lasciati sulla soglia della loro casa di Wallingatan: «Sta per succedere quello che desideri da tanto tempo.»

Erano nell'ingresso. Lei voleva accompagnarlo fino alla nave per salutarlo, ma dopo essersi infilata un guanto aveva esitato, proprio come lui un attimo prima di salire sulla passerella. Non era stato necessario spiegare perché all'improvviso quell'addio fosse diventato così difficile. Sua moglie temeva di mettersi a piangere. Dopo nove anni di matrimonio, Lars sapeva perfettamente che per lei era più imbarazzante farsi vedere in lacrime che nuda.

Si erano scambiati un saluto frettoloso e aveva cercato di rassicurarla. Non c'era rimasto male.

Anzi, dentro di sé si sentiva sollevato.

Era fermo in mezzo alla passerella e sentiva la nave muoversi in maniera quasi impercettibile. La moglie aveva ragione. Il suo unico desiderio era sempre stato quello di andarsene. Anche se non era più sicuro di sapere cosa volesse davvero.

Forse custodiva un segreto di cui nemmeno lui era a conoscenza?

Amava molto sua moglie. Ogni volta che doveva partire per una missione, le dava un bacio veloce e, senza farsi notare, inspirava a fondo il profumo della sua pelle. Quasi volesse conservarlo, come si fa con l'aroma di un buon vino o dell'oppio, per averlo con sé quando si sentiva abbandonato o sul punto di perdere il controllo.

Sua moglie usava ancora il cognome da nubile. Lars non sapeva perché e non aveva nemmeno intenzione di chiederglielo.

In lontananza, verso Kastellholmen, un rimorchiatore spargeva nell'aria nuvole di fumo. Un gabbiano planò sopra la nave.

Era un uomo solo. La sua solitudine era un abisso nel quale temeva un giorno di precipitare. Un baratro di non meno di quaranta metri, si diceva, per essere certo di morire se avesse deciso di buttarsi.

Era a metà della passerella. Ne aveva calcolato a occhio la lunghezza: in totale dovevano essere sette metri. Perciò si trovava a tre metri e mezzo dal molo e a pari distanza dal parapetto.

Anche i suoi primi ricordi parlavano di distanze. Fra lui e sua madre, fra sua madre e suo padre, fra il pavimento e il soffitto, fra il dolore e la gioia. Tutta la sua vita si basava su distanze da misurare, accorciare o aumentare. Era un uomo solo, costantemente impegnato a definire e controllare nuove distanze.

Calcolarle era una sorta di rito, il suo strumento personale per tenere a freno i movimenti del tempo e dello spazio.

La solitudine era stata da sempre la sua seconda pelle.

E Kristina Tacker non era solo sua moglie. Era anche il coperchio invisibile di cui si era servito per chiudere l'abisso.

4

Quel giorno di ottobre del 1914, su Stoccolma cadeva una pioggerella appena visibile. Il suo bagaglio era stato trasportato con un carretto da Wallingatan attraverso il ponte di Djurgården e fino al molo di Galärvarv. Benché fossero solo in due – lui e il proprietario del carretto –, gli era sembrato di partecipare a una processione.

Le valigie erano di pelle marrone. Nella custodia di cuoio c'era il suo bene più prezioso: un batimetro in ottone per misurare con precisione i fondali marini.

Era stato realizzato a Manchester nel 1701 dalla Maxwell & Swansons, dove gli strumenti di ottica e di navigazione venivano creati da artigiani esperti per essere poi venduti in tutto il mondo. L'impresa si era guadagnata fama e rispetto da quando aveva ideato i sestanti che il capitano Cook aveva portato con sé durante la sua ultima spedizione nell'oceano Pacifico, e poteva vantare tra i suoi clienti addirittura navigatori giapponesi e cinesi.

A volte, quando si svegliava nel cuore della notte in preda all'ansia, Lars andava a prendere il batimetro. Lo portava con sé sotto le coperte e se lo appoggiava al petto. Solo così riusciva a riprendere sonno.

Il batimetro respirava. Il suo respiro era bianco.

5

La corazzata Svea era stata varata nei cantieri di Lindholmen, a Göteborg, e aveva lasciato lo scalo di costruzione nel dicembre del 1885. Nel 1914, già obsoleta, non era più in servizio. La marina svedese, però, non aveva previsto di partecipare alla guerra e così, all'improvviso, alla Svea era stata allungata la vita, come a un cavallo da tiro che, graziato all'ultimo istante, viene rispedito in strada.

Lars Tobiasson-Svartman ne ripassò mentalmente le misure. La Svea era lunga settantacinque metri e raggiungeva la larghezza massima di quattordici. Quanto all'armamento, l'artiglieria pesante era costituita da due cannoni M/85 da 25,4 centimetri a lunga gittata, prodotti dalla Maxim-Nordenfelt di Londra. L'artiglieria di medio calibro era presente con quattro cannoni da quindici centimetri, anch'essi di origine inglese. Seguiva l'artiglieria leggera e un numero imprecisato di mitragliatrici.

Lars continuava a ripetere tra sé tutto ciò che sapeva della nave su cui si stava imbarcando. L'equipaggio era composto da duecentocinquanta marinai, oltre ai ventidue uomini del corpo ufficiali.

La forza motrice che faceva vibrare la nave era prodotta da due macchine la cui potenza veniva generata da sei caldaie a vapore. La velocità in fase di collaudo era stata di 14,68 nodi.

Anche la distanza tra la chiglia e il fondale del molo di Galärvarv lo interessava: secondo i suoi calcoli, era di oltre due metri.

Si voltò e guardò in basso, verso il pontile, sperando di veder arrivare sua moglie. Ma c'erano solo dei ragazzi con le canne da pesca e un ubriaco malfermo sulle ginocchia, che poco dopo cadde a terra.

Le raffiche di vento dal Baltico si facevano sempre più violente. Lì, sul ponte, si sentivano ancora di più.

6

Venne strappato ai suoi pensieri dal secondo capo scelto che, battendo i tacchi, si presentò come Anders Höckert. Lars Tobiasson-Svartman fece il saluto militare, provando però un senso di disagio. Gli venivano i brividi ogni volta che portava la mano alla visiera. Si sentiva ridicolo, gli sembrava di prendere parte a un gioco che odiava.

Il secondo capo scelto gli mostrò la sua cabina. Si trovava sulla sinistra, poco sotto la scala che conduceva al ponte di comando e alla centrale di tiro dei cannoni.

Anders Höckert aveva una voglia sulla nuca, appena sopra il colletto.

Socchiudendo gli occhi, Lars si mise a fissarla. Tutte le volte che scopriva una macchia sulla pelle di qualcuno cercava di capire se raffigurasse qualcosa. Suo padre, Hugo Svartman, ne aveva diverse sull'avambraccio sinistro. Nella sua fantasia si erano trasformate in un arcipelago, composto da tante isole piccole e grandi e scogli senza nome. La pelle bianca, invece, rappresentava le rotte navigabili che si incrociavano. Ma dove conducevano quelle rotte sul braccio di suo padre? Quale sarebbe stata la più sicura da percorrere con una nave?

L'amore segreto per il batimetro, per le misurazioni e per le distanze che aveva caratterizzato la sua vita aveva un punto fermo in quell'immagine, nel ricordo della voglia del padre.

Riflettè: Nel mio intimo sono sempre alla ricerca di un fondale inesplorato, di un abisso sconosciuto la cui profondità non è stata ancora misurata. Devo tracciare una carta anche dentro di me, trovare una rotta sicura.

La voglia sulla nuca di Anders Höckert assomigliava a un toro con le corna abbassate, pronto alla carica.

Il secondo capo scelto lo precedette. Lars Tobiasson-Svartman aveva un incarico segreto e quindi non poteva dividere la cabina con nessun altro ufficiale.

Il bagaglio, le carte nautiche arrotolate e la custodia marrone con il batimetro erano già sul pagliolo. Höckert fece il saluto militare e uscì dalla cabina.

Lars si sedette nella cuccetta, lasciandosi abbracciare dalla solitudine. Lo scafo vibrava: le caldaie non erano mai del tutto spente, nemmeno mentre erano attraccati al molo. Guardò fuori dall'oblò. All'improvviso il cielo era diventato azzurro, aveva smesso di piovere. Ne era felice, o meglio, sollevato. La pioggia lo opprimeva, gli ricordava tanti piccoli pesi quasi invisibili che andavano a sbattere contro il suo corpo.

Per un istante fu assalito dal desiderio di scendere.

Ma non si mosse.

Con calma iniziò a disfare le valigie. Sua moglie aveva scelto per lui ciascun indumento, sapeva bene quali erano quelli che preferiva e che voleva avere con sé. Li aveva ripiegati con cura amorevole.

Eppure, in quel momento a Lars sembrava di non averli mai visti prima.

7

La corazzata Svea lasciò il molo di Galärvarv alle 18.15. Verso mezzanotte, superate le ultime isole dell'arcipelago, si diressero a sud-sud-est e la velocità fu portata a dodici nodi. Il vento, le cui raffiche raggiungevano gli otto-dodici metri al secondo, soffiava da nord.

Quella notte Lars Tobiasson-Svartman si strinse forte al petto il batimetro. Rimase sveglio a lungo, pensando continuamente alla moglie e al suo profumo. Ogni tanto pensava anche alla missione che lo aspettava.

8

All'alba, dopo un sonno agitato da sogni confusi e incomprensibili, Lars lasciò la cabina e salì in coperta. Si mise al riparo dal vento in un punto che dal ponte di comando non si poteva scorgere.

Uno dei suoi segreti era nascosto tra le carte nautiche che teneva in cabina. Era lì che custodiva i disegni della Svea. La corazzata era stata costruita nei cantieri di Lindholmen dall'ingegnere navale Göthe Wilhelm Svenson che, nel 1881, dopo essere stato al servizio della marina reale per quasi tredici anni, era stato nominato direttore generale dell'Istituto reale di ingegneria marittima. Aveva cinquantatré anni.

Il giorno stesso in cui lo stato maggiore della marina lo aveva informato della sua missione a bordo della Svea, Lars Tobiasson-Svartman gli aveva scritto una lettera, chiedendogli una copia dei progetti. Gli diceva di avere «una passione incorreggibile, e forse anche un po' ridicola, per i disegni delle navi da guerra, che amava collezionare». Ed era pronto a pagare fino a mille corone.

Tre giorni dopo, un uomo si era presentato con i disegni. Arrivava da Göteborg, si chiamava Tånge ed era un impiegato. Indossava i suoi abiti migliori. Lars pensò che l'ingegner Svenson gli avesse ordinato di vestirsi come si deve.

Non aveva mai dubitato che quei disegni fossero in vendita. Mille corone erano una bella somma, anche per un ingegnere di successo come Göthe Wilhelm Svenson.

9

Si reggeva al parapetto, cercando di assecondare il rollio della nave. Pensava alla sera in cui era rimasto seduto nel salotto della sua casa di Wallingatan, chino sui disegni. Il viaggio aveva avuto inizio in quel momento.

Era la fine di luglio, il caldo era soffocante, e tutti aspettavano lo scoppio di quella Grande guerra che ormai sembrava inevitabile. Ci si chiedeva quando sarebbe stato sparato il primo colpo, da chi e contro chi. Nelle redazioni dei giornali arrivavano notizie concitate, le voci si spargevano per essere subito dopo smentite. Nessuno sapeva niente di certo, ma tutti ritenevano di poter trarre le giuste conclusioni. Telegrammi invisibili, scambiati tra imperatori, generali e ministri, volavano sopra l'Europa, simili a uno stormo smarrito, destinato a morire.

Lars teneva sulla scrivania un ritaglio di giornale con la fotografia dell'incrociatore tedesco Goeben che, con le sue ventitremila tonnellate, era la nave più bella e al tempo stesso più impressionante che avesse mai visto.

Sua moglie entrò nella stanza e gli accarezzò lieve la spalla.

«È tardi, cosa stai facendo di tanto importante?»

«Studio la nave che, quando dovrò partire, mi porterà in luoghi sconosciuti.»

«Non puoi dirmi dove andrai?»

«No, non posso dirlo nemmeno a te.»

Le dita di lei indugiavano sulla sua spalla. Lo sfioravano appena, eppure quel tocco lo scosse in profondità.

«Come fai a orientarti tra tutte quelle linee e quei numeri? A me non sembra neppure una nave.»

«Mi piace vedere quello che non si vede.»

«Cioè?»

«L'idea, ciò che rimane nascosto. La volontà, forse l'ambizione, non lo so di preciso. Ma c'è sempre qualcosa che non si riconosce subito.»

Lei sospirò impaziente. Smise di accarezzarlo e iniziò, invece, a tamburellargli nervosamente l'indice sulla clavicola. Lars cercava di capire se gli stesse mandando un messaggio.

Alla fine Kristina spostò la mano. E lui ebbe la sensazione che un uccello si fosse alzato in volo.

Non le sto dicendo la verità, pensò. In questi disegni cerco un posto dove nessuno possa vedermi dal ponte di comando. In realtà, sto cercando un nascondiglio.

10

Guardava il mare.

Qualche brandello di nuvola, la sagoma solitaria di un uccello marino.

Recuperare certe immagini dalla memoria non era facile per lui: servivano cura e pazienza. Cos'era successo quella sera di luglio, poco prima che venisse dichiarata la guerra, in quei giorni di grande caldo in cui milioni di giovani venivano mobilitati in fretta e furia in ogni parte d'Europa?

Dopo aver studiato per un'ora le carte, aveva finalmente trovato il posto che cercava e localizzato il suo possibile nascondiglio.

Mise da parte i disegni. Dalla strada arrivavano i nitriti di un cavallo irrequieto. In una delle stanze del loro appartamento, Kristina stava spostando le statuette di porcellana che aveva ricevuto in dono dalla madre. Risuonavano come i rintocchi di un orologio in lontananza. Erano sposati da nove anni e non passava sera senza che lei le sistemasse sulle mensole. Non era mai successo che ne facesse cadere una a terra, né che la rompesse.

E dopo? Cos'era successo, dopo? Non riusciva a ricordarlo. Una falla si era aperta nel flusso dei ricordi. Qualcosa era scivolato via.

Non soffiava un alito di vento, quella sera di luglio, il caldo era insopportabile, la temperatura sfiorava i ventisette gradi. Si sentivano tuoni da nord, e sul mare si intravedevano grossi nuvoloni neri.

Si mise a riflettere su quelle nubi. Per lui era più facile ricordare le loro sagome che non il viso di sua moglie, e questo lo turbava.

Scacciò quei pensieri e contemplò l'alba. Cosa vedo esattamente?, si chiese. Scogli neri nella prima luce di un mattino d'autunno. Durante la notte, l'ufficiale di guardia aveva ordinato al timoniere di fare rotta verso sud. La velocità era di sette, forse otto nodi.

Cinque nodi vogliono dire pace, pensò. Sette sono adatti a una missione segreta e urgente, 27,8 nodi significano guerra. È la velocità massima che può raggiungere il Goeben, anche se i suoi motori a vapore, a dar retta alle indiscrezioni, hanno difetti di costruzione che rischiano di provocare danni irreversibili.

Lo colpiva che si potesse stabilire in anticipo quando dare inizio a una guerra, ma mai quando porvi fine.

11

Era nascosto sotto la scala a tribordo e da lì, nella luce dell'alba, scorgeva la linea di terra. Dal mare agitato emergevano a tratti scogli e faraglioni.

Qui inizia e finisce un paese, pensò Lars Tobiasson-Svartman. Ma è un confine incerto. Non c'è un punto preciso in cui finisce il mare e comincia la terraferma. Gli scogli si intravedono appena in superficie. Nei tempi antichi i marinai credevano che fossero pericolosi mostri marini. Anch'io riesco a immaginarmi queste rocce come animali, ma non mi fanno paura. Gli scogli che si indovinano tra la schiuma delle onde mi ricordano ippopotami assorti e inoffensivi, appartenenti a una specie che si trova solo nel mar Baltico.

Qui inizia e finisce un paese, si ripeté. Un promontorio che raddrizza lentamente la schiena. Un promontorio che si chiama Svezia.

Si affacciò al parapetto e guardò l'acqua plumbea che scivolava lungo il fianco della corazzata. Al mare non piace farsi domare, si disse. Non si vende al nemico. Durante l'inverno si ricopre di ghiaccio, in autunno riposa, aspetta. Poi arrivano improvvise le raffiche di vento. In estate le sue acque diventano lo specchio di riverberi luminosi.

Il mare, la terra, i suoi rilievi, tutto è incomprensibile, come i lenti mutamenti che dall'infanzia portano alla vecchiaia e alla morte. In ogni uomo ha luogo un'evoluzione. Dal mare, invece, proviene la nostra memoria.

Il mare è un sogno a cui non piace farsi domare.

Sorrise. Mia moglie non vuole farsi vedere mentre piange, pensò. Forse per le stesse ragioni, quali che siano, io non voglio mostrarle chi sono in realtà quando mi trovo da solo vicino al mare.

Tornò sottovento. A poppa, un marinaio infreddolito stava gettando in acqua gli avanzi del pasto e i gabbiani seguivano la scia come una retroguardia. Il ponte era di nuovo deserto. Lars continuò a guardare gli scogli mentre il chiarore dell'alba si faceva più intenso.

Gli scogli e i faraglioni non sono solo animali, pensò. Sono anche rocce che si staccano dal mare. Non esiste libertà senza sforzo. Questi massi rappresentano anche il tempo. Lentamente emergono dal mare, a cui non piace essere domato.

Dov'erano? Fece un rapido calcolo. Avevano lasciato Stoccolma undici ore prima. La velocità della nave era di nove nodi. Si trovavano nell'arcipelago settentrionale della regione di Östergötland, a sud di Landsort, a nord del faro di Häradskär, a sud o a est di Fällbådarna.

Ritornò alla cabina. A parte il marinaio, non aveva incontrato nessuno dell'equipaggio: poteva contare sul fatto che nessuno l'avesse visto. E che neanche il suo nascondiglio fosse stato individuato.

Una volta dentro, si sedette. Trenta minuti più tardi avrebbe fatto colazione alla mensa degli ufficiali. Poi, alle nove e mezzo, si sarebbe dovuto presentare dal capitano di fregata Hans Rake, che gli avrebbe consegnato le istruzioni riservate custodite nella cassaforte.

12

All'improvviso si chiese come mai gli capitasse così di rado di ridere.

Era stato privato di qualcosa? Perché pensava così spesso di essere stato plasmato da argilla difettosa?

13

Seduto nella cuccetta, lasciava vagare lo sguardo per la cabina.

Tre metri per tre, una cella con un oblò di ottone. Sotto il pagliolo, un corridoio collegava le diverse zone della nave. Stando ai disegni che aveva memorizzato nei minimi dettagli, un paio di metri sotto la sua cabina si allungavano due paratie stagne trasversali. Sopra la sua testa, invece, passava la scala che conduceva a tribordo, vicino al cannone di mezzanave.

Supponiamo che la cabina sia un punto, pensò. In questo momento mi trovo al suo centro. In futuro ci saranno strumenti in grado di calcolare con precisione la longitudine e la latitudine di questa cabina in qualsiasi momento. In una frazione di secondo sarà possibile stabilirne la posizione esatta su un planisfero. Ma quando questo accadrà, sulla Terra non ci sarà più posto per gli dèi. E allora chi avrà più bisogno di un dio, se si potrà stabilire il punto esatto in cui si trova una persona? Quando perfino la sua posizione interiore coinciderà perfettamente con quella esterna? Tutti quelli che vivono speculando su superstizioni e religioni saranno costretti a guadagnarsi da vivere in qualche altro modo. Una linea divisoria netta separa i ciarlatani dai batinauti. Non si tratta del limite tra il giorno e la notte, né del meridiano zero, ma del confine tra il misurabile e l'incommensurabile, vale a dire: ciò che non esiste.

Ebbe un sussulto. Senza riuscire a coglierlo, qualcosa in quel pensiero lo turbava.

Tirò fuori lo specchio che usava per radersi dalla custodia, sulla quale Kristina aveva ricamato le sue iniziali e una rosa dai tratti infantili.

Ogni volta che si specchiava tratteneva il respiro, come si fa prima di un'immersione. Temeva di vedervi riflesso il viso di uno sconosciuto.

14

Provava sempre un gran sollievo quando incrociava il proprio sguardo, riconoscendo la fronte corrugata e la cicatrice sopra l'occhio sinistro.

Si osservò, chiedendosi chi fosse. Un uomo che aveva fatto carriera nella marina svedese, con l'ambizione di diventare un giorno il responsabile delle carte nautiche su cui erano state tracciate le rotte militari segrete, decisive per la difesa del paese.

E oltre a questo, chi era?

Un uomo che misurava costantemente distanze e profondità, sia nella realtà che nei suoi mari interiori, dove non erano ancora segnate.

15

Si passò le mani sulle guance e ripose lo specchio nella custodia. Lars Tobiasson-Svartman era anche un uomo che aveva preso la decisione di cambiare cognome. Suo padre era morto nel marzo del 1912. Aveva presentato la domanda all'ufficio anagrafe qualche settimana prima che venissero inaugurati i giochi olimpici nel nuovo stadio di Stoccolma. Per prendere le distanze dal padre, aveva deciso di anteporre a Svartman il cognome da nubile della madre, che aveva sempre cercato di proteggerlo da quell'uomo volubile e violento. Adesso suo padre era morto, ma anche i morti possono rappresentare una minaccia. In quel modo, sua madre diventava un muro che lo difendeva anche con il suo nome.

Mise da parte la custodia con lo specchio e sollevò il coperchio di una scatola di legno che aveva appoggiato sul tavolino con molta attenzione. Conteneva quattro orologi. Tre segnavano la stessa ora. Si tenevano d'occhio a vicenda. Il quarto, quello ereditato dal padre, era rotto. Lì, il tempo si era fermato.

Richiuse il coperchio. Tre orologi segnavano l'ora, il quarto la morte.

16

Quando entrò nella mensa, in tre si alzarono in piedi e lo fissarono incuriositi. Ne riconobbe uno, dallo sguardo miope. Era Höckert, il secondo capo scelto che gli era venuto incontro sulla passerella la sera prima. Gli presentò gli altri due: «Il sottotenente di vascello Sundfeldt e il capitano di artiglieria von Sidenbahn.»

Quest'ultimo era alto e magro e puzzava di dopobarba, o di gin.

«Naturalmente si starà chiedendo cosa ci fa un capitano di artiglieria su questa nave» disse. «Di solito il nostro posto è a terra, dove ci muoviamo con più efficienza e determinazione. A volte, però, possiamo essere utili anche a bordo di una corazzata. Soprattutto quando devono essere installati nuovi cannoni e c'è penuria di ufficiali.»

Si sedettero e un cameriere portò il caffè. Nessuno fece altre domande. Il capitano Rake aveva informato l'equipaggio che avrebbero avuto a bordo un ufficiale in missione segreta, diretto verso il lembo estremo dell'arcipelago di Östergötland.

Sundfeldt e von Sidenbahn lasciarono la mensa.

«Ha conosciuto il comandante?» chiese Höckert. Parlava con un forte accento dello Småland, ma poteva essere anche originario dell'Halland o del Bohuslän.

«No» rispose Lars . «Del capitano Rake conosco solo la reputazione.»

«La reputazione è spesso ingannevole o esagerata. Eppure, c'è sempre un briciolo di verità in quello che si racconta in giro. E di vero, sul comandante, c'è che è un uomo molto preparato. Magari è un po' pigro, ma chi non lo è?»

Höckert si alzò, batté i tacchi e accennò appena il saluto militare. Lars finì di fare colazione da solo. Dal ponte arrivava la voce stizzita del sottotenente Sundfeldt, ma non riuscì a sentire cosa lo avesse fatto arrabbiare.

Si era fatto giorno ormai, e il capitano Rake, che avrebbe preso dalla cassaforte le istruzioni riservate, lo aspettava.

La corazzata stava facendo rotta verso sud, le raffiche di vento erano ancora forti e arrivavano dai quattro punti cardinali. Sulla terraferma aveva ricominciato a piovere.

17

L'incontro tra il capitano Rake e Lars Tobiasson-Svartman fu interrotto da un imprevisto. Si erano appena stretti la mano e accomodati nel salottino, quando il sottotenente Sundfeldt entrò per comunicare che un membro dell'equipaggio stava male. Non era in grado di dire se la situazione fosse grave o meno, ma l'uomo lamentava forti dolori.

«Nessuno potrebbe fingere in quel modo» assicurò Sundfeldt.

Per un istante, Rake rimase in silenzio a guardarsi le mani. Aveva fama di essere un ufficiale vicino ai suoi uomini, perciò Lars non si stupì quando lo vide alzarsi in fretta.

«È proprio una sfortuna che a Hallman, il nostro medico di bordo, sia stato concesso un permesso speciale per partecipare al matrimonio della figlia. Temo di dover rinviare il nostro incontro.»

«Certamente.»

Rake stava già uscendo, ma si voltò.

«Venga con me» disse. «Così facciamo visita al marinaio infermo e allo stesso tempo diamo un'occhiata alla nave. Di chi si tratta?»

«Del nostromo Johan Jakob Rudin» rispose il sottotenente Sundfeldt.

Rake scavò nella memoria. «Quel Rudin che si è arruolato a Kalmar in agosto?»

«Esatto.»

«Cosa sente?»

«Ha dolori alla pancia.»

Rake fece un cenno con il capo.

«Di solito i miei uomini non si lamentano per una sciocchezza del genere.»

Attraversarono un corridoio stretto e salirono su una scala di corda fino al ponte. Le raffiche gelide li fecero rabbrividire. Sundfeldt andò avanti per primo, seguito dal capitano Rake e, per ultimo, da Lars Tobiasson-Svartman, al quale, ancora una volta, sembrò di partecipare a una processione.

«Sono stato comandante di una nave da guerra per diciannove anni» raccontò Rake, gridando per farsi sentire nel vento. «A oggi ho perso solo quattro uomini» continuò. «Due sono morti per un violento attacco di febbre prima che riuscissimo a riportarli a terra, e un macchinista si è rotto la testa cadendo da una scala. Sono sempre più convinto che quell'uomo fosse ubriaco, anche se non è stato possibile dimostrarlo. L'ultimo era un sottufficiale psicopatico che si è buttato in mare vicino al faro di Grundkallen. Dietro la tragedia, però, si celavano ragioni riprovevoli, come debiti e cambiali. Avrei dovuto fermarlo, ma è difficile impedire a qualcuno di ammazzarsi quando è deciso a farlo. Di solito, abbiamo sempre un dottore con noi, anche se purtroppo i medici di bordo non sono mai ottimi medici.»

Rake si interruppe e, irritato, indicò un secchio abbandonato vicino a una scala. Sundfeldt chiamò un marinaio che lo fece sparire immediatamente.

«Fin dall'inizio della mia carriera ho imparato qualche rudimento di diagnosi medica» proseguì. «Senza contare le estrazioni dentarie, naturalmente. Esistono rimedi semplicissimi in grado di salvare una vita umana. Il fatto che a bordo delle navi dei miei colleghi si verifichino molti più decessi che sulla mia mi consola, e forse addirittura mi lusinga.»

Scesero tutti nei locali più bassi della nave. Lars sapeva di trovarsi al livello dell'acqua. L'aria era pesante, l'odore del carburante opprimente.

Continuarono a scendere verso il fondo della nave.

18

Il nostromo giaceva nella sua cuccetta che puzzava di chiuso, di sudore e di paura.

Lars Tobiasson-Svartman faceva fatica a mettere a fuoco in quell'oscurità, gli occorse un po' di tempo prima che i suoi occhi si abituassero al buio.

Rake si tolse i guanti e si chinò sopra la cuccetta. Il viso di Rudin sbiancò. Gli occhi gli si muovevano nervosamente: era impaurito come un animale appena catturato.

«Dove le fa male?» chiese Rake.

Rudin tirò indietro la coperta e alzò la camicia fino all'altezza del torace. I tre uomini si chinarono su di lui in contemporanea. Rudin indicò una zona a destra dell'ombelico, e il solo movimento della mano gli provocò una smorfia di dolore.

«È da molto che le fa male?» chiese Rake.

«Da ieri sera. È iniziato appena abbiamo lasciato Stoccolma.»

«È un dolore costante o a fitte?»

«All'inizio era a fitte, adesso costante.»

«Rudin, lo ha mai avuto prima?»

«Non lo so.»

«Ci pensi. I dolori non sono tutti uguali.»

Rudin era agitato, ma fece uno sforzo. «No» disse alla fine. «Non l'ho mai provato prima d'ora.»

Rake appoggiò la mano sul punto dolente. Premette prima piano, poi con più forza. Rudin fece una smorfia e gemette.

Il comandante tolse la mano. «È appendicite, ne sono sicuro» disse. Si rimise in piedi. «La faremo operare, andrà tutto bene.»

Rudin guardò Rake con riconoscenza e tirò su la coperta fino al mento. Sdraiato e sofferente com'era, fece il saluto militare.

Ritornarono sul ponte superiore. Rake diede ordine a Sundfeldt di fare in modo che il radiotelegrafista contattasse la Thule, una delle cannoniere di prima classe che la Svea avrebbe dovuto incrociare a est del faro di Sandsänkan.

«Dovrebbe trovarsi sulla rotta nord, tra Västervik e Häradskär» aggiunse. «Prenderanno a bordo Rudin per trasportarlo a Bråviken. Norrköping ha un buon ospedale, non voglio perdere uno dei miei uomini migliori.»

Sundfeldt fece il saluto militare e si ritirò. Tornati nel salottino, Lars rifiutò il sigaro che Rake gli aveva offerto. Aveva provato a fumare all'inizio del corso di addestramento. Tra tutti i compagni di accademia, erano solo in tre a non fumare. Fortunatamente, non si era mai lasciato prendere dal vizio, il fumo del sigaro e della sigaretta gli provocava un senso di soffocamento che gli induceva il panico.

Rake accese con cura il suo sigaro, e intanto ascoltava le vibrazioni dello scafo. Lars aveva osservato quell'atteggiamento in tutti i capitani più anziani ed esperti che aveva incontrato: erano sempre sul ponte di comando, anche quando in realtà se ne stavano seduti nei loro salotti a fumare. Sembravano in grado di trasformare le vibrazioni dello scafo in immagini che gli permettevano di sapere esattamente dove si trovavano.

Poi iniziarono a parlare della guerra.

19

Rake gli disse che il 27 luglio la flotta inglese aveva lasciato la base navale di Scapa Flow in gran fretta e con un po' di scompiglio, sebbene non ci fosse ancora stata alcuna dichiarazione di guerra. L'ammiragliato affermò di voler evitare che i tedeschi potessero sorprenderli nella loro stessa base. All'alba di quel giorno, infatti, gli equipaggi di alcuni pescherecci inglesi avevano avvistato i periscopi dei sommergibili nemici. Nelle acque tra il Pentland Firth e il Mare del Nord ne erano stati individuati almeno tre.

Lars Tobiasson-Svartman vedeva le rotte davanti a sé. Quando si trattava di carte nautiche, la sua memoria visiva era impeccabile. Il Pentland Firth, Scapa Flow, la base navale delle Orcadi; ricordava perfino i dati dei rapporti con le misurazioni di tutte quelle insenature e porti naturali.

«Credo che la flotta inglese troverà una bella sorpresa» disse Rake pensieroso.

Lars attese un seguito, inutilmente.

«Quale sorpresa?» chiese dopo una pausa ragionevole.

«I tedeschi dispongono di armi molto più efficaci di quanto non pensino quegli arroganti degli inglesi.»

Ciò che sottintendevano le parole di Rake era chiaro. La Svezia non era ancora stata coinvolta nella guerra, ma la flotta si stava preparando a intervenire nel momento in cui le circostanze fossero cambiate. E in questo caso, non c'erano dubbi sulla parte con cui si sarebbero schierati i soldati svedesi, anche se il governo e il parlamento avevano dichiarato la neutralità del paese.

La conversazione languiva. Rake appoggiò il sigaro su un portacenere di porfido verde, si alzò, prese la chiave che teneva appesa alla catena dell'orologio e si inginocchiò davanti alla grande cassaforte nera fissata al pagliolo.

Le informazioni riservatc erano in una cartellina chiusa da un nastro di seta gialloazzurro. Rake gliela porse e tornò al suo sigaro.

Lars aprì il fascicolo. Era al corrente del suo incarico, ma non ne conosceva i dettagli, messi a punto dallo stato maggiore della marina. Si appoggiò allo schienale e sistemò con cautela la cartellina sulle ginocchia. Poi cominciò a leggere.

Con la coda dell'occhio, vedeva Rake fissare il fumo del suo sigaro.

20

La nave vibrava come un animale ansante.

A Lars piaceva paragonare le diverse imbarcazioni agli animali della fauna svedese: le torpediniere assomigliavano alle donnole o alle puzzole; le corazzate erano falchi dalla velocità sorprendente; gli incrociatori andavano a caccia come un branco di lupi affamati; le grandi navi da guerra, invece, erano orsi solitari che non vogliono essere disturbati. Quando diventavano simboli della marina, quegli animali non erano più nemici dell'uomo, bensì creature amiche che collaboravano e venivano perfino sacrificate.

Sulla cartellina era scritto che le informazioni erano «*confidenziali e destinate* esclusivamente *al capitano Lars Svartman*». Potevano essere in parte copiate, ma gli originali dovevano essere riconsegnati al capitano Rake, che li avrebbe custoditi nella propria cabina.

Anche se aveva subito comunicato ai suoi superiori di aver cambiato nome, evidentemente alla marina svedese non risultava. A bordo di quella nave e per lo stato maggiore continuava a essere Lars Svartman, nient'altro.

Iniziò a leggere:

L'incarico consiste nell'effettuare, senza ritardi, le misurazioni batimetriche delle rotte militari alternative e segrete che collegano la zona a sud dello stretto di Kalmar con gli accessi a nord, al centro e a sud del porto di Stoccolma. Di particolare importanza è il rilevamento dello stretto, dei passaggi e degli accessi nei pressi del faro di Sandsänkan – già misurati nel 1898 e nel 1902 – in relazione alle diverse tipologie di nave e ai loro pescaggi. La corazzata Svea fungerà da base di appoggio per le operazioni, mentre la missione si svolgerà a bordo della cannoniera Blenda, con le sue scialuppe e vedette.

Seguivano altri ordini che andavano semplicemente eseguiti. Lars richiuse la cartellina, assicurandola di nuovo con il nastro di seta. Rake lo osservava.

«Niente appunti?»

«Non credo di averne bisogno.»

«Lei è ancora giovane» aggiunse il comandante con un sorriso. «I vecchi non si fidano mai della loro memoria. I giovani, a volte, lo fanno fin troppo.»

Lars si alzò e batté i tacchi. Ebbe l'impressione di essersi dato un calcio. Rake gli fece segno di appoggiare la cartellina sul tavolo.

«Sarà una guerra lunga» disse poi. «Il ministro della Difesa inglese, Lord Kitchener, se n'è reso conto, ma temo che il suo collega tedesco non l'abbia ancora capito. Questo sarà il conflitto più grande della storia dell'umanità.»

Rake rimase in silenzio per qualche istante, come se i suoi pensieri fossero diventati troppo opprimenti da sopportare. Poi riprese: «Moriranno migliaia di uomini. Centinaia di migliaia, forse milioni. Sarà la guerra più grande, ma anche la più lunga e la più estesa mai vista. C'è chi crede che finirà in pochi mesi, ma io sono convinto che andrà avanti per parecchi anni. In questa guerra verranno affondate più navi che in tutte le precedenti: quando sarà finita, saranno stati fatti saltare in aria miliardi di tonnellate che coleranno a picco.»

Rake tacque di nuovo. Stava giocherellando distrattamente con il nastro gialloazzurro.

Molti uomini annegheranno, pensò Lars. Marinai e ufficiali moriranno in un inferno di fuoco. Il Baltico, il Mare del Nord, l'Atlantico e forse altri mari ancora si riempiranno di grida che poi, lentamente, si faranno fievoli, fino a quando calerà di nuovo il silenzio.

Migliaia di marinai, per un peso totale di circa sessanta tonnellate. La guerra non si occupa solo del numero delle vittime. Si occupa anche del loro peso, di come alcune tonnellate di corpi vivi si trasformano in alcune tonnellate di peso morto. Si parla del peso morto di una nave. Ma il peso morto può diventare anche l'unità di misura dei cadaveri.

21

Lars Tobiasson-Svartman lasciò il salottino del capitano. Nuvole frastagliate si rincorrevano nel cielo di ottobre. Pensò alla sua missione, chiedendosi se Rake avesse ragione. La guerra sarebbe stata davvero così orribile e lunga come aveva previsto?

All'improvviso, la corazzata diminuì la velocità e si mise a navigare lentamente controvento. Stavano manovrando in attesa della cannoniera che avrebbe trasportato Rudin a Norrköping.

Lars andò in cabina. Appese la giacca, si tolse le scarpe e si coricò. Qualcuno aveva rifatto il letto mentre era con Rake.

Sdraiato con le mani sotto la testa, sentiva le vibrazioni leggere della nave e pensava a quello che lo aspettava.

22

Sembrava un rituale.

Una nuova missione non doveva necessariamente spaventare per il solo fatto di essere segreta. Quella che stava per intraprendere sarebbe stata all'insegna della routine, niente eventi drammatici e improvvisi.

Odiava il disordine e il caos. Per tracciare le profondità marine sulle carte serviva una calma totale, una tranquillità quasi meditativa.

In tempo di pace si preparano le guerre future, pensò. Dalla metà dell'Ottocento, la marina svedese ha organizzato numerose spedizioni militari per individuare rotte secondarie lungo le nostre coste. Alcune erano male organizzate e non hanno portato a nulla, altre invece hanno avuto un buon esito.

Il punto di partenza era semplice. Negli ultimi dieci anni, un eventuale aggressore avrebbe potuto preparare degli sbarramenti di mine lungo le rotte indicate sulle carte nautiche pubbliche, e quindi accessibili anche alla marina mercantile. Per ovviare a questo rischio, esisteva una rete di vie navigabili alternative e segrete, usate soltanto a scopo militare. Naturalmente, il timore che spie nemiche potessero venirne a conoscenza era fondato: chi le avesse scoperte avrebbe potuto danneggiare gravemente la marina svedese. Inoltre, poiché i pescaggi aumentavano di continuo, bisognava riesaminare costantemente tutti i percorsi. Esistevano altre vie navigabili che consentivano il transito a pescaggi maggiori? Era possibile far saltare alcuni fondali in segreto, senza indicare i nuovi passaggi sulle carte nautiche?

Erano queste le domande a cui lui doveva fornire una risposta. Inoltre, quale pericolo rappresentavano concretamente i sottomarini? Senza dubbio, si trattava di una minaccia nuova con effetti inimmaginabili. In che modo si poteva fermarli? Se le vie navigabili fossero state abbastanza profonde, un sottomarino sarebbe potuto arrivare fino a Stoccolma.

Lars ripensò agli anni tra il 1909 e il 1912, quando aveva dovuto modificare le rotte segrete dell'arcipelago tra Landsort e Västervik. All'inizio gli era stato assegnato un incarico secondario, ma in breve, fin dalla primavera del 1910, aveva ottenuto il comando della spedizione.

Era stato un bel periodo, in cui si erano avverati molti dei suoi sogni. Poi, però, aveva scoperto di averne ancora uno. Un sogno imprevisto. Un sogno che adesso sperava di realizzare.

Il sogno di trovare il fondale più profondo di tutti.

23

Le vibrazioni dello scafo cessarono.

La corazzata era immobile.

L'animale stava trattenendo il respiro.

Si infilò di nuovo la giacca, uscì sul ponte e andò a mettersi nel punto in cui nessuno poteva vederlo. La Thule, con i suoi tre fumaioli, si era affiancata sottovento. Il nostromo malato era già stato trasportato sul ponte della Svea. Quando l'altra nave fu in posizione, Rudin venne calato con cautela grazie a un complicato sistema di imbracature. Il fumo della cannoniera lo avvolse. Del capitano Rake non si vedeva l'ombra, era il sottotenente Sundfeldt a dirigere le operazioni di trasbordo. Quando Rudin fu sistemato sulla Thule, l'imbracatura fu issata e la cannoniera indietreggiò per mettersi sulla rotta di nord-ovest, alla volta del golfo di Bråviken.

Lars rimase sul ponte a guardare la Thule allontanarsi. Il fumo si confondeva con le nubi dense.

Rudin è sfuggito a una trappola terribile, pensò. La flotta svedese potrebbe colare a picco anche senza che il paese entri in guerra. I più colpiti sarebbero gli equipaggi della marina mercantile, ma anche le navi militari potrebbero essere silurate o fatte saltare in aria dalle mine. Se Rudin non torna a imbarcarsi, non correrà il rischio di morire per lo scoppio delle caldaie a vapore. Forse, grazie all'appendicite, sarà tra quelli che scamperanno alla morte.

Socchiuse gli occhi per mettere a fuoco la Thule che, scivolata oltre la linea grigia dell'orizzonte, non si vedeva quasi più.

Ritornò in cabina. La corazzata aveva virato di nuovo con il vento a favore.

24

Si fermò davanti alla porta della cabina, cercando di immaginare cosa stesse facendo sua moglie in quel momento. Ma non riusciva a vederla. Non aveva idea di come passasse le giornate quando rimaneva a casa da sola. Questo pensiero non gli piaceva, era un po' come tenere in mano una carta nautica e scoprire all'improvviso che le scritte, i contorni delle isole, le segnalazioni navali, i rilevamenti batimetrici e i diagrammi con le proiezioni luminose dei fari erano stati tutti cancellati.

Voleva sapere quali rotte seguiva sua moglie quando lui era via.

La amo, pensò. Ma non so cosa sia davvero l'amore.

Si sedette vicino al tavolino e con molta attenzione aprì la custodia del batimetro. L'ottone luccicava.

Per un istante ebbe la sensazione che Kristina fosse in piedi dietro di lui e si stesse piegando in avanti, sopra le sue spalle.

«Andrà tutto bene» gli sussurrò. «Da qualche parte esiste un punto in cui il tuo batimetro non toccherà il fondo. Da qualche parte esiste un punto dove manca tutto, amore mio.»

Parte seconda
La rotta navigabile

25

La sera prima che Lars Tobiasson-Svartman iniziasse la sua missione, un sottufficiale entrò nella sua cabina con l'ordine di presentarsi al capitano di fregata Rake, che doveva consegnargli le ultime istruzioni.

Lars si infilò la divisa e si affrettò su per le scale. Mentre la luna faceva capolino tra le nuvole, la Svea se ne stava tranquilla alla fonda a nord-est del faro di Häradskär.

Lars si fermò a guardare le lanterne delle cannoniere che si riflettevano sull'acqua nell'oscurità: la luce del faro era spenta. Pensò a tutte quelle granate, a tutti quei siluri. Ogni nave aveva a bordo il prodotto della follia umana, che fosse dinamite o polvere da sparo.

In mare aperto era difficile misurare le distanze, ma non a causa del buio. In base ai suoi calcoli, la cannoniera più vicina doveva trovarsi a centoquaranta metri, con un margine di errore di dieci metri al massimo.

Prima di entrare nel salottino del comandante si tolse il berretto blu.

Il capitano gli offrì un cognac. Lars Tobiasson-Svartman non beveva mai alcolici quando era in servizio, ma non osò rifiutare.

Rake vuotò il bicchiere e disse: «A Stoccolma si è diffusa una grande inquietudine. Stando a una notizia trasmessa via radiotelegrafo, navi da guerra russe e tedesche sarebbero state avvistate a est dell'isola di Gotland. Nessuno scontro, comunque. Le coste sono sorvegliate da uomini dall'udito fine, pronti a localizzare la provenienza di cannonate o siluri.»

«L'inquietudine peggiore nasce dalla mancanza di notizie» rispose Lars. «Una preoccupazione fondata su informazioni precise si domina più facilmente.»

Rake gli consegnò il foglio che aveva in mano.

«Non sappiamo se uno di questi due stati abbia intenzione di attaccare la Svezia, ma intanto oscuriamo i fari e ci rintaniamo nei nostri nascondigli.»

«Chi dobbiamo temere di più, i russi o i tedeschi?»

«Tutti e due. Non occorre essere un ufficiale dello stato maggiore, e neppure il ministro della Difesa, per capirlo. Sia Germania che Russia vogliono che la Svezia si tenga fuori dalla guerra, ma allo stesso tempo sospettano che non resterà neutrale ancora per molto. È possibile quindi che entrambe, o una di loro, si stiano preparando ad attaccarci. Che sia Germania che Russia decidano di lasciarci in pace è l'ipotesi più inverosimile. Essere un paese che conta poco può costituire una debolezza, oppure essere un vantaggio.»

Lars esaminò la lista dei fari oscurati e di altri importanti sistemi di segnalazione che andavano subito spenti o smontati. Continuava a visualizzare la carta nautica. Nel buio della notte, per un'imbarcazione straniera sarebbe stato difficile navigare nell'arcipelago.

Rake aveva srotolato sul tavolo una delle carte nautiche, posando ai quattro angoli altrettanti portacenere per tenerla ferma. La mappa mostrava la zona compresa tra l'isola di Gotska Sandön e il capo meridionale di Gotland. Gli indicò un punto nel mare.

«Un convoglio tedesco diretto a nord, composto da due incrociatori, alcuni caccia, una torpediniera, un dragamine e probabilmente qualche sottomarino, è stato avvistato qui. I rapporti riferiscono che si sta muovendo a una velocità media di venti nodi. Un peschereccio proveniente da Fårösund l'ha avvistato all'altezza di Slite. Alle quattro di oggi pomeriggio il convoglio è sparito in un banco di nebbia a nord-est di Gotska Sandön. Più o meno alla stessa ora, un altro peschereccio ha segnalato un numero imprecisato di navi russe. Anche queste dirette a nord, ma si tenevano più a oriente. Il marinaio non è stato in grado di riferire la rotta con precisione. Non era sicuro di niente. È probabile che fosse ubriaco, potrebbe averle intraviste appena. Come lo stato maggiore a Stoccolma, anch'io ritengo sia difficile che i due convogli siano venuti in contatto. Possiamo dedurne che non siano alleati, e che quindi abbiano piani diversi. Ma quali? E contro chi? Non lo sappiamo. Potrebbe essere solo una tattica per confonderci, l'incertezza delle operazioni è più difficile da gestire in mare che non a terra. In ogni caso, i fari sono stati oscurati. Evidentemente, a Stoccolma chi comanda non vuole correre rischi.»

Rake sollevò la bottiglia e guardò Lars con aria interrogativa. Lui scosse il capo, pentendosene un istante dopo. Il comandante si riempì il bicchiere, anche se non più fino all'orlo.

«Tutto questo ha qualche conseguenza sulla mia missione?»

«No, ma dobbiamo agire con la massima urgenza. In guerra non si può mai pensare di avere tanto tempo a disposizione, come dimostrato da questa situazione.»

La conversazione con Rake era conclusa, ma il capitano sembrava nervoso. Si grattò la fronte vicino all'attaccatura dei capelli, dove si intravedeva il rossore provocato da un eczema.

Lars Tobiasson-Svartman si congedò. La serata era gelida. Si fermò sulla scala, in ascolto. In lontananza si udiva il rumore del mare, dalla mensa degli ufficiali arrivavano delle risate. Gli sembrò di riconoscere la voce di Anders Höckert.

Tornato in cabina, pensò alla moglie. Quando lui era via, andava a letto presto, così almeno gli aveva scritto l'anno in cui si erano sposati.

Chiuse gli occhi e dopo qualche minuto riuscì a evocarne il profumo. In poco tempo divenne tanto intenso da impregnare tutta la cuccetta.

26

Durante la notte si mise a piovere.

Lars dormì con il batimetro stretto al petto. Si alzò poco prima delle sei con un forte mal di testa.

Avrebbe voluto scappare, ma al tempo stesso era impaziente di iniziare la sua missione.

27

All'alba del 22 ottobre Lars Tobiasson-Svartman salì a bordo della cannoniera Blenda.

L'attesa era finita.

Venne accolto dal comandante, il sottotenente di vascello Jakobsson, strabico dall'occhio sinistro e con una mano deforme. Parlava con uno spiccato accento di Göteborg e, malgrado lo strabismo, aveva un'espressione onesta e cordiale. A Lars ricordava un personaggio comico, visto in quella stravaganza chiamata "cinematografo" che ora andava tanto di moda. Assomigliava a uno di quei poliziotti che sono sempre alle calcagna del protagonista senza mai riuscire a catturarlo.

Jakobsson gli ispirava fiducia, e con sua sorpresa lo accompagnò alla cabina del comandante.

«Non è necessario» si schermì Lars.

«Dividerò la cabina con il mio secondo ufficiale» rispose il sottotenente. «Su questa cannoniera lo spazio è ridotto, soprattutto se per qualche motivo particolare l'equipaggio cresce. Mi è stato ordinato di riservarle il trattamento migliore, in modo che lei sia in grado di svolgere il suo incarico, e a mio avviso un buon riposo è la prima condizione. Quindi, sono pronto a sopportare il mio secondo, che digrigna i denti durante il sonno. Mi sembrerà di condividere la cuccetta con un tricheco, ammesso che i trichechi digrignino i denti.»

Lars Tobiasson-Svartman gli chiese di raccontargli qualcosa della nave.

«L'ha voluta il governo nel 1873, la prima di una serie di cannoniere di cui nemmeno i parlamentari conoscevano il numero preciso. Regge un carico di ottanta tonnellate di carbone, che consentono di coprire una distanza di millecinquecento miglia. Le caldaie funzionano secondo il sistema Wolf, nel quale non so bene cosa ci sia di tanto speciale. Fatto sta che funziona. È una buona nave, ma è vecchia. Ho il sospetto che presto non sarà più in servizio.»

Lars prese possesso della cabina. Era più grande di quella che gli era stata assegnata a bordo della Svea, ma aveva uno strano odore. Come di acido formico. Sembra che fino alla notte scorsa qui ci sia stato un formicaio che poi è stato rimosso, pensò. Sorrise al pensiero di quando avrebbe raccontato alla moglie di quella prima impressione provata nella cuccetta.

Salì sul ponte e pregò il sottotenente Jakobsson di riunire l'equipaggio. Era una giornata limpida, un vento leggero soffiava da sud.

L'equipaggio era composto da settantuno uomini. Otto marinai e un ingegnere del genio navale erano stati ingaggiati appositamente per quella spedizione. Le informazioni che avevano ricevuto in merito alla missione erano approssimative. Si riunirono tutti al fischio del secondo ufficiale, che si chiamava Fredén.

Lars era sempre nervoso quando doveva parlare a un equipaggio. Per nascondere la tensione si mostrava rigido, uno di quei superiori che va su tutte le furie per la minima mancanza.

«Non sarà tollerata alcuna negligenza» esordì. «L'incarico che ci è stato assegnato è importante, la situazione è delicata e diverse flotte militari si stanno muovendo lungo le nostre coste. Dovremo misurare alcuni tratti delle rotte che si estendono a nord e a sud del punto in cui ci troviamo. Non c'è spazio per le imprecisioni. Un rilevamento sbagliato, anche di un metro soltanto, può significare la rovina di una nave, la misura non corretta di un fondale può avere conseguenze devastanti.»

Fece una pausa guardando gli uomini disposti a semicerchio di fronte a lui. Molti di loro erano davvero giovani, poco più che ventenni. Lo guardavano in attesa degli ordini.

«Noi cerchiamo quello che non si vede» proseguì, «ma questo non significa che non esista. Appena sotto la superficie del mare ci sono fondali che nessuno ha ancora scoperto o indicato sulle carte. E ci sono profondità inaspettate. Noi cerchiamo entrambi, dobbiamo tracciare una rotta che le nostre navi da guerra possano seguire con sicurezza assoluta. Qualche domanda?»

Nessuno parlò. La cannoniera beccheggiava debolmente sull'acqua.

Il resto della giornata trascorse nella stesura dei rapporti e nell'organizzazione di un programma di lavoro adeguato. Il sottotenente Jakobsson godeva della fiducia dell'equipaggio. Lars si sentiva fortunato: un comandante che riceve l'ordine di cedere la propria cabina a un ufficiale sconosciuto potrebbe aversene a male, ma Jakobsson non sembrava per nulla risentito. Aveva l'impressione che facesse parte di quella rara categoria di uomini che non cerca di nascondere il proprio carattere. In questo, il sottotenente era il suo esatto contrario.

Le pratiche quotidiane erano state fissate. Ogni quattro giorni avrebbe fatto rapporto al capitano Rake, ed era previsto che in condizioni meteorologiche ideali la corazzata percorresse la zona ogni novantasei ore. Rake poteva contare su tecnici crittografi che avrebbero codificato i rapporti prima che venissero trasmessi per radiotelegrafo. Nel giro di pochi giorni le modifiche alle rotte sarebbero arrivate ai cartografi di Stoccolma, il lavoro sarebbe proceduto velocemente.

Nel tardo pomeriggio, il sottotenente Jakobsson stabilì la posizione: si trovavano tre gradi a nord-nord-est del faro di Sandsänkan. Le profondità rilevate intorno al segnale galleggiante di Juliabåden erano rispettivamente di dodici, ventitré e quattordici metri.

Lars Tobiasson-Svartman diede ordine che la Blenda si fermasse lì fino al giorno dopo. Stava per avere inizio la misurazione.

Osservò il mare con il cannocchiale, guardò in lontananza verso l'orizzonte e il faro. Poi chiuse gli occhi, senza abbassare il cannocchiale.

Sognò il giorno in cui avrebbe avuto bisogno degli strumenti solo in casi eccezionali. Sognò il giorno in cui l'unico strumento necessario per il suo lavoro sarebbe stato lui stesso.

28

Il giorno dopo. Erano le sette e tre minuti e Lars Tobiasson-Svartman era già sul ponte. Il sole si nascondeva dietro le nuvole basse. Lui indossava la divisa. La temperatura era di quattro gradi, la giornata quasi senza vento. Dal mare saliva un odore stantio di alghe. Era teso e nervoso per il lavoro che stava per intraprendere, preoccupato anche per gli errori che si sarebbero potuti verificare e che avrebbe dovuto affrontare. Errori che non voleva commettere.

Centocinquanta metri a ovest c'era una zona ricca di aringhe che sulle carte nautiche era segnata con il nome di Olsklabben. Lars aveva sempre con sé in una delle valigie un antico registro delle tasse, risalente al Sedicesimo secolo. Lì si leggeva: «Le aringhe sono un tributo che i pescatori e i cacciatori di foche devono pagare al sovrano del castello di Stegeborg.»

I raggi del sole filtravano tra le nubi. D'un tratto scorse qualcosa che scivolava lento e silenzioso sull'acqua. In un primo momento non capì di cosa si trattasse. Forse rami trascinati dalle onde? Poi si rese conto che era una rete da pesca a cui erano rimasti impigliati pesci morti e un'anatra.

La associò alla rappresentazione della libertà. La rete era la libertà: una prigione che era stata aperta, ma alcuni dei prigionieri, morti, erano rimasti incastrati tra le sbarre.

La libertà è sempre in fuga, pensò. Seguì con lo sguardo la rete fino a quando si perse in lontananza. Poi si rivolse a Jakobsson, che lo aveva raggiunto.

«La libertà è sempre in fuga» disse.

Jakobsson gli lanciò un'occhiata sorpresa. «Prego?»

«Oh, niente, è solo il verso di una poesia. Di Rydberg, o di Fröding, credo.»

Ci fu un momento di silenzio. Poi Jakobsson batté i tacchi e disse: «La colazione viene servita nella mensa degli ufficiali. Chi è abituato ai grandi spazi di una corazzata trova che su una cannoniera sia tutto più stretto. Qui non possiamo permetterci un equipaggio numeroso. Si può parlare a voce alta, ma il minimo movimento è complicato.»

«Non ho bisogno di particolari comodità e non mi agito molto.»

Quando Lars finì la colazione, un'omelette troppo salata, erano già le otto e un quarto. Due scialuppe grigie, ciascuna lunga sette metri, furono calate in acqua. Lars Tobiasson-Svartman prese il comando di una delle due, lasciando all'ingegner Welander la guida dell'altra. Ogni scialuppa contava tre rematori e un marinaio scelto, addetto al filo del batimetro.

Incominciarono a scandagliare lungo una rotta che dal faro di Sandsänkan si estendeva verso sud-sud-ovest. Lars voleva verificare se potessero attraversare l'arcipelago anche navi con pescaggi superiori a quelli indicati sulle carte nautiche.

Il batimetro veniva calato e issato, le profondità stabilite in rapporto alle misurazioni precedenti segnate sulle carte. Lars sorvegliava il lavoro, dando le istruzioni necessarie e partecipando alle operazioni quando calava nell'acqua il batimetro di ottone. I rilevamenti venivano registrati su un diario.

Il mare era calmo, sulle scialuppe regnava una strana

quiete. Gli scandagli venivano immersi e tirati su, le cifre gridate e annotate. I marinai remavano in silenzio. Qualunque rumore sembrava rimbalzare sulla superficie dell'acqua.

A bordo della Blenda, Jakobsson fumava la pipa e parlava senza sosta con un fuochista della falla che si era aperta in un condotto. Era una chiacchierata amichevole, come quelle che si fanno la domenica sul sagrato della chiesa.

Lars Tobiasson-Svartman socchiuse gli occhi davanti al sole e calcolò che la Blenda si trovava a una distanza di sessantacinque metri.

Lentamente, si diressero verso ovest. Le due scialuppe si muovevano con regolarità, in parallelo, a una distanza di cinque metri l'una dall'altra.

29

Erano da poco passate le undici del mattino quando individuarono un fondale la cui profondità non corrispondeva a quella indicata sulle carte nautiche. L'errore era significativo, c'era una discrepanza di almeno tre metri. La profondità esatta era di quattordici metri, e non di diciassette come si leggeva sulla carta. I controlli in quel tratto di mare non evidenziarono altre divergenze rispetto alle informazioni in loro possesso. Si erano però imbattuti in uno scoglio imprevisto, una formazione rocciosa appuntita e circoscritta, al centro di una zona che risultava regolare.

Lars aveva finalmente trovato quello che stava cercando: un'inesattezza da correggere. Un fondale che si era alzato.

Dentro di sé, tuttavia, era alla ricerca di qualcos'altro: un punto in cui il batimetro non sarebbe mai riuscito a raggiungere il fondo. Un punto in cui il batimetro cessava di essere uno strumento tecnico per trasformarsi in un mezzo poetico.

30

La rotta che stavano seguendo disegnava un arco intorno ad alcuni isolotti a sud di Halsskär, un'isola più grande che costituiva l'ultimo lembo di terra dell'arcipelago. Il lato occidentale non era mai stato mappato. Forse era lì che avrebbero trovato un canale largo e profondo abbastanza da permettere a una nave con un pescaggio pari a quello della Svea di passarvi attraverso.

In alcuni antichi diari di bordo, Lars aveva letto che fino al Settecento l'isola si chiamava Vredholmen. Aveva fatto ricerche sul perché a quell'arido isolotto dal perimetro di un chilometro fosse stato cambiato il nome. Una persona può cambiare nome per svariati motivi. Anche lui lo aveva fatto. Ma che motivo c'era di ribattezzare un'isola al limite estremo di un arcipelago?

E quel nome derivava da *vrede*, "ira", oppure da *vred*, il passato remoto di *vridi*, che significa "girare"? L'isola era stata chiamata così per duecentocinquant'anni. Poi a un certo punto, tra il 1712 e il 1740, Vredholmen era sparita e al suo posto ora c'era Halsskär.

Provò a riflettere su quel mistero, ma non riuscì a trovare una spiegazione.

Alla sera, dopo aver trascritto sul diario di bordo le annotazioni sue e dell'ingegner Welander, uscì sul ponte. Il mare era ancora calmo e alcuni uomini erano intenti a riparare una scaletta. Lars Tobiasson-Svartman puntò lo sguardo su Halsskär.

All'improvviso vide un bagliore. Socchiuse gli occhi, ma quel luccichio non si ripresentò. Andò in cabina a prendere il cannocchiale. Quando tornò sul ponte, su quelle rocce lisce e lucenti era ormai calato il buio.

Durante la notte scrisse una lettera alla moglie. Era un resoconto scarno di quei giorni tutti uguali. Non raccontò nulla di Rudin. Non accennò nemmeno alla menaide che aveva avvistato quella mattina.

31

Il giorno dopo, all'alba, montò su una scialuppa fissata con delle gomene alla poppa della Blenda. Mollati gli ormeggi, iniziò a remare verso Halsskär. Non c'era vento e dal mare saliva un odore di salsedine e fango. Remava con forza sull'acqua appena increspata, finché non approdò a un'insenatura sul lato occidentale dell'isolotto, dove riuscì a sbarcare senza bagnarsi. Tirò in secco la barca, legò gli ormeggi intorno a un masso e si appoggiò contro uno scoglio.

La Blenda beccheggiava a est di Halsskär. Era solo. Dalla nave non gli arrivava nemmeno un suono.

L'isolotto riposava sul mare. Ebbe la sensazione di trovarsi in una culla, o su un letto di morte. Gli sembrava di udire il mormorio delle voci imprigionate nello scoglio. Perfino le rocce hanno dei ricordi, come le onde e i fondali. I ricordi sono custoditi anche laggiù, nell'oscurità, dove i pesci nuotano tra correnti invisibili e silenziose.

Quell'isola brulla era simile a una persona misera e infelice, priva di desideri. Vi crescevano solo licheni, eriche, ciuffi d'erba, bassi arbusti di ginepro piegati dal vento e, lungo la spiaggia, filamenti di alghe marine.

L'isola era come un monaco, un monaco mendicante che ha rinunciato a tutto e vaga solitario per il mondo.

D'un tratto fu colto da un'intensa nostalgia della moglie. Avrebbe consegnato a Rake la lettera che le aveva scritto, pregandolo di spedirla al più presto.

Solo allora avrebbe potuto sperare di ricevere sue notizie. Era sposato con una donna che rispondeva alle lettere, ma che non le scriveva mai lei per prima.

Si arrampicò fino in cima all'isolotto. Gli scogli erano scivolosi e lui cadde più volte. Da lassù riusciva a vedere la Blenda che si alzava e abbassava piano tra le onde. Aveva portato con sé il cannocchiale e lo puntò sulla nave. Osservare cose e persone attraverso il cannocchiale gli aveva sempre dato una sensazione di potere.

Vide il sottotenente Jakobsson in piedi accanto al parapetto. Stava urinando in acqua e si reggeva il membro con la mano deforme.

Lars abbassò il cannocchiale, quella scena gli aveva provocato la nausea. Fece un respiro profondo.

Da quel momento avrebbe provato per Jakobsson un certo disgusto. Gli sarebbero tornati in mente il piscio e la sua mano deforme ogni volta che si sedeva con lui a tavola.

Si chiese come avrebbe reagito la moglie se le avesse scritto: «Questa mattina ho sorpreso il comandante della nave con i calzoni abbassati.» Si mise a sedere in un punto all'asciutto e chiuse gli occhi. Dopo un istante riuscì a evocare il profumo di Kristina: era così forte che riaprì gli occhi convinto di trovarsela accanto.

Poco dopo risalì sulla scialuppa e tornò alla Blenda.

Quel pomeriggio raggiunsero Halsskär e cominciarono con le misurazioni che avrebbero permesso di tracciare una rotta a ovest dell'isola.

32

Impiegarono sette giorni di duro e incessante lavoro per verificare l'esistenza di un canale navigabile a ovest di Halsskär. Fatta eccezione per le grandi corazzate, tutte le navi della flotta svedese avrebbero potuto transitare con un buon margine di sicurezza.

Durante la cena a base di merluzzo e patate, Lars espose i risultati a Jakobsson. Non sapeva quanto potesse entrare nel dettaglio riguardo alla sua missione, ma sarebbe stato strano non parlare apertamente con un uomo in grado di constatare di persona come stava procedendo il lavoro.

«Sono colpito» disse Jakobsson. «Ma devo farle una domanda: lo sapeva già?»

«Che cosa?»

«Che in quel punto la profondità era sufficiente al transito delle navi da guerra?»

«È raro che i batinauti che tirano a indovinare siano fortunati. Di una cosa, però, sono certo: ciò che si cela sotto la superficie del mare è imprevedibile. Possono venire a galla fango, pesci e alghe putride, ma anche i fondali riservano delle sorprese.»

«Guardare una carta nautica e poter dire a se stessi di essere fra quelli che ne hanno verificato le rotte dev'essere un'esperienza entusiasmante.»

La conversazione fu interrotta da Fredén, il secondo

ufficiale, entrato per comunicare che la Svea era stata avvistata a nord.

Lars finì in fretta di mangiare e si precipitò a trascrivere i dati delle ultime misurazioni. Dopo un veloce controllo, firmò il diario di bordo.

Prima di lasciare la cabina scrisse un'altra breve lettera alla moglie.

La corazzata si accostò alla Blenda. Visto che il mare era calmo e non soffiava vento, tra le due navi fu disposta una passerella.

Il capitano Rake aveva un forte raffreddore. Non fece domande e prese in consegna il diario di bordo per passarlo a uno dei tecnici crittografi. Poi invitò Lars a bere un cognac.

«E il nostromo Rudin?» domandò lui. «Come sta?»

«Purtroppo è deceduto durante l'operazione» rispose Rake. «Lo rimpiangeremo, era un bravo marinaio. La sua morte, oltretutto, incide sulla mia statistica personale.»

Lars fu colto da un senso di nausea. Non si aspettava una notizia simile, e per un momento si scompose.

Rake lo scrutò attentamente, capiva che qualcosa non andava e gli chiese: «Si sente bene?»

«Benissimo. È solo il mio stomaco, negli ultimi giorni è un po' sottosopra.»

Rimasero in silenzio. L'ombra di Rudin attraversò la cabina.

Prima di salutarsi, bevvero un altro bicchiere di cognac.

33

Durante il primo pomeriggio del 31 ottobre, la costa orientale fu colpita da una forte tempesta che costrinse i batinauti a interrompere il lavoro. Con una certa soddisfazione, Lars Tobiasson-Svartman ordinò alle scialuppe di tornare alla Blenda. Quella mattina, quando aveva controllato le previsioni meteorologiche, tutto lasciava presagire che fosse in arrivo una bufera. A colazione ne aveva parlato con il comandante.

«Il barometro continua a scendere» aveva risposto Jakobsson. «Probabilmente salirà un vento forte da sud, ma non prima di sera.»

Già dal pomeriggio, si era detto Lars. Il vento, che soffierà anche da est, avrà la forza di un uragano. Ma di questo non fece parola, né a colazione né in piena tempesta.

La Blenda sbandava e beccheggiava nel mare in burrasca. I motori lavoravano a pieno ritmo per mantenere la nave controvento. Per due giorni si ritrovò da solo alla mensa degli ufficiali. Jakobsson soffriva terribilmente di mal di mare e non si fece vedere. Quanto a lui, non aveva mai avuto problemi di quel genere, neanche durante i primi anni in marina, quando era ancora un cadetto inesperto.

Per qualche ragione, si sentiva in colpa.

34

La tempesta si placò la notte del 3 novembre.

All'alba, quando uscì sul ponte, Lars Tobiasson-Svartman vide le ultime nuvole sparire in lontananza, sopra l'orizzonte. La temperatura aveva cominciato a salire e le misurazioni potevano riprendere. Quando aveva preparato il suo piano d'azione aveva messo in conto anche qualche interruzione, fra cui almeno tre dovute al maltempo. Non era quindi in ritardo sulla tabella di marcia.

Controllò l'ora, la colazione sarebbe stata servita di lì a poco.

Si udì un grido, quasi un lamento. Lars si voltò e vide un marinaio sporgersi oltre il parapetto e agitare una mano. Qualcosa aveva catturato la sua attenzione.

Insieme a Jakobsson, Lars si affrettò incontro al marinaio, che continuava a gesticolare. Il sottotenente aveva il viso mezzo coperto di schiuma da barba.

In acqua, vicino al fianco della nave, c'era un cadavere. Era un uomo, galleggiava a faccia in giù. Non indossava la divisa svedese. Era forse tedesca o russa?

Con l'aiuto di cime e arpioni lo issarono a bordo, e i marinai lo voltarono poi a pancia in su. Il viso era quello di un giovane. I capelli erano biondi, ma non aveva più gli occhi, glieli avevano mangiati i pesci, o gli uccelli. Jakobsson si lasciò sfuggire un gemito.

Lars cercò di afferrare il parapetto per reggersi in piedi, ma svenne prima di raggiungerlo. Quando riaprì gli occhi, il sottotenente era chino sopra di lui, qualche goccia di schiuma da barba gli cadde sulla fronte. Si tirò su lentamente, facendo segno a chiunque cercasse di aiutarlo che stava bene.

Dentro di sé sentì crescere l'umiliazione. Non aveva solo perso il controllo, aveva mostrato la propria debolezza di fronte all'equipaggio.

Prima Rudin, poi questo cadavere recuperato dal mare. Era troppo per lui, più di quanto potesse sopportare.

Prima di quel giorno, Lars Tobiasson-Svartman aveva visto un unico morto in tutta la sua vita. Si trattava di suo padre, mancato un pomeriggio mentre si stava vestendo, a seguito di un colpo apoplettico. Era caduto sul pavimento vicino al letto proprio nell'istante in cui lui entrava in camera per dirgli che era pronta la cena.

Poco prima di morire, Hugo Svartman si era pisciato addosso. Giaceva a terra con la pancia scoperta e gli occhi spalancati. Teneva in mano una scarpa, come a volersi riparare da un aggressore.

Lars non aveva mai dimenticato la vista di quel cadavere grasso e vestito a metà. Spesso aveva pensato che, morendo davanti ai suoi occhi, il padre avesse voluto punirlo un'ultima volta.

Il marinaio era molto giovane. Jakobsson si chinò su di lui e gli coprì gli occhi con un fazzoletto.

«È la divisa tedesca» disse. «Era in marina.»

Gli sbottonò la giacca e si mise a cercare nelle tasche interne, dove trovò documenti e fotografie fradici.

«Non ho molta esperienza di cadaveri» continuò. «Anche se questo non significa che non abbia mai ripescato la salma di un marinaio. Non mi sembra però che quest'uomo sia stato in mare troppo a lungo. Sul corpo non ci sono ferite che indichino che è morto in battaglia. Probabilmente, a farlo cadere in acqua è stato un incidente.»

Il sottotenente si alzò e diede l'ordine di coprire il corpo. Lars lo seguì fino alla mensa degli ufficiali. Solo quando furono seduti, con i documenti e le fotografie ordinati sul tavolo davanti a loro, Jakobsson si rese conto di avere ancora la schiuma da barba sul viso. Chiese al cameriere di portargli un tovagliolo e si pulì. Vedendo la sua faccia rasata a metà, Lars non riuscì a trattenere una risata isterica. Stupito, il sottotenente alzò le sopracciglia. Da quando era salito a bordo della Blenda, era la prima volta che Lars Tobiasson-Svartman rideva.

Ed era la seconda volta che, a Lars, il sottotenente Jakobsson ricordava un personaggio comico, come se ne vedono al cinematografo.

35

Il sottotenente cominciò a esaminare le carte del marinaio. Con molta cura sfogliò le pagine del libretto personale.

«Karl-Heinz Richter, nato a Kiel nel 1895» lesse. «Non aveva ancora vent'anni. Una vita breve interrotta da una morte violenta.»

Era difficile decifrare quella scrittura stemperata dall'acqua. «Era imbarcato sulla nave da guerra Niederburg» continuò. «Lo stato maggiore a Stoccolma sarà sorpreso di sapere che la Niederburg sta operando nel Baltico.»

Lars pensò: Una delle unità più piccole della flotta tedesca, ma comunque dotata di un equipaggio di più di ottocento uomini. E in grado di raggiungere una velocità molto elevata.

Il sottotenente Jakobsson si chinò sulle fotografie. Una era una vera e propria miniatura, con tanto di vetro e di cornice.

«La signora Richter, deduco» disse. «Il tipico ritratto di una donna in posa in uno studio fotografico. Non poteva immaginare che il figlio avrebbe avuto con sé questa foto al momento della morte. Un bel viso, anche se un po' pienotto.» Esaminò il ritratto più da vicino. «C'è una farfallina azzurra dietro la fotografia» aggiunse. «Ma non sapremo mai perché si trova lì.»

L'altra foto era sfocata. Jakobsson la studiò a lungo prima di posarla davanti a sé. «Si intravede qualcosa. Forse un cane. Un bracco, chissà... Non ne sono sicuro.»

Passò fotografie e documenti a Lars, che fu d'accordo: poteva effettivamente trattarsi di un cane, ma nemmeno lui era sicuro della razza. La donna, con ogni probabilità la madre di Karl-Heinz Richter, aveva lo sguardo triste e spaventato. Sembrava essersi rannicchiata davanti al fotografo per mettersi in posa. Ed era davvero grassoccia.

«Due ipotesi» disse Jakobsson. «La prima è che si sia trattato di un banale incidente. Un marinaio cade oltre il parapetto durante la notte, nessuno si accorge di niente. In realtà, non è nemmeno necessario che sia buio, può essere capitato anche di giorno. Bastano pochi secondi per finire in acqua, dal ponte. Nessuno ti vede né ti sente quando succede. Il mare ti sottrae tutto il calore, ti trascina giù e tu muori di freddo e di paura. Chi è stato sul punto di annegare parla di un terrore indescrivibile, che non può essere paragonato a nessun altro. Neanche a quello che si prova di fronte a una baionetta nemica.»

Si interruppe di colpo, come se avesse perso il filo del discorso. Lars Tobiasson-Svartman fu invaso dalla nausea.

«Ma c'è anche un'altra ipotesi» continuò Jakobsson. «Forse il marinaio si è tolto la vita, forse l'angoscia era diventata insopportabile. Soprattutto da giovani, si desidera morire per i motivi più strani. Un amore infelice, per esempio. O a causa di quel fenomeno che i tedeschi chiamano "*Weltschmerz*", il dolore universale. Anche la nostalgia di casa può portare al suicidio. La sottana della mamma è più importante della vita stessa, e quando se ne viene privati non rimane che la morte.» Prese in mano la fotografia. «Non possiamo sapere se questa donna sia stata così protettiva nei confronti del figlio da rendergli intollerabile la vita lontano da lei.»

Guardò a lungo la foto prima di deporla di nuovo sul

tavolo. «Ma possono esserci state cause diverse. Maltrattamento da parte dei superiori, o dei commilitoni. Anche da morto, sembrava un ragazzo spaventato. In realtà assomiglia più a una ragazza, gli mancano solo le trecce. Forse non sopportava di essere lo zimbello della compagnia. Eppure ci vuole un bel coraggio per gettarsi in mare... Coraggio o stupidità. Spesso coincidono, soprattutto tra i soldati.»

Jakobsson si alzò. «Non voglio quell'uomo a bordo più a lungo del necessario, i morti rischiano di mandare a fondo una nave. L'equipaggio si innervosisce, quando sa che c'è un cadavere nella stiva. Darò ordine di predisporre i funerali al più presto.»

«Non bisogna fare l'autopsia?»

Il sottotenente rifletté prima di rispondere. «Come comandante, la decisione spetta a me. Non si può escludere che il ragazzo fosse malato, e talvolta le persone sono contagiose anche dopo aver esalato l'ultimo respiro. Darò ordine di procedere alle esequie al più presto.»

Si fermò sulla porta. «Ho bisogno di un favore» aggiunse, «e probabilmente, in tutta la marina, lei è la persona più adatta ad aiutarmi.»

«In che modo?»

«Ho bisogno di un punto profondo a sufficienza per calare in acqua il corpo, nelle vicinanze. Può cercarne uno sulle sue carte nautiche?»

«Non ce n'è bisogno, so già dove si trova.»

Uscirono sul ponte e si avvicinarono al parapetto. A bordo c'era uno strano silenzio. Lars indicò verso nord-est.

«A duecentocinquanta metri da qui c'è una spaccatura sul fondale. È larga trenta metri e si estende fino a Landsortsdjupet, che con i suoi quattrocentocinquanta metri è noto per essere il punto più profondo di tutto il Baltico. La spaccatura è di circa centosessanta metri. Se non bastano, bisogna continuare per parecchie miglia verso nord.»

«Bene, sulla terraferma le bare vengono sotterrate a due metri di profondità; centosessanta mi sembrano più che sufficienti.»

La salma venne avvolta in una tela cerata. Come zavorra, le furono fissati intorno alcuni rottami di ferro scovati in sala macchine. Mentre venivano portati a termine i preparativi, il sottotenente Jakobsson finì di radersi.

La nave fece rotta secondo le indicazioni impartite da Lars Tobiasson-Svartman al timoniere. Era la prima volta che si trovava al comando di una nave da guerra, anche se lo sarebbe stato solo per duecentocinquanta metri.

36

I funerali iniziarono alle nove e mezzo. L'equipaggio si era riunito sul cassero. Il carpentiere di bordo aveva predisposto una tavola con due cavalletti, su cui giaceva la salma avvolta nel telo, con i piedi rivolti al parapetto. La bandiera era a mezz'asta.

Seguendo le procedure stabilite dal cerimoniale di bordo, Jakobsson reggeva il libro dei salmi mentre tutti gli altri mormoravano i canti. Il sottotenente aveva una voce stentorea, ma era stonato. Lars Tobiasson-Svartman muoveva appena le labbra. I gabbiani che volavano sopra la nave si unirono al coro con le loro grida. Poi furono recitate le preghiere dei defunti, la tavola venne sollevata, la salma scivolò oltre il parapetto e cadde in acqua con un tonfo sordo. La sirena suonò una sola volta. Il sottotenente mantenne l'equipaggio sull'attenti ancora per un minuto, e quando il reparto ruppe le righe il corpo era già lontano.

Jakobsson invitò Lars a bere un bicchiere di acquavite alla mensa. Brindarono e il comandante chiese: «Secondo lei, quanto tempo ha impiegato il corpo per riposare in pace nel fango, o nella sabbia, o in qualsiasi cosa ci sia là sotto?»

«Il fondale qui è fangoso, come in tutto il Baltico» rispose lui. Poi fece un rapido calcolo a mente. «Supponiamo che il corpo con la zavorra pesi cento chili, e che il fondale, come ho detto, si trovi a una profondità di centosessanta metri. In questo caso ci vogliono due o tre secondi per scendere di un metro. Questo significa che ci sono voluti sei minuti prima che raggiungesse il fondo.»

Il sottotenente Jakobsson rifletté un momento su quella risposta. «Questo dovrebbe rassicurare il mio equipaggio sul fatto che il corpo non ritornerà a galla. A volte i marinai possono essere così superstiziosi. Anche i comandanti, a dirla tutta.»

Versò un altro po' di acquavite a entrambi. Lars Tobiasson-Svartman non rifiutò.

«Continuo a chiedermi quale sia stata la causa dell'annegamento» proseguì Jakobsson. «So che non avrò mai una risposta, ma per me sarà difficile dimenticare quel marinaio. Il nostro è stato un incontro breve, è rimasto sul ponte della mia nave, coperto da una cerata grigia, prima di andarsene di nuovo. Ma serberò il suo ricordo per il resto della mia vita.»

«Cosa ne sarà dei suoi effetti personali? La fotografia incorniciata, quella del cane, il libretto?»

«Li manderò a Stoccolma insieme al mio rapporto. Immagino che verranno spediti in Germania. Prima o poi la signora Richter verrà a sapere cos'è successo a suo figlio. E non conosco nessuno stato civile che non si occupi degli effetti personali dei propri caduti.»

Lars Tobiasson-Svartman si alzò per andare a riprendere il lavoro interrotto, ma Jakobsson sollevò la mano per fargli intendere che aveva ancora qualcosa da dire.

«Ho un fratello ingegnere» continuò, «che ha lavorato per parecchi anni nei cantieri navali di Gotenhafen e di Kiel. Mi ha raccontato che in Germania i costruttori stanno progettando navi incredibilmente grandi: stazza lorda fino a cinquantamila tonnellate, di cui la metà costituita dalla sola corazzatura, che in alcuni punti dovrebbe raggiungere uno spessore di trentacinque centimetri. L'equipaggio arriverebbe a duemila uomini, una vera e propria città galleggiante, dove può succedere di tutto. A bordo, probabilmente, ci sarà anche un'impresa di pompe funebri. Forse un giorno navi del genere diventeranno una realtà. Mi chiedo cosa ne sarà degli uomini. Avremo anche noi la pelle spessa trentacinque centimetri, in modo da respingere le granate più potenti? La nostra specie sarà in grado di sopravvivere? Oppure la nostra esistenza consisterà in un susseguirsi di guerre di cui nessuno ricorderà più l'inizio né riuscirà mai a vedere la fine?»

Jakobsson si versò un altro bicchiere.

«Forse il conflitto a cui stiamo assistendo è proprio la prima di quelle guerre. Milioni di soldati moriranno solo perché a Sarajevo è stato assassinato un uomo, un insignificante erede al trono. È una cosa ragionevole? Certo che no. La guerra, in fondo, è sempre un errore. Il risultato di congetture e conclusioni insensate.»

Il sottotenente non sembrava aspettare nessun commento. Rimise a posto la bottiglia dell'acquavite e uscì. Sul ponte inciampò e prese una storta. Ma non si voltò.

Lars rimase in mensa a riflettere sulle parole che aveva appena sentito. Che spessore aveva la sua pelle? A quali granate avrebbe potuto resistere? Cosa sapeva della pelle di Kristina, a parte il fatto che profumava?

Per un istante fu assalito dal panico. Era lì seduto, paralizzato, come se gli avessero iniettato un veleno che si stava propagando per tutto il corpo. Poi si riscosse, fece un respiro profondo e uscì sul ponte.

37

Continuarono a lavorare e riuscirono a effettuare ottanta misurazioni di controllo prima dell'imbrunire.

Quel giorno per cena furono servite sogliole fritte con patate e una salsa leggera e insapore. Il sottotenente Jakobsson era silenzioso e piluccava svogliatamente nel piatto.

Lars Tobiasson-Svartman trascriveva i rilevamenti sul diario di bordo. Una volta finito, si sentì irrequieto e uscì sul ponte. Ancora una volta gli sembrò di veder brillare qualcosa su Halsskär, ma pensò che fosse frutto della sua immaginazione e distolse lo sguardo.

Quella notte dormì con il batimetro stretto al petto. Anche se lo puliva tutti i giorni, gli parve di sentire l'odore del fango sfiorato sui fondali.

38

Si svegliò di soprassalto. La cabina era immersa nell'oscurità. Il batimetro era accanto al suo braccio sinistro. Si mise in ascolto. L'acqua gorgogliava piano, il rollio della nave era lento. Sentì il marinaio di guardia tossire sul ponte. Una tosse violenta, davvero brutta. Poi udì i suoi passi dirigersi a poppa.

Aveva fatto un sogno in cui degli uomini frustavano alcuni cavalli. Aveva cercato di intervenire, ma nessuno si curava di lui. Poi si era reso conto che stava per prendersi anche lui una frustata. In quel momento si era svegliato.

Guardò l'orologio appeso nella cabina, erano le cinque e un quarto. Il sole non era ancora sorto.

Pensò al bagliore che aveva creduto di vedere per ben due volte su Halsskär. Com'era possibile? Era solo un arido isolotto in mezzo al mare, non potevano esserci luci.

Accese la lampada a petrolio, si vestì, respirò a fondo e si guardò allo specchio. Era sempre lo stesso.

Da bambino e da ragazzo assomigliava a sua madre. Adesso che era diventato adulto il suo viso stava cambiando e, ogni volta che si guardava allo specchio, vi vedeva riflessi sempre più netti i tratti di suo padre.

Quale altro volto nascondeva dentro di sé?

Sarebbe mai riuscito ad assomigliare solo a se stesso?

39

Sul ponte, vide il mare coperto dalla foschia.

Il marinaio di guardia che aveva sentito tossire era seduto sull'argano di prua. Fumava, ma si alzò di scatto, nascondendo la pipa dietro la schiena, quando sentì un rumore di passi. Poi fu preso da un attacco di tosse così violento che il petto sembrava scoppiargli.

Lars Tobiasson-Svartman calò la scaletta e salì su una scialuppa. Il marinaio di guardia aveva ripreso un po' fiato e gli chiese se avesse bisogno di un rematore. Lui declinò l'offerta.

Il sole non aveva ancora raggiunto l'orizzonte quando Lars iniziò a vogare verso Halsskär. I remi cigolavano negli scalmi. Per andare dritto all'isolotto aveva fissato un punto a tribordo, così non aveva bisogno di correggere la rotta. Remò con vigore e ormeggiò nello stesso punto della volta precedente.

Halsskär poteva essere stata frantumata dalla mano di un gigante: l'isola era solcata da burroni profondi e da avvallamenti, e il terreno argilloso si era stratificato permettendo a pianticelle di assenzio di crescere qua e là. Sulle rocce si erano arrampicati l'erica e i licheni.

Lars seguì la spiaggia verso nord, ma dovette allontanarsi dall'acqua laddove le rocce erano a picco sul mare. Il terreno sembrava opporgli resistenza, la pietra si era modellata in ripidi precipizi ed era scivolosa. Oltre ogni parete che superava se ne presentava subito un'altra.

Dopo dieci minuti era tutto sudato. Si era ritrovato in mezzo ad alcuni massi, sul fondo di un crepaccio da cui non scorgeva più il mare. Era circondato da rocce. Un serpente era sceso fin lì per fare la muta. Continuò ad arrampicarsi, tornò a vedere il mare e si incamminò verso una baia che sembrava essere stata scavata negli scogli.

Si fermò di colpo.

Nella parte più interna della baia c'era un pontile sgangherato, al quale era ormeggiata una barca. La vela era arrotolata intorno all'albero di prua. Lungo la spiaggia, appese a pali a forcella piantati tra le pietre, si vedevano delle reti da pesca. C'erano anche un'enorme tinozza di quercia incatramata, un grosso peso per tenere ferme le reti, galleggianti di corteccia e sughero.

Rimase immobile a guardare la scena. Era stupito che un isolotto così lontano dalla costa venisse usato da pescatori e cacciatori di uccelli. Non poteva trattarsi di cacciatori di foche, perché nelle vicinanze del faro di Sandsänkan non c'erano scogli su cui le foche grigie riuscivano ad arrampicarsi. Era necessario spingersi più in là, verso l'arcipelago, verso gli scogli bassi a est di Harstena.

Continuò a camminare lungo la spiaggia finché non raggiunse la baia, e notò che la barca era in buone condizioni. La vela, un unico pezzo di tela, non presentava toppe. Le reti appese ai pali erano a maglie strette, adatte quindi alla pesca delle aringhe. Dalla baia, tra la fitta sterpaglia, si inerpicava un sentiero che, oltre i cespugli spinosi, proseguiva tra due rocce. Da un lato, notò sorpreso una fonte.

D'un tratto vide un appezzamento di terra pianeggiante e una casupola di pescatori all'ombra di una parete rocciosa. Dal camino in muratura saliva verso il cielo una sottile striscia di fumo. Le fondamenta erano di pietra massiccia, le pareti di assi di legno ingrigite, di varia larghezza e squadrate rozzamente. Il tetto era coperto di muschio, ma la base era costituita da uno strato di torba. C'era un'unica finestra e la porta era chiusa. Vicino alla casa era stato ricavato un orto dove adesso non cresceva niente, ma qualcuno si era preoccupato di concimarlo coprendolo di alghe. Un po' più lontano, sul lato opposto della casa verso la parete di roccia, un campo di patate. Misurava una ventina di metri quadrati. Anche lì il terreno era stato ricoperto di alghe e bucce di patate secche.

In quel preciso istante la porta si aprì e dalla casa uscì una donna. Indossava una gonna grigia e un maglione di lana logoro. Teneva in mano un'accetta e i suoi lunghi capelli biondi erano legati in una treccia infilata sotto il maglione. Quando lo vide ebbe un sussulto, ma non si spaventò e non sollevò nemmeno l'accetta.

In imbarazzo, Lars si sentì colto in flagrante senza sapere bene che reato avesse commesso. Portò la mano alla visiera del berretto e fece il saluto militare.

«Non era mia intenzione avvicinarmi di nascosto» si scusò. «Mi chiamo Lars Tobiasson-Svartman e sono un ufficiale di marina. Però non il comandante della nave che c'è là fuori, a est.»

La donna aveva gli occhi chiari, non abbassò lo sguardo.

«Cosa state facendo? È da un po' che è ormeggiata lì, quella nave.»

«Stiamo misurando i fondali per stabilire se le carte nautiche sono affidabili o meno.»

«Non sono abituata a vedere navi tra questi scogli, e ancora meno ad avere gente sull'isola.»

«La guerra l'ha reso necessario.»

La donna non distolse gli occhi. «Quale guerra?»

Capì che era sincera, non ne sapeva niente. Era uscita da una casupola sull'isola di Halsskär e non poteva immaginare che fosse in corso una guerra tremenda.

Prima di rispondere, Lars lanciò un'occhiata alla porta per vedere se nel frattempo fosse apparso il marito.

«È scoppiata qualche mese fa» spiegò. «Sono coinvolti molti paesi, ma qui nel Baltico ci sono soprattutto navi da guerra tedesche e russe che si stanno studiando in vista dello scontro decisivo.»

«E la Svezia?»

«Per ora ce ne teniamo fuori, ma nessuno sa ancora per quanto.»

Ci fu un attimo di silenzio. La donna era giovane, probabilmente non aveva trent'anni. L'espressione era distesa, come la sua voce.

«Come va la pesca?» chiese lui in tono gentile.

«È dura.»

«Niente aringhe? E merluzzi?»

«Il pesce non manca, ma è dura lo stesso.»

Aveva posato l'accetta su un ceppo. Poco lontano erano accatastati rami e resti di imbarcazioni portati dal mare, pronti per essere bruciati. «Ricevo visite molto di rado» continuò la donna. «Non ho niente da offrirle.»

«Non si preoccupi, devo tornare alla nave.»

Lo guardò e lui pensò che aveva un bel viso.

«Mi chiamo Sara Fredrika» disse. «Non sono abituata alle persone.»

Si girò e sparì in casa.

Lars fissò a lungo la porta chiusa. Desiderava intensamente che si riaprisse e che la donna tornasse fuori. Ma non accadde.

Tornò sulla Blenda. Jakobsson fumava vicino al parapetto. «Halsskär, si chiama così quell'isolotto, vero? Cosa ci avete trovato?»

«Niente, assolutamente niente.»

Andarono avanti a eseguire i rilevamenti, calando e issando il batimetro nell'acqua.

Per tutto il tempo Lars Tobiasson-Svartman pensò alla donna che era uscita dalla casupola e a come lo aveva guardato negli occhi.

Nel tardo pomeriggio prese a soffiare un vento da sud-ovest.

Mentre portavano a termine il lavoro previsto per quel giorno, iniziò a piovere.

Parte terza
La nebbia

40

Il 15 novembre arrivò la prima neve.

Era una giornata priva di vento e nuvole scure incombevano sopra il golfo di Finlandia. La neve cadeva a fiocchi radi. Il termometro segnava meno due e il barometro continuava a scendere.

La sera prima Lars Tobiasson-Svartman aveva annotato nel suo diario che avevano lavorato per ventuno giorni, concedendosene solo tre di riposo. Secondo i suoi calcoli, avrebbero finito le misurazioni nel tratto di mare compreso tra il faro di Sandsänkan, l'arcipelago settentrionale di Gryt e l'accesso a Barösund entro il primo dicembre. Dopo, la Blenda avrebbe fatto rotta verso sud, dove c'era ancora una zona da scandagliare vicino alla baia di Gamleby.

Tuttavia, lo stato maggiore della marina aveva comunicato di rimandare i rilevamenti di questo secondo tratto all'inizio del 1915. Nel frattempo, Lars Tobiasson-Svartman poteva tornare a Stoccolma.

Non aveva ancora la certezza che si potesse stabilire una rotta a ovest di Halsskär. C'era un punto che lo preoccupava: un tratto di mare che risultava poco chiaro sulle carte nautiche, che indicavano un fondale con pericolose irregolarità. Si trattava di sporgenze di roccia isolate e quindi trascurabili, o di una dorsale sottomarina che lo avrebbe costretto a modificare la rotta?

Si sentiva insicuro. Conosceva bene l'ansia, ma era un aspetto del suo carattere che non voleva condividere con nessuno.

Si sdraiò sul letto e spense la lampada a petrolio, chiedendosi perché non avesse ancora ricevuto neppure una lettera dalla moglie. La corazzata Svea si era accostata alla Blenda già sei volte. Ogni volta, Lars aveva consegnato il diario di bordo a un crittografo e poi discusso della guerra con Rake mentre bevevano un bicchiere di cognac insieme. Prima di congedarsi, gli aveva sempre lasciato una lettera da spedire alla moglie. Ogni volta, era sicuro che avrebbe trovato la sua risposta, ma Rake non gli aveva mai consegnato nulla.

Un altro pensiero lo tormentava. Erano trascorse due settimane da quando aveva incontrato la donna sull'isola di Halsskär, e giorno dopo giorno il desiderio di tornare da lei si faceva più intenso. Già due volte aveva mollato gli ormeggi di una scialuppa e si era diretto all'isolotto. All'ultimo, però, aveva cambiato idea. Il richiamo era forte, ma proibito. Voleva precipitarsi a Halsskär, ma non ne aveva il coraggio.

La neve si fece più fitta. Il mare calmo era colore del piombo, le nuvole scure e sempre più vicine incombevano su di loro. Jakobsson uscì sul ponte con una sciarpa avvolta sulla testa intorno al berretto della divisa. Vedendolo, un marinaio scoppiò a ridere, e un altro lo seguì. Ma il sottotenente non si arrabbiò, anzi, lui stesso sembrava piuttosto divertito.

«Lo so, non si addice a un ufficiale» disse con un sorriso. «Gli scialletti vanno bene per le signore anziane, non per i comandanti della marina svedese. Devo ammettere, però, che mi tiene ben calde le orecchie.»

Poi, con grande stupore di tutti, raccolse un po' di neve dal ponte, ne fece una palla con la mano deforme e colpì la schiena dell'ingegner Welander.

«In realtà, sono le battaglie a palle di neve, che noi svedesi conosciamo fin da bambini, a prepararci a diventare soldati» gridò soddisfatto, dopo averlo centrato.

Stupito, l'ingegner Welander si scrollò la neve dal cappotto, ma non disse niente. Scese lungo la scaletta e raggiunse la sua scialuppa. Il sottotenente lo seguì con lo sguardo, le sopracciglia aggrottate.

«Alla scialuppa di Welander è stato dato un soprannome» disse Jakobsson. «L'hanno fatto di nascosto, l'equipaggio è convinto che io non ne sappia nulla, ma una delle responsabilità più importanti di un comandante, oltre ad assicurarsi che la nave non vada a fondo, è conoscere i pettegolezzi che circolano a bordo. Devo sapere se qualcuno diventa il bersaglio dei compagni: non voglio che possa arrivare a stare talmente male da decidere di buttarsi in mare. La scialuppa dell'ingegnere la chiamano "Traballante"» disse in confidenza. «È una definizione perfida, ma puntuale.»

Lars Tobiasson-Svartman capì subito a cosa si riferiva: l'ingegnere spesso dubitava dei risultati di alcune misurazioni e voleva ripeterle, senza motivo.

«E la mia, come la chiamano?» chiese.

«In nessun modo. È sorprendente, considerando che i marinai tendono a essere molto fantasiosi. Ma il suo equipaggio non sembra aver trovato in lei grossi difetti, o perlomeno tali da diventare il nomignolo di una barca.»

Lars si sentì sollevato. Non si era reso vulnerabile senza accorgersene.

In quel momento, il viso del sottotenente Jakobsson si contrasse in una smorfia di dolore. «Ho delle fitte al braccio» spiegò. «Forse è colpa di uno strappo.»

Lars decise di toccare finalmente un argomento che lo aveva incuriosito dal primo istante in cui era salito a bordo: «È da un po' che mi chiedo cosa le sia capitato alla mano.»

«Se lo chiedono tutti, ma solo in pochi decidono di soddisfare la propria curiosità. Francamente, credo che non essere in grado di fare domande al prossimo riguardo ai suoi difetti fisici sia una forma di vigliaccheria. Il mondo è pieno di ammiragli che se ne vanno in giro con le ferite di guerra in bella mostra, ma nessuno dei loro sottoposti ha il coraggio di domandargli come stanno.» Il sottotenente ridacchiò. «Da bambino mi piaceva immaginare che la mia mano fosse stata ferita durante uno scontro con i pirati nel Mar dei Caraibi» continuò, «o ridotta a brandelli da un coccodrillo. L'idea che sarebbe rimasta così per sempre mi rattristava. C'è chi nasce con un piede deforme e chi con una mano che assomiglia a un bubbone. Ancora oggi preferisco pensare che la colpa sia di un pirata e della sua sciabola insanguinata, ma detesto mentire a un collega.»

Ora nevicava molto forte. La barca dell'ingegner Welander aveva quasi raggiunto le boe grigie che indicavano il punto in cui avevano interrotto le misurazioni il giorno prima.

Lars Tobiasson-Svartman salì a bordo della propria scialuppa. I marinai si misero a remare mentre lui preparava il batimetro. Teneva in mano le carte nautiche, ma aveva infilato il diario di bordo e le penne in una custodia impermeabile per ripararli dalla neve.

Gli uomini tremavano per il freddo, a due di loro colava il naso. Questo lo innervosì: odiava quando le persone tiravano su con il naso, ma non disse niente. Apparteneva anche lui alla categoria di vigliacchi descritta poco prima da Jakobsson.

Remavano verso i segnali galleggianti. Lui, seduto a poppa, guardava in direzione di Halsskär e pensava a Sara Fredrika. Quella donna lo ingelosiva.

Continuava a nevicare. E Lars aveva la sensazione che il mare lo stesse osservando, come un animale in agguato.

41

Subito dopo le dieci, l'ingegner Welander gli gridò di aver individuato una grossa anomalia. Nel giro di venti metri la profondità del mare diminuiva da sessantatré a diciannove metri, come se sotto la superficie dell'acqua ci fosse una parete di roccia. Lars Tobiasson-Svartman calò il batimetro. L'ultima misurazione, a dieci metri verso poppa, aveva rilevato il fondale a cinquantadue metri. Trattenne il fiato, sperando di riscontrare lo stesso valore, ma il batimetro si fermò a diciassette. Si era avverato ciò che aveva temuto: lì sotto c'era una dorsale sottomarina che non era mai stata segnalata.

Il mare aveva alzato la voce, rifiutandosi di aiutarli.

Invece di proseguire nella direzione delle due scialuppe, Lars volle effettuare i rilevamenti trasversalmente rispetto alla rotta. Dovevano capire se l'innalzamento del fondale era esteso o se si trattava di una sporgenza isolata. Presero le misure a intervalli di tre metri, comunicandosi via via i risultati. Welander rilevò profondità pari a diciannove, sedici, sedici, e quindici metri, poi improvvisamente sette, di nuovo sette, e quattro metri, prima di salire fino a due. Nei successivi cento metri, la profondità del fondale oscillava tra i due e i tre metri.

Lars aveva ottenuto gli stessi risultati. Non era un innalzamento di poco conto. Si erano imbattuti in un'irregolarità che, per qualche motivo, non era mai stata rilevata. Non ricordava se, sui vecchi registri che indicavano le aree di pesca vicino al faro di Sandsänkan, quella zona fosse evidenziata come ricca di aringhe.

La neve cadeva sempre più fitta. Lars era deluso, il mare lo aveva ingannato.

Gridò a Welander che per quel giorno poteva bastare. I marinai, bagnati fradici, si rianimarono. Uno di loro sbadigliò rumorosamente mentre afferrava i remi, dal naso gli colava un moccio verdognolo. Lars si alzò di scatto e lo colpì sul viso con la custodia nella quale aveva ripiegato le carte nautiche. Lo fece con tanta forza da fargli subito sanguinare il labbro. Accadde tutto così in fretta che nessuno ebbe il tempo di reagire.

Tutta colpa della mia debolezza, pensò. Ho perso il controllo e mi sono reso vulnerabile.

I marinai continuarono a remare. Lui si rimise a sedere con lo sguardo fisso su Halsskär. Nessuno disse una parola.

Mentre cenavano con roast beef, patate e cetrioli in salamoia, Lars riferì a Jakobsson della parete di roccia che avevano trovato.

«E questo che conseguenze avrà sul suo lavoro?» chiese il sottotenente.

«Dovrò tracciare un percorso alternativo più vicino alla terraferma, che sicuramente non sarà largo e profondo quanto avevo sperato.»

«Be', allora non è un fiasco totale.»

«No.»

Cambiando discorso, gli raccontò quello che era successo al rientro. «Ho ripreso un marinaio, oggi. Era necessario, non stava remando come avrebbe dovuto. L'ho colpito con la custodia in cui avevo riposto le carte nautiche.»

Jakobsson era già stato informato dell'accaduto. Sorrise. «Naturalmente, l'equipaggio dev'essere punito se non ubbidisce agli ordini o se trascura i propri doveri. Ma devo farle una domanda. Per pura curiosità, cosa intende con "non stava remando come avrebbe dovuto"?»

«Era pigro.»

Il sottotenente fece un lieve cenno con la testa, fissandolo pensieroso. «Non credevo che una rotta militare potesse diventare una questione così personale» continuò. «Ho visto vecchi capitani e marinai piangere quando le loro navi sono state affondate, e questo lo capisco. Ma per una rotta?»

Lars Tobiasson-Svartman pensò che avrebbe dovuto dargli una risposta, ma non sapeva quale.

42

Lars finì di mangiare e lasciò la mensa. Una volta sul ponte, rimase a guardare in direzione di Halsskär, ormai invisibile a causa del buio. Cercò di immaginare il marito di Sara Fredrika, e si chiese se in quella casa ci fossero anche dei bambini.

Cominciava a tirare un vento leggero da sud. La temperatura era salita sopra lo zero. La neve non cadeva più.

Sceso in cabina e accesa la lampada a petrolio, Lars si sedette alla scrivania e cercò di contrastare la delusione. Aveva commesso un errore e aveva festeggiato un successo troppo presto. Era convinto di poter trasformare una rotta semicircolare sulla carta nautica in una linea retta, e di offrire così alle navi militari un percorso più sicuro e più veloce verso la terraferma o il mare aperto. Anche se l'esperienza gli diceva che una rotta è simile a una pista a ostacoli invisibile, aveva agito con troppa sicurezza.

Non era stato il mare a ingannarlo, era stato lui stesso a non portargli rispetto. La mancanza era gravissima: aveva tirato a indovinare.

La lampada cominciava a fare fumo. Mentre regolava la fiamma, un ricordo gli affiorò alla mente. Suo padre furioso perché lui aveva tirato a indovinare l'ora, senza controllare l'orologio, e si era presentato a tavola in ritardo. Aveva urlato, gli aveva dato uno schiaffo e lo aveva mandato a letto senza cena.

Arrivare tardi significava non aver rispetto del tempo degli altri. Tirare a indovinare era un bel gioco, ma non se si trattava di andare a tavola e di altri contesti importanti. Per esempio, nel corso di rilevamenti di controllo dei fondali per le rotte militari segrete.

Annotò le misurazioni di quel giorno e pianificò come proseguire con il lavoro. Erano costretti a retrocedere di circa centocinquanta metri e ricominciare dal punto in cui avevano intersecato la rotta precedente. Fece un rapido calcolo del tempo necessario: senza imprevisti, sarebbero riusciti a finire entro il primo di dicembre.

Ripose il diario, spense la lampada e si coricò. Lo scafo scricchiolava leggermente, coprendo i passi del marinaio di guardia sul ponte, anche se non del tutto. Qualcuno tossì. Lars sapeva che a bordo delle navi scoppiavano spesso vere e proprie epidemie di tosse, il cui suono si aggiungeva a quello del vento e dei motori. Immaginò l'equipaggio di una grande corazzata: duemila uomini schierati sul ponte che tossivano a tempo al cospetto dei superiori.

Poi pensò al marinaio che aveva colpito. Cosa sapeva di lui? Aveva diciannove anni, veniva dall'entroterra, più precisamente da Vimmerby, e si chiamava Mats Lindegren. Tutto qui. Il ragazzo parlava un dialetto quasi incomprensibile, puzzava spesso di sudore e dava l'impressione di essere sempre spaventato. Era una persona insignificante, con un viso slavato e foruncoloso, e poi era davvero troppo magro. Avvertiva in lui qualcosa di sfuggente. Non riusciva a spiegarsi perché si fosse arruolato in marina, pur non essendo tra quelli che soffrivano il mal di mare. Glielo aveva riferito Jakobsson che, durante le tempeste, faceva sempre redigere verbali privati per sapere chi – lui compreso – era inabile al lavoro in caso di vento forte.

Mats Lindegren era tra quelli che stavano bene. Il ragazzo non aveva mai vomitato né sofferto di capogiri.

Nel buio della cabina, d'un tratto Lars Tobiasson-Svartman si rese conto del motivo per cui non era riuscito a dominarsi: quel marinaio con il muco appiccicoso sul viso e la bocca aperta in un mezzo sbadiglio gli aveva ricordato Richter, il tedesco che avevano ripescato morto dal mare un paio di settimane prima. Quella somiglianza, insieme all'imprevisto innalzamento del fondale marino che aveva mandato a monte il suo meticoloso piano di lavoro, gli aveva fatto perdere il controllo.

Chiuse gli occhi e pensò a sua moglie. Gli veniva incontro nel buio, e a poco a poco lui sentì la calma pervadere il suo corpo. Un profumo dolce si diffuse nella cabina, e finalmente Lars prese sonno.

43

Kristina gli fece compagnia anche nel sonno.

Era il 1905, si erano appena sposati ed erano in viaggio di nozze a Kristiania. La disputa per l'indipendenza della Norvegia dalla Svezia aveva raggiunto il culmine della tensione. Lars aveva commesso l'errore di uscire a fare una passeggiata con la moglie lungo viale Karl Johan con indosso la divisa. Erano quasi all'altezza dell'università, quando qualcuno gli aveva gridato: «Torna a casa, porco svedese.» Perfino in sogno risentiva il tono con cui l'uomo aveva pronunciato quelle parole. Quando si era voltato, non aveva visto nessuno, solo gente che girava la testa dall'altra parte o che ridacchiava con lo sguardo basso. Erano rientrati subito al Grand Hotel, dove alloggiavano. Kristina era così spaventata che insisteva per lasciare subito la città, ma lui si era opposto. Invece, si era infilato degli abiti civili ed erano tornati fuori. Nessuno aveva più urlato niente, nessuno si era mostrato scortese quando erano andati a pranzare al Blom o erano entrati nella veranda del Grand Hotel, e nemmeno quando erano stati al Nationalteatern, dove avevano visto Johanne Dybwad nel ruolo della signora Alving negli *Spettri* di Ibsen. Kristina aveva trovato lo spettacolo orribile. Lars era d'accordo, ma in realtà era rimasto colpito e commosso da quanto quel dramma gli ricordasse la propria adolescenza, gli avesse fatto rivivere momenti di grande dolore e rievocare gli oltraggi subiti.

Fin lì il sogno era nitido, come un album dei ricordi che viene sfogliato pagina dopo pagina. All'improvviso inizia il caos. Inghiottiti dalla folla, a Bygdøy si perdono di vista, ma un attimo dopo rivede Kristina insieme a un altro uomo. Quando cerca di strappargliela, si accorge che l'uomo è morto ed è già in stato di decomposizione, il fetore è insopportabile. Poi tutto torna al punto di partenza: cammina con Kristina lungo viale Karl Johan e si ferma all'entrata del Blom per leggere il menu del giorno. Parlano del più e del meno, lei gli accarezza un braccio. Ed ecco che l'immagine diventa sfocata, si confonde, perde forma e significato.

Quando finalmente aprì gli occhi, cercò di interpretare il sogno, che si era concluso con l'immagine di una superficie bianca. Era stato lui a cancellare tutto il resto.

L'orologio da taschino indicava le cinque meno tre minuti. L'alba non era ancora sorta. Rimase sdraiato con gli occhi aperti, e nel buio – l'esatto contrario del biancore del sogno – decise che quella mattina sarebbe andato a Halsskär.

Doveva andarci. Non c'era nient'altro da aggiungere. Non aveva scelta.

Il marinaio di guardia camminava a passi lenti avanti e indietro sul ponte.

Lars Tobiasson-Svartman allungò il braccio verso il batimetro, posato sul pagliolo vicino alla cuccetta.

44

Quando iniziò a remare verso Halsskär, il mare era avvolto dalla nebbia.

A metà strada già non riusciva più a vedere più la Blenda, dispersa come un'ombra in quel chiarore. Ripensò al bianco del sogno, forse era il presagio della nebbia. D'un tratto, un pesce affiorò in superficie vicino alla barca. È tipico dei lucci, si disse. Ma ci sono i lucci, in mare aperto?

Posò i remi e si mise in ascolto. La nebbia rendeva più intensi i rumori della nave ormai invisibile. Ad alcuni marinai era stato dato l'ordine di grattare via la ruggine: i colpi degli scalpelli e dei martelli rimbombavano nella foschia, giungendo fino alle sue orecchie. Non correva il rischio di perdersi: bastava ascoltare quel suono per orientarsi. Incominciò a contare le remate, e nel momento in cui guardò dritto davanti a sé era già vicino a terra. Approdò nel solito punto, pur valutando se proseguire fino alla baia dove aveva visto ormeggiata la barca a vela. Gli avrebbe risparmiato una faticosa arrampicata sulle rocce scivolose, ma la baia non gli apparteneva, e non voleva essere inopportuno.

Si incamminò sugli scogli, in direzione del piccolo porto naturale formato dall'insenatura, e a un certo punto si fermò per guardarsi intorno. La vela non era più arrotolata intorno all'albero, ma svolazzava piano nel vento. Si avvicinò lentamente. La rete era appesa come la volta precedente, quando vi fu accanto sentì odore di pesce. Intorno alla barca, galleggiavano i resti della pulitura di merluzzi e sogliole. Si stupì che i gabbiani non avessero ancora spazzato via tutto. Proseguendo sugli scogli scivolò, procurandosi un taglio su una mano contro una roccia appuntita. In tasca aveva un fazzoletto, su cui Kristina gli aveva ricamato le iniziali. Lo legò stretto intorno alla mano finché la ferita non smise di sanguinare.

La porta della casa grigia era chiusa e dal camino usciva del fumo. Si sedette dietro una grossa roccia e la osservò con il cannocchiale. La porta, le pareti, la finestra. Il fumo era l'unico segno di vita. Aspettò. Da dietro un angolo della casa sbucò un gatto nero con il muso bianco. Si fermò a guardarlo, tenendo una zampetta sollevata. Lui trattenne il fiato, poi il gatto proseguì, sparendo fra i cespugli. La porta si spalancò e ne uscì Sara Fredrika. Sollevò la gonna e si accovacciò. Lars poteva intravedere le sue gambe candide. Ebbe un attimo di esitazione, poi sollevò il cannocchiale e lo puntò verso di lei. Rialzandosi, la donna guardò nella sua direzione. Lui abbassò istintivamente il cannocchiale e chiuse gli occhi. Lei si incamminò lungo il sentiero fino alla baia dove era ancorata la barca a vela, girò intorno a uno scoglio e scomparve.

Allora Lars si tirò in piedi e raggiunse di corsa un'altura da cui poteva dominare la baia. Sentì un remo scricchiolare, poi lo scalmo cigolare e scorse la barca che scivolava sull'acqua. La donna remava con forza e la vela sventolava libera, godendo appieno di quella libertà. Con il cannocchiale riusciva a vederla: si era tirata su la gonna fin sopra le ginocchia. A poppa era appoggiata la rete. Sara Fredrika si allontanò dalla baia ma non virò verso il mare aperto. Remò invece verso l'interno dell'arcipelago, dove i segnali di rotta più vicini erano alcuni scogli che affioravano in superficie.

Lanciò i sugheri fuori bordo e lasciò che la rete scivolasse alla distanza giusta, trasportata dal vento che soffiava debolmente da est e increspava appena l'acqua. Lars calcolò che la rete era lunga quarantadue metri, e lei la districava in fretta ogni volta che stava per aggrovigliarsi. Era svelta, sapeva quello che faceva. I capelli biondi le ricadevano sul viso di continuo, scosse la testa per spostarli e finì per afferrare con le labbra una ciocca ribelle che le dava fastidio.

Lars tornò ad abbassare il cannocchiale. Era strano che fosse uscita in barca da sola. Suo marito era malato? Se ne stava dentro casa, dietro quella porta chiusa?

Prese rapidamente una decisione. Sara Fredrika sarebbe rimasta in mare per un po' a sistemare la rete prima di tornare a riva.

Aveva tutto il tempo per raggiungere la casa. La porta era sempre chiusa, ma il gatto era sparito. Si avvicinò con prudenza e sbirciò all'interno dalla finestra. Era buio, non si vedeva niente, ma nel camino ardeva una fiamma che all'improvviso prese vita. Nell'unica stanza dalle pareti crepate, c'erano un letto, un tavolo e una sedia. Non vide nessuno. Bussò piano alla porta, poi l'aprì con cautela. La stanza era vuota. Nessuna traccia della presenza di un uomo: nessun paio di stivali né un cappotto, neanche una pipa sul tavolo o un fucile appeso al muro. Evidentemente, la donna viveva lì da sola.

Non aveva un marito. Sara Fredrika abitava sull'isola da sola.

Gli sembrò di sentire la barca strisciare sulla riva, allora tornò in fretta al proprio nascondiglio tra le rocce. Di lì a poco, Sara Fredrika era a casa. Prima di entrare, sollevò lo sguardo verso il cielo.

Quando fece ritorno alla scialuppa, la nebbia si era un po' diradata. Remò con tale furia che i vestiti gli si appiccicarono addosso. Perché aveva tanta fretta? Stava fuggendo da qualcosa, oppure la stava inseguendo?

45

Il sottotenente Jakobsson era vicino al parapetto, stava pulendo la sua pipa. Sorrise.

«Si alza presto.»

«Spero di non averla svegliata.»

«Se riesco a addormentarmi, sogno di essere sveglio. A volte non capisco se sto dormendo oppure no, ma quando esco sul ponte so per certo di essere nella realtà. Stamattina mi sono accorto che mancava una scialuppa, ma mi hanno subito riferito che lei se n'era andato a remare nella nebbia.»

«Sento il bisogno di fare un po' di movimento, le misurazioni non mi bastano.»

Salì sul ponte e si diresse alla mensa degli ufficiali per fare colazione. Aveva passato decisamente troppo tempo a Halsskär. Quel giorno avrebbe iniziato a lavorare tardi.

Il sottotenente lo seguì. «Forse la prossima volta dovrei accompagnarla» disse, dopo essere riuscito ad accendere la pipa. «Ha trovato qualcosa d'interessante?»

Per un attimo, Lars pensò che Jakobsson sapesse tutto, ma poi capì che la sua era una domanda innocente. «Non c'è niente laggiù, non si riesce neanche a scendere a terra. Ma mi piace remare.»

«Con questa mano posso solo immaginarlo.»

Lars bevve il caffè in un sorso e, tornato sul ponte, salì

a bordo della scialuppa. L'ingegner Welander sollevò la mano in un goffo saluto militare. Gli ormeggi della sua barca erano già stati mollati.

Il marinaio che aveva colpito sul viso il giorno prima aveva il labbro gonfio, ma il naso non gli gocciolava più. Aveva cambiato posto e adesso era seduto al remo più distante dalla poppa. Se Lars Tobiasson-Svartman avesse avuto un altro scoppio d'ira, non sarebbe riuscito a colpirlo tanto facilmente.

46

Nel tardo pomeriggio, comparve all'orizzonte la Svea.

Interruppero subito le operazioni ed entro le sei Lars Tobiasson-Svartman aveva già trascritto i risultati dei rilevamenti sul diario di bordo.

Salì sulla passerella che univa le due navi. Anders Höckert lo accolse sulla cannoniera. Mentre andavano dal capitano Rake, Lars gli chiese notizie del sottotenente Sundfeldt e del capitano di artiglieria von Sidenbahn.

«Il capitano von Sidenbahn ha portato a termine il suo incarico ed è tornato sulla terraferma» rispose Höckert. «Lì si trova più a suo agio, visto che a bordo rischiava di vomitare anche l'anima. Sundfeldt sta riposando perché ieri sera era di turno sul ponte. Dorme come un ghiro, quell'uomo. C'è gente che sceglie di far carriera in marina soprattutto perché sogna di farsi cullare dal rollio della nave di notte. Ho una mia teoria in proposito: credo che uomini del genere, in realtà, abbiano nostalgia della figura materna. Ma mi dica, come procedono le misurazioni?»

«Bene.»

Il secondo capo scelto si fermò a scrutarlo. «Bene? Non ha nient'altro da dire, oltre a "bene"?»

«Alcuni giorni va tutto bene. Altri, invece, si registra una battuta d'arresto, ma nel complesso il lavoro procede.»

Anders Höckert bussò alla porta e l'aprì senza dare a

Rake il tempo di rispondere. Poi si fece da parte e sparì lungo una scaletta.

Rake lo stava aspettando in piedi, con la giacca della divisa sbottonata.

In mano teneva una lettera.

47

Capì subito che era di Kristina.

La sua calligrafia, con le maiuscole ornate da grandi svolazzi, era facilmente riconoscibile. Avrebbe voluto congedarsi subito dal comandante e tornarsene in cabina a leggere la lettera.

Fino a un attimo prima, il pensiero di non aver ancora ricevuto notizie dalla moglie lo preoccupava, adesso si sentiva meglio e si chiedeva che cosa gli avesse scritto.

Rake gli offrì un cognac. Lars si accorse che indossava una fascia a lutto sul braccio sinistro. Il capitano notò dove puntava il suo sguardo.

«È venuta a mancare mia madre. Scendo a terra a Kalmar e lascio il comando al sottotenente Sundfeldt per i giorni necessari a organizzare i funerali.»

«Le porgo le mie condoglianze.»

Rake si riempì il bicchiere. «Aveva centodue anni» riprese. «Era nata nel 1812, e se fosse vissuta in Francia avrebbe potuto conoscere Napoleone. Sua madre, mia nonna, era nata intorno al 1780. Non ricordo l'anno preciso, comunque prima della Rivoluzione francese. Quando le tenevo la mano, pensavo spesso che stavo toccando qualcuno che era entrato in contatto con la pelle e il respiro di persone nate nel Diciottesimo secolo. A volte il tempo sembra comprimersi in maniera inspiegabile.

«Ma è difficile piangere la morte di una persona di centodue anni. Negli ultimi dieci anni non mi riconosceva nemmeno più. A volte credeva che fossi il suo povero marito, mio padre.

«La vecchiaia è una battaglia spirituale che si combatte nell'oscurità più assoluta, una battaglia che non può che condurre a un'inevitabile sconfitta. Di fronte al buio e all'umiliazione che porta con sé, la religione non è mai stata in grado di offrirci né consolazione né chiarimenti esaustivi.

«Eppure, anche per una persona così anziana la morte può arrivare del tutto inaspettata. E quando arriva, per quanto possa sembrare strano, non è mai la benvenuta. Sebbene ormai avesse le idee confuse, mia madre aveva ancora una gran voglia di vivere. Pure essendo molto vecchia, non voleva morire.»

Lars Tobiasson-Svartman stava per andarsene, ma Rake lo trattenne.

«C'è stato uno scontro al largo del golfo di Riga» disse. «I nostri radiotelegrafisti addetti all'intercettazione delle comunicazioni tra i comandanti e gli stati maggiori dell'esercito tedesco e di quello russo hanno confermato la notizia. La battaglia si è svolta alla fine della scorsa settimana. Un incrociatore tedesco è stato colpito da un siluro, ma è riuscito a rientrare a Kiel. Una torpediniera e una nave sussidiaria russe sono state affondate.»

«C'è motivo di credere che la Svezia entrerà in guerra?»

«No, anche se alcuni la pensano diversamente. Io, per esempio. Ritengo che dovremmo schierarci al fianco dei tedeschi.»

Quelle parole stupirono Lars. Il capitano aveva appena dichiarato apertamente di non essere d'accordo con la neutralità svedese, stabilita dal parlamento e dal governo. Se solo avesse saputo come la pensava, un ministro della Marina autorevole avrebbe potuto rimuoverlo dal suo incarico in un attimo. Bisognava però anche chiedersi se un ministro della Marina avrebbe mai osato schierarsi contro i suoi comandanti.

Rake sembrò leggergli nel pensiero. «Naturalmente dire certe cose è proibito, ma non sono preoccupato delle conseguenze che potrebbero avere le mie parole. Nella peggiore delle ipotesi, se non sapessi in che altro modo giustificare la mia osservazione, potrei addurre la morte improvvisa di mia madre come scusa.»

Si alzò, l'udienza era finita. Gli consegnò la lettera, aprì la porta che dava sul ponte e lo accompagnò alla scaletta che scendeva alla centrale di tiro dei cannoni.

«Continuo a pensare al marinaio tedesco di cui avete ripescato il corpo» riprese Rake. «Adesso, nel golfo di Riga, ce ne sono molti altri in acqua. Il mare è diventato un cimitero. Ma sul fondo del Baltico non ci sono cadaveri, è un luogo di sepoltura privo di resti umani. Ho sentito dire che, a causa della mancanza di calcio, nelle sue acque i corpi e gli scheletri si decompongono.»

Quando furono vicini al passaggio si salutarono. Rake gli chiese come procedevano i rilevamenti.

«Alcuni giorni va tutto bene. Altri, invece, si registra una battuta d'arresto, ma nel complesso il lavoro procede» rispose Lars Tobiasson-Svartman.

Mentre percorreva la passerella inciampò. Per un istante corse il rischio di far cadere la lettera che teneva in mano.

48

Si chiuse in cabina e si sedette a leggere la lettera. Di colpo fu sopraffatto dal timore che lei lo avesse tradito. Ecco perché non gli aveva scritto prima, quella lettera conteneva senza dubbio una confessione. La tenne in mano a lungo prima di trovare il coraggio di aprirla.

Ma non diceva nulla di quello che si era immaginato.

Kristina si scusava per non avere risposto prima. Era stata indisposta per alcuni giorni e non era stata in grado di scrivere. Poi Anna Beata, la loro domestica, si era licenziata senza preavviso. Forse era incinta, ma non le aveva dato alcuna spiegazione del perché avesse deciso di andarsene. Si era dovuta rivolgere alla signora Eber, titolare di un'agenzia di personale domestico in Brahegatan, e aveva avviato una serie di colloqui con altre ragazze. C'erano voluti parecchi giorni prima di assumere una giovane di Ödeshög, che aveva un accento strano ma buone referenze, tra cui quelle del preside del liceo di Södertälje per cui aveva lavorato. Anche lei si chiamava Anna, aveva ventisette anni e Kristina la descriveva come «un po' rotondetta, con grandi occhi inespressivi, ma onesta e gentile». Una donna forte, che era quello che serviva, considerando quanto erano pesanti i loro tappeti. Concludeva scrivendo che sentiva molto la sua mancanza, che aveva paura della guerra e che sperava che tornasse a casa presto.

Lui ripose la lettera, vergognandosi di aver pensato male di lei. Sua moglie lo amava profondamente. La lettera aveva tardato a causa di una domestica, che molto probabilmente si era fatta mettere incinta dietro un cespuglio a Djurgården e per questo non voleva più fare il proprio dovere. Si sentì in colpa per aver lasciato la moglie a prendersi cura da sola di tutte le faccende pratiche, che forse aveva difficoltà a sbrigare. Era una donna fragile, come le sue statuette di porcellana.

Doveva essere amore quello che stava provando, pensò. La tensione che si allentava, il rimorso che lo schiacciava e il profumo di lei che si spandeva nella piccola cabina.

Le scrisse subito una lettera in risposta: non accennò alla morte di Rudin, e neanche a quella del marinaio tedesco, per paura di accrescere la sua preoccupazione. Le raccontò invece della sua solitudine, della nostalgia di casa. Descrisse il mare con toni poetici, le ore interminabili sulla scialuppa, i pasti solitari. E poi aggiunse che sentiva tanto la sua mancanza e che la sognava ogni notte.

Alla fine, si rese conto che in quelle parole non c'era un briciolo di verità. Niente di ciò che aveva scritto era sincero. Ogni frase era frutto della sua immaginazione, mera poesia, null'altro.

Era come se tra lui e Kristina si fosse frapposto qualcosa. Sapeva di cosa si trattava. O meglio, di *chi*. Era lei, Sara Fredrika, la donna che viveva da sola a Halsskär. Aveva l'impressione che si trovasse lì nella cabina, con la gonna sollevata sopra le ginocchia.

Uscì sul ponte e guardò verso l'isola, nascosta nell'oscurità.

Ecco dove si stava dirigendo.

Poco prima di mezzanotte, Anders Höckert arrivò dalla Svea per riconsegnargli il diario di bordo, le cui annotazioni erano state ricopiate.

Lars Tobiasson-Svartman gli allungò la lettera per la

moglie. Il secondo capo scelto fece un cenno di saluto con la testa e lo invitò a unirsi a una partita a carte che si stava svolgendo nella mensa degli ufficiali.

Lars ringraziò, ma declinò l'invito.

Rimase sveglio a lungo. Desiderava intensamente la donna di Halsskär.

49

La Svea levò l'ancora durante la notte.

Fu svegliato dalle forti vibrazioni della corazzata che iniziava le manovre per staccarsi dalla Blenda. La lettera per sua moglie era in viaggio.

Il piccione viaggiatore era fatto di acciaio, e al posto delle ali aveva potenti caldaie a vapore.

50

Quando si alzò, all'alba, si imbatté nel sottotenente Jakobsson. Era scuro in volto e lo pregò di seguirlo a prua.

Accasciato tra il sartiame c'era l'ingegner Welander. Aveva vomitato e si sentiva un forte odore di alcol. A terra, vicino ai suoi piedi, c'era una bottiglia di acquavite vuota. L'ingegnere aveva i capelli arruffati e gli occhi iniettati di sangue, e quando cercò di rialzarsi perse l'equilibrio e ricadde sulle cime.

Il sottotenente lo guardò con disgusto. «Ne avevo il sospetto» disse. «A volte puzzava di alcol, ma girava la testa dall'altra parte e parlava con la bocca socchiusa. Ho aspettato che commettesse un errore. Be', ora è successo. Lasciamolo lì ancora per un po'.»

Raggiunsero la cabina di Welander. Sotto il letto, Jakobsson trovò una scorta di bottiglie, per la maggior parte vuote, alcune ancora sigillate. Fece un rapido calcolo.

«Welander ha bevuto un litro di alcol al giorno, da quando è salito a bordo. Solo un etilista conclamato può bere così tanto. È stato bravo a non farsi sorprendere, almeno fino a ieri, ma stanotte ha superato il limite, mandando al diavolo il proprio senso di responsabilità. Evidentemente non gli importa niente del suo buon nome, del suo stato di servizio né della sua famiglia, per lui contano solo quelle maledette bottiglie. Un dramma, ma non è un caso isolato. Anzi, direi che è un atteggiamento tipicamente svedese.»

Ritornarono sul ponte e Jakobsson diede l'ordine di trasportare l'ingegnere nel suo alloggio. Era desolante osservare Welander trasportato di peso per le mani e per i piedi da due robusti marinai.

«Deve lasciare al più presto la nave» disse il sottotenente. «Chiederò alla Thule di riportarlo a terra, ma come facciamo con la sua scialuppa?»

Lars aveva iniziato a riflettere sulla questione appena aveva visto Welander riverso sul sartiame, ubriaco fradicio. Al tempo stesso si era chiesto come avesse fatto a non accorgersi che, dietro una maschera di perfezione, l'ingegnere nascondeva la sua natura di alcolista. Il fatto che Jakobsson avesse avuto un occhio più attento del suo lo irritava.

Preferì non aspettare l'arrivo di un altro ingegnere del genio navale per proseguire i rilevamenti: Karl Hamberg, il marinaio più anziano che remava per Welander, avrebbe potuto prenderne il posto. Così i responsabili di Stoccolma avrebbero dovuto designare soltanto un sostituto per la missione successiva, che prevedeva il controllo della zona al largo della baia di Gamleby.

Il sottotenente ascoltò la sua proposta e l'approvò. Hamberg, che veniva da Öland, era un isolano scrupoloso ed energico. Lo convocarono e gli spiegarono la situazione. Lui si sentì onorato, e per niente intimorito dal nuovo incarico che gli veniva assegnato.

Nel pomeriggio la Thule salpò da Slätbaken per andare a prendere Welander. Gli equipaggi delle scialuppe lo guardavano incuriositi mentre saliva barcollante sulla nave gemella.

Lars Tobiasson-Svartman sentì i rematori farfugliare tra loro contenti: non riuscivano a nascondere la soddisfazione che provavano nel vedere un ufficiale punito.

Non avrebbe mai più incontrato l'ingegner Welander. Quel pensiero provocò in lui una certa inquietudine, come se un'ondata gelida lo avesse investito alle spalle.

Non imparerò mai a dire addio, pensò. Mai.

Ogni addio nasconde in sé una minaccia.

51

Quella sera si sentiva irrequieto e iniziò a contare i soldi.

Si era rannicchiato sotto le coperte e aveva spento la lampada. All'improvviso, però, era stato assalito da una specie di smania. Aveva riacceso la luce e tirato fuori l'agenda nera su cui riportava con regolarità le operazioni legate al suo conto.

Era un'abitudine che aveva ereditato dal padre. Nelle ore più impensate, talvolta a mezzanotte, ma spesso anche all'alba, Hugo Svartman si sedeva alla scrivania e, chino sui registri, controllava l'andamento del suo conto e le quotazioni in borsa. Aveva lasciato un patrimonio il cui valore, nel 1912, l'anno della sua morte, ammontava a duecentonovantacinquemila corone. Per la maggior parte consisteva di titoli, depositi bancari e obbligazioni, ma c'era anche un portafoglio azionario. Aveva investito soprattutto in azioni della Separator, delle Svenska Metallverken e di Gas-accumulator.

Lars contava, verificava, cancellava, ricominciava da capo. Era come se avesse la febbre. Alle due di notte riuscì finalmente a tranquillizzarsi.

Dalla morte del padre il patrimonio non solo era rimasto intatto, era addirittura aumentato e adesso superava le trecentomila corone. Aveva iniziato a crescere dopo lo scoppio della guerra. Le trincee e le battaglie navali avevano portato la loro forza sanguinaria in borsa.

Spense la lampada e si coricò di nuovo, sul lato sinistro, con le mani incrociate tra le gambe.

Finalmente si sentiva tranquillo.

52

Il giorno dopo era tornata la nebbia e la temperatura era di due gradi sopra lo zero. Si svegliò di soprassalto e guardò l'ora: erano le cinque. Dal ponte arrivava il rumore dei passi della sentinella, ma non si sentì nessun colpo di tosse. Il marinaio di guardia non era quello che era stato assegnato al turno. Jakobsson aveva stabilito un calendario, ma per qualche oscura ragione non veniva mai rispettato.

Lars rimase a letto finché non iniziò a fare giorno. Si alzò e andò a bere il caffè in cucina, dove il cuoco stava preparando la colazione. Poi, dopo aver rifiutato l'aiuto di un rematore che si era offerto di accompagnarlo, salì sulla scialuppa e mollò gli ormeggi.

La barca scivolava nella nebbia. Una volta stabilita la direzione, Lars iniziò a remare con vigore. Qualcuno aveva lubrificato gli scalmi dei remi, che non cigolavano più come bambini piagnucoloni.

Il silenzio era rotto da un suono simile a un frullo d'ali: forse un uccello si era perso nella nebbia.

Quando arrivò all'isola, in un primo momento non riuscì a mettere a fuoco dove si trovava. È incredibile quanto un tratto di costa possa cambiare nella nebbia. Remò con prudenza lungo la spiaggia, ma il fondo della barca grattò contro qualche roccia. Poi, finalmente, ritrovò il punto in cui era già approdato.

Era molto umido e faceva freddo, gli vennero i brividi. La barca era ormeggiata nella baia: la vela legata intorno all'albero e la barra del timone posata sugli scogli. Dalle reti ancora bagnate appese ad asciugare capì che Sara Fredrika quella mattina era stata in mare e le aveva già raccolte. Si incamminò, ma poi si fermò di colpo. Aveva sentito un rumore che non aveva riconosciuto. Aspettò di sentirlo di nuovo, e decise di andare verso il suo nascondiglio. Alzò la testa e guardò in direzione della casa. La nebbia si insinuava tra le rocce.

Lei si stava lavando. Era in piedi in una tinozza, nuda, girata verso di lui. I capelli bagnati le coprivano il seno. Si strofinava in fretta con un panno, chinandosi sull'acqua con movimenti veloci per il freddo. Era come essere a teatro: la nebbia era un sipario tirato e lei, al centro della scena, stava recitando solo per lui.

Gli tornò in mente che alcuni mesi prima era andato al Nationalteatern con Kristina. Avevano visto Tora Teje, attrice giovane e acclamata, in una pièce di cui non ricordava il titolo. Durante uno dei suoi lunghi monologhi, si era messo a spogliarla con il pensiero, immaginandola al centro della scena, nuda solo per lui. Di quel monologo, non ricordava neanche una parola.

Sara Fredrika uscì dalla tinozza e si coprì con un telo di lino grigio. Si asciugò a lungo i capelli, sembrava che stesse asciugando un pavimento appena lavato. Poi svuotò la tinozza, si vestì ed entrò in casa.

Correndo a testa bassa lungo il sentiero, Lars scivolò su una lastra di pietra, ma non si fermò finché non fu vicino alla scialuppa. Iniziò a vogare nella nebbia, i remi avevano ripreso a cigolare, era sudato e non desiderava altro che scappare.

Di cosa aveva paura? Non lo sapeva.

Si perse nella nebbia, senza riuscire a individuare la nave. Avvolto da uno strano silenzio, fu costretto a gridare e fu in grado di orientarsi solo quando qualcuno gli rispose.

Jakobsson lo aspettava accanto al parapetto con la pipa in mano.

«Continui pure con le sue spedizioni mattutine» disse. «Ognuno ha diritto di avere dei segreti. Anche Welander ne aveva, prima che venissero a galla. E i suoi, quando li scopriremo?»

Ancora una volta Lars si chiese se il sottotenente fosse a conoscenza di qualcosa. «Mi limito a remare qui intorno, nella nebbia» rispose. «Può sembrare una cosa senza senso, ma aiuta il corpo e la mente. Remo per svegliarmi per bene, per fare meglio il mio lavoro, per scacciare gli incubi. Remare è un po' come lavarsi.»

Il sottotenente indicò la pipa. «Io invece fumo. Senza tabacco non sarei in grado di comandare neanche un vecchio rimorchiatore. Per carità, parlo in senso figurato, non ho niente contro i rimorchiatori. Sono come gli ardennesi. Anche se non ha né cuore né polmoni, un rimorchiatore si sfianca pur di andare avanti fino alla fine. I cavalli si mandano al macello, le navi in demolizione.»

In quel momento, Lars provò un senso d'irritazione nei confronti di Jakobsson. Non stava mai zitto, aveva l'alito pesante e la pipa sempre umidiccia. Era come quel marinaio con il naso che gocciolava. Provò l'istinto di colpirlo.

Andò a fare colazione e riprese il lavoro. Il marinaio che aveva sostituito Welander si comportava benissimo. Quel giorno batterono qualsiasi record, effettuando complessivamente centoquarantaquattro rilevamenti prima di interrompere per mancanza di luce.

Pensò per tutto il tempo a ciò che aveva visto quella mattina. Gli sembrava sempre più un miraggio, qualcosa a cui non aveva assistito veramente.

53

Era tarda sera, Lars dormiva quando Jakobsson bussò alla sua cabina. Si vestì in fretta e uscì sul ponte.

In lontananza, verso est, nel buio della notte risaltava il fuoco dei cannoni. Era in corso una battaglia navale.

«Ci hanno comunicato per radiotelegrafo che stava succedendo qualcosa di grosso» lo informò il sottotenente. «La flotta russa e quella tedesca sono entrate in contatto. Stanotte molti uomini moriranno tra il fumo e il fuoco, saranno fatti a pezzi o affogheranno.»

Il bagliore delle esplosioni andava e veniva, illuminando a tratti l'oscurità notturna. Alle loro orecchie arrivavano le esplosioni dei cannoni e i rombi dei motori. Lars Tobiasson-Svartman rifletté sulla tragedia che si stava consumando di fronte ai suoi occhi. Era un inferno di fuoco e di spari, laggiù nelle tenebre stava suonando un'orchestra maligna. Ogni bagliore era una nota travestita da proiettile mortale.

Rimasero a lungo in silenzio a guardare la battaglia, che si concluse poco dopo le tre del mattino. Le fiamme si spensero, il rombo dei cannoni cessò. Solo il vento continuava a soffiare verso est. La temperatura aveva ricominciato a scendere.

54

La neve riprese a cadere e cessò di nuovo, ma il vento continuava a soffiare piano, prima da est e poi da nord. Per un giorno soffiò forte la tramontana. Lars Tobiasson-Svartman sottopose i marinai a ritmi di lavoro estenuanti, gli uomini si piegavano sulle ginocchia dalla stanchezza, ma nessuno osava protestare.

Il mare trattenne il respiro. Gli stormi ormai erano rari e venivano avvistati solo quando volavano a pelo d'acqua, verso sud.

Le giornate si facevano sempre più corte.

Lui pensava tutto il tempo alla donna di Halsskär.

55

Trascorse una settimana senza che tornasse sull'isola.

Sentiva crescere l'ansia, desiderava andarci ma non osava farlo. Era lei a essere troppo vicina o la distanza troppo grande?

La Svea arrivò senza il capitano Rake, che era andato a Stoccolma per il funerale della madre. Il sottotenente Sundfeldt lo ricevette nel salottino, aveva due lettere da consegnargli. Una era di Håkansson, il suo referente alla Handelsbanken, l'altra della moglie. Dopo essersi scambiati qualche parola, il crittografo prese in consegna il diario di bordo.

Di nuovo in cabina, Lars iniziò a leggere la lettera della banca. La borsa era ancora in rialzo malgrado gli eventi bellici, quindi non c'era da preoccuparsi. Almeno sulla carta, la guerra era un fatto positivo sia per il mercato finanziario che per la stabilità dell'industria.

Håkansson gli suggeriva di prendere in considerazione l'acquisto di un pacchetto di azioni della società telefonica russa e della compagnia siderurgica svedese Bofors Gullspång, che negli ultimi mesi avevano garantito ottimi rendimenti.

Poi, Lars tenne in mano la lettera della moglie a lungo. Alla fine decise di non aprirla: aveva la sensazione di sapere già cosa contenesse, e questo lo irritava. La infilò tra le pagine di un vecchio atlante.

Si sedette al tavolino. Come faceva a rispondere a una lettera che non aveva letto?

Buttò giù qualche riga. Era molto raffreddato, si sentiva la gola gonfia. Di sera aveva costantemente la febbre, oscillava tra i 37,9 e i 38,8 gradi. Riusciva però a portare avanti il suo lavoro, ormai giunto a una fase decisiva. Alla fine la ringraziava per la lettera e scriveva che la amava. Era tutto.

Dentro di sé sapeva che presto sarebbe ritornato a Halsskär.

56

Il 27 novembre avrebbero dovuto effettuare i rilevamenti nel punto in cui la nuova rotta si sarebbe collegata alla vecchia. Poiché era distante e per arrivarci a remi ci voleva molto tempo, Jakobsson suggerì di spostare la Blenda. Ma Lars Tobiasson-Svartman insistette perché la lasciasse dov'era.

«I miei calcoli per la nuova rotta fanno riferimento al punto in cui è sempre rimasta ancorata. Se ci muoviamo, avrei problemi con le misurazioni successive» disse.

Il sottotenente si accontentò di quella risposta, senza cogliere che in realtà l'obiettivo di Lars Tobiasson-Svartman era che la Blenda non si avvicinasse troppo a Halsskär.

Quella stessa mattina il barometro cominciò a scendere, ma molto lentamente. Questo poteva significare che la burrasca in arrivo non sarebbe stata molto violenta. Lars ebbe comunque il sospetto che di lì a poco il tempo sarebbe peggiorato. La prima tempesta invernale era imminente.

Era il segnale che aspettava.

Infilò in fretta nella borsa capiente un po' di viveri essiccati che portava sempre con sé in viaggio, in caso di imprevisti. Andò di nascosto nel deposito delle munizioni, dove prese alcuni razzi di segnalazione. In una cerata arrotolò un maglione di scorta e un paio di calzettoni pesanti, poi sistemò il bagaglio in una delle scialuppe.

Iniziò a remare, allontanandosi dalla Blenda, e si accorse che il vento stava già soffiando più forte. Era sicuro che, nel giro di qualche ora, da nord sarebbe arrivata una tempesta.

Questa volta decise di ormeggiare nella baia. La barca a vela era al suo posto. Rovesciò la scialuppa sul lato, la trascinò tra le rocce e fissò la cima a un grosso arbusto di ginepro.

Erano passate da poco le otto. Ci fu un istante di bonaccia, poi si alzò la tramontana. Aspettò nella baia finché fu certo dell'arrivo della tempesta. Allora si arrampicò fino al punto più alto dell'isolotto e accese uno dei razzi. In questo modo, a bordo della Blenda avrebbero saputo che si trovava al sicuro sull'isola e che ci sarebbe rimasto fino a quando non fosse passata la burrasca.

Tornò di corsa alla scialuppa, afferrò la borsa e si avviò sul sentiero che portava alla casa. La porta era chiusa, il camino fumava. Si sedette dietro la solita roccia in attesa della pioggia. Rimase lì finché non fu fradicio.

Solo allora lasciò il nascondiglio.

57

Lei aprì la porta.

Quando lo riconobbe si fece da parte. Appena fu dentro, Lars avrebbe voluto voltarsi e correre via, gli sembrava di essere caduto in una trappola che lui stesso aveva teso. Cosa ci faceva lì? È una follia, pensò, ma questa follia l'ho desiderata io.

La donna avvicinò uno sgabello al caminetto.

«La tempesta è arrivata quando meno me l'aspettavo» disse lui, allungando le mani verso il fuoco.

«Le tempeste arrivano sempre quando uno meno se le aspetta» ribatté lei. Aveva il viso in ombra, lontano dal chiarore delle fiamme.

«Stavo remando, e non sono riuscito a tornare alla nave. Così ho cercato riparo qui nella baia.»

«Penseranno che sei annegato.»

«Ho sparato un razzo di segnalazione che avevo portato con me, avranno capito che sono qui a Halsskär.»

Chissà se Sara Fredrika sapeva cosa fosse un razzo di segnalazione. Lei comunque non fece domande, e lui non diede spiegazioni.

Indossava una gonna grigia. Aveva raccolto i capelli senza cura, alcune ciocche ribelli le scendevano sul viso. Gli porse una tazza, e a Lars venne voglia di stringerla a sé. Il caffè era amaro, pieno di fondi. Lei rimaneva in piedi nell'ombra.

«Puoi restare, naturalmente» disse dal suo angolo buio. «Non caccerei mai via nessuno con questo tempo. Ma non aspettarti granché.» Si mise a sedere sulla branda accostata al muro. A lui sembrò che si stesse nascondendo nell'oscurità, come fanno gli animali.

«In un antico registro delle tasse ho letto che una volta questo luogo era abitato» disse. «Una famiglia, o forse due si erano stabilite qui. La vita però era troppo difficile, e alla fine l'isola è stata abbandonata da tutti.»

Lei non rispose. Il vento penetrava attraverso le pareti, anche se la donna si era data da fare per isolare tutte le fessure.

«Ricordo esattamente cosa c'era scritto» continuò. «Forse non era un registro, ma il rapporto di un esattore. Mi sembra che si chiamasse Fahlstedt. Sarei in grado di riportare ogni sua singola parola.» Recitò a memoria: «Vivono su un isolotto in mare aperto, ove non ci sono campi, né prati e neanche boschi. Solo dal mare, con gran periglio, riescono a procurarsi cibo per nutrirsi e pelli per coprirsi.»

«Sembra una preghiera» ribatté lei. «Come quelle che dicono i preti.»

Era ancora nascosta nel buio, ma la sua voce si era fatta più vicina. L'intonazione era quella di chi è abituato a gridare in mare aperto da una barca all'altra, nel vento e nella tempesta, ma il suo accento era meno marcato di quanto aveva sentito nella zona. A bordo della Blenda c'erano marinai che venivano dall'arcipelago: uno era di Gräsmarö, un altro era il figlio di un pilota di Häradskär. C'era anche un fuochista di Kättilö che parlava proprio come lei, con quella voce che arrivava dall'oscurità.

All'improvviso la donna si alzò dalla branda. Pur rimanendo ancora un po' in ombra, si sporse in avanti e lo guardò dritto negli occhi. Non ci era abituato, sua moglie non lo faceva mai. Abbassò lo sguardo.

«Lars Tobiasson-Svartman, sei un ufficiale della marina in divisa. Remi nella tempesta. Porti la fede. Sei sposato.»

«Mia moglie è morta.»

La risposta gli uscì con naturalezza, senza forzatura. Non l'aveva preparata, ma nemmeno si sorprese di averla pronunciata. Il dolore immaginario divenne reale. Kristina non aveva nulla a che vedere con la casa in cui si trovava ora, apparteneva a un'altra vita che in quel momento lui aveva allontanato da sé, come quando si guarda attraverso un cannocchiale dall'estremità sbagliata.

«Mia moglie Kristina è morta» ripeté, mentre pensava a qualcosa di credibile da aggiungere. «È morta due anni fa in un incidente, è precipitata.»

Com'era precipitata? E dove? Sarebbe riuscito a rendere veritiera quella morte inventata di sana pianta? Decise di farla cadere in un dirupo. La donna nell'ombra avrebbe capito. Ma non poteva farla morire da sola. Ebbe un'ispirazione, un'ispirazione così forte da non poter resistere.

Ci sarebbe stato anche un figlio, anzi, una figlia. Come l'avrebbe chiamata? Ci voleva un nome adatto. Laura, l'avrebbe chiamata Laura. Come la sorella di Kristina, morta di tubercolosi da giovane, Laura Amalia Tacker. Del resto, era usanza dare ai nascituri i nomi dei parenti morti.

«Eravamo in vacanza nella Scania, vicino a Hovs Hallar, con nostra figlia Laura. Aveva sei anni, era una bambina meravigliosa. Mia moglie inciampò sull'orlo di un dirupo, e nel cadere urtò la piccola, trascinandola con sé nel burrone. Non feci in tempo ad afferrarle, precipitarono entrambe. Non dimenticherò mai le loro grida. Nella caduta, mia moglie si ruppe l'osso del collo, alla bambina si conficcò una pietra tagliente nella testa. Era ancora in vita quando la recuperarono. Prima di morire mi guardò, quasi volesse incolparmi dell'accaduto.»

«Come si fa a sopportare un dolore così grande?»

«Si sopporta perché non si ha scelta.»

La donna buttò qualche ramo nel camino, la legna iniziò subito ad ardere.

Lui notò che si era avvicinata, era come se fosse riuscito a controllarne i movimenti. Le vedeva il viso, il suo sguardo era diventato meno guardingo.

Pensò che era stato molto semplice far morire sua moglie e sua figlia.

Il vento penetrava attraverso le crepe della casupola. Ci sarebbe voluto ancora un po' prima che la tempesta raggiungesse il culmine.

Parte quarta
L'autunno, l'inverno, la solitudine

58

Si scambiarono poche parole.

Benché fosse rimasto per tutto il tempo con lei in quella stanza, la distanza tra loro era aumentata. Verso sera, la donna si alzò e uscì. Lui rimase seduto senza muoversi, poi sbirciò in direzione della finestra. Per un attimo aveva creduto che fosse là fuori a osservarlo.

Oltre i vetri non c'era nessuno.

Non capiva, lei non si stava comportando nel modo in cui si sarebbe aspettato. Per tutta la vita aveva osservato attentamente i suoi genitori: li aveva spiati con la coda dell'occhio attraverso le porte socchiuse, o aveva lanciato sguardi furtivi negli specchi per guardare di soppiatto nella stanza in cui loro si trovavano, da soli o in compagnia di altre persone. Con la fantasia aveva scavato buchi invisibili nel pavimento della loro casa di Skeppsbron per vedere lo studio del padre al piano di sotto.

Aveva imparato a non farsi scoprire mentre assisteva di nascosto alle loro liti, alle loro sbronze o, come spesso accadeva, ai pianti solitari di sua madre. Piangeva sempre in silenzio, come se il dolore la sopraffacesse a passi felpati.

I ricordi gli martellavano nella testa. Si avvicinò alla finestra. Era coperta da uno spesso strato di salsedine, la stessa che in quel momento turbinava senza sosta sull'isola, portata dal vento. La intravide sul sentiero che scendeva alla baia, forse voleva assicurarsi che la barca non stesse andando in pezzi.

Si guardò intorno nella stanza. Sara Fredrika aveva appena aggiunto dell'altra legna al fuoco, ne sentiva il profumo. Le fiamme proiettavano lunghe ombre sulle pareti. A quel punto, Lars si accorse di una porticina. Si avvicinò, provò ad abbassare la maniglia. Non era chiusa a chiave e conduceva in un ripostiglio senza finestre. In un angolo erano accatastate delle padelle, mentre sul pavimento c'erano un paio di forbici e un pettine per la cardatura, insieme a sacchi per la farina vuoti e ripiegati. Una rete per le aringhe era appesa a una parete, in attesa di essere ultimata. Osservò con attenzione lo stanzino e gli attrezzi, quasi dovesse memorizzare dove si trovasse ogni cosa.

Sara Fredrika non era ancora tornata. Nella stanza principale notò un'angoliera, con una crepa profonda e i cardini arrugginiti. C'era da fidarsi a toccarla? Magari gli sarebbe crollato tutto addosso. Provò a tirare l'anta di vetro, che si aprì.

Su un ripiano c'erano un libro dei salmi e una pipa, simile a quella che il sottotenente Jakobsson aveva sempre in bocca. La prese e l'annusò. Sembrava inutilizzata da tanto tempo, la cenere si era rappresa. Puzzava di catrame. La rimise a posto, guardò il libro dei salmi senza spostarlo, poi richiuse l'anta.

Si accovacciò sul pavimento e tastò sotto il letto. Le sue dita sfiorarono qualcosa di freddo, probabilmente un vecchio fucile. Avvicinò il viso al cuscino per cercare di sentire il profumo di lei, ma puzzava solo di umidità.

Un'umida solitudine, pensò. Ecco di cosa profuma.

Il pensiero lo eccitò.

In quella casa doveva aver abitato un uomo, un uomo che aveva lasciato una pipa annerita e un vecchio fucile. Era ancora da qualche parte? Magari era andato a

Söderköping per vendere il pesce. Era autunno, e in Svezia c'erano tanti mercati.

La tempesta non smetteva di infuriare contro le pareti della casa. Cercò di immaginare quell'uomo di fronte a lui, ma non riuscì a delinearne i tratti del viso.

La porta si aprì all'improvviso. Sara Fredrika era tornata. Il vento gelido entrò nella stanza insieme a lei.

«Sono andata a controllare le barche» disse. «Non ne avevo mai vista una come la tua.»

«È una scialuppa. Ne abbiamo quattro, oltre a due scialuppe più grandi, nel caso in cui si debba abbandonare la nave: nessuno deve rimanere a bordo, se affonda. Per quanto possa sembrare strano, le scialuppe sono considerate imbarcazioni da guerra.»

La donna attizzò il fuoco. Lui notò che i suoi gesti erano precisi e meticolosi, anche se in realtà era chiaro che stava cercando di nascondere una certa preoccupazione, o forse impazienza. Si sedette di nuovo sul letto. Le fiamme avevano ripreso vigore, adesso riusciva a vederla bene in faccia.

Sentiva crescere dentro di sé un sentimento che non era in grado di decifrare. Aveva la sensazione di essere stato ingannato, tradito. La pipa nell'angoliera apparteneva a qualcuno che aveva vissuto in quella casa, che magari l'aveva perfino costruita, che aveva condiviso il letto con quella donna e che forse prima o poi sarebbe tornato.

La guardò con lo stesso sguardo che aveva indirizzato al marinaio con il moccio al naso. Voleva picchiarla. Per evitare che accadesse, spostò indietro lo sgabello, rapido. Cercò qualcosa da dirle e alla fine le chiese: «Hai qualche animale? Mi è sembrato di vedere un gatto grigio, con il pelo dai riflessi azzurrognoli. Ammesso che ne esistano di simili.»

«Non ci sono animali da queste parti.»

«Neanche un gatto?»

«Mi piacerebbe avere un cane, un cane capace di recuperare in mare gli uccelli a cui ho sparato.»

«Mi era sembrato di vedere un gatto.»

«Non c'è nessun gatto. So bene cosa c'è sull'isola: due vipere, un maschio e una femmina. In primavera ammazzo sempre i loro piccoli. Forse dovrei lasciarne vivere qualcuno di più per evitarne l'estinzione, nel caso in cui le due più vecchie muoiano o vengano catturate da un'aquila. Una volta c'era anche una volpe.»

Indicò una pelle appoggiata su una panca.

«Era arrivata a nuoto?»

«Gli inverni, a volte, sono così freddi e lunghi che il mare si ghiaccia fino a qui, e anche oltre, fino alle zone in cui si pescano le aringhe. È così che è arrivata la volpe, e quando il ghiaccio si è sciolto è rimasta sull'isola. Le ho sparato dalla porta mentre cercava qualcosa da mangiare. Nello stomaco aveva alghe e sassi. Penso che fosse impazzita, che avesse iniziato a ingoiarli per la disperazione. Essere soli è molto peggio per un animale che per una persona. Forse, però, per un animale è anche più semplice farla finita.»

«Perché lo pensi?» le chiese stupito.

«Non temono il giudizio di Dio, a differenza mia.»

Sperò che Sara Fredrika gli parlasse di sé, non gli importava niente di serpenti e volpi.

Ma lei proseguì: «Capita che, quando non c'è più spazio per tutte sugli scogli dove sono solite crogiolarsi al sole, le foche si trascinino a riva a nord-ovest di Sandsänkan. In quei giorni qualcuna si spinge fino a qui. Per il resto, qui a Halsskär non ci sono animali. Penso che questa sia l'unica isola su cui non ci sono nemmeno le formiche. Non chiedermi perché, non lo so.»

«Non vedo fucili» disse. «Eppure hai sparato a una volpe.»

Con un gesto, la donna indicò il letto dov'era seduta. «Ce l'ho un fucile, e anche i ramponi per gli stivali. E un arpione per foche, costruito da mio padre. Era nato nel 1851 ed è morto quando ero molto piccola. Di lui non mi è rimasta nemmeno una foto, niente. Verso il 1890 su queste isole arrivò un fotografo da Norrköping, ma mio padre non ne volle proprio sapere di farsi fotografare. Scappò via di corsa e andò a nascondersi tra gli scogli. Da queste parti, quasi tutti gli anziani erano convinti che, se si fossero fatti fotografare, non sarebbero più stati capaci di cacciare gli uccelli marini. La gente era molto superstiziosa, quando ero bambina. E così, di mio padre mi è rimasto solo un arpione. Un arpione sporco di sangue di foca, e non il suo viso.»

«C'è qualcun altro che vive sull'isola?» chiese lui.

«Una volta sì, ora non più.»

«Non capisco.»

«Cosa c'è da capire? Non è rimasto nessuno. Ci sono solo io, e dopo di me non ci sarà più anima viva. Quando me ne sarò andata, l'isola tornerà a essere come prima. I serpenti potranno vivere in pace. Forse diventeranno così numerosi che nessun essere umano oserà più metterci piede. Una volta, tanto tempo fa, approdarono qui delle persone che usavano le loro costole al posto dei remi. Ma ormai se ne sono andati tutti. Perfino le rocce, raccolte sulla spiaggia e portate quassù per essere utilizzate come fondamenta delle case, se ne stanno andando. A volte salgo fino al punto più alto dell'isola e mi metto a guardare, ma è come cercare di vedere un terreno innalzarsi: per riuscirci, bisognerebbe restare fermi nello stesso luogo per migliaia di anni. Lo stesso succede con le rocce che, centinaia di anni fa, hanno trascinato qui i primi abitanti dell'isola. Lentamente se ne stanno tornando laddove erano state prese.»

Lars era sbalordito. Costole usate come remi? Rocce che si spostano? Di cosa stava parlando?

«Non sono abituata alle persone» proseguì lei. «Non più, non da quando sono rimasta sola.»

«Perché vivi qui, senza nessuno?»

«Esiste forse più di una risposta?»

«È stata una tua scelta?»

«Chi sceglierebbe la solitudine?»

«Alcuni lo fanno. Ci si può rinchiudere in una casa, ma anche su un'isola, dove il mare è come un fossato spaventoso.»

«Non capisco come un fossato possa essere spaventoso. Ho ventisette anni, e niente riesce più a spaventarmi.»

«Mi chiedo cosa ti sia successo.»

Arrivò una folata di vento così forte da far tremare la casa.

«Un giorno o l'altro queste quattro mura cadranno» gridò lei all'improvviso, animandosi. «Sto lasciando andare tutto in malora.»

Continuò a parlare, frasi sempre più lunghe. Si esprimeva bene, come è in grado di fare chi è abituato a parlare tra sé. Quando tacque di colpo, come se si fosse pentita di quel monologo, lui si rese conto di non sentire più il vento. La tempesta si stava già placando?

Restò in ascolto. La donna era tornata a nascondersi nell'ombra.

Il vento tornò a soffiare con violenza.

Aveva parlato senza esitazioni, sicura anche dei dettagli più insignificanti. Era come se avesse ripetuto quella storia – la storia del perché si trovasse sola sull'isola di Halsskär – un numero imprecisato di volte, ma sempre e solo a se stessa. O forse si era esercitata di sera, al buio, nella speranza che un giorno fosse arrivato qualcuno a cui raccontarla per davvero.

D'un tratto ebbe la sensazione di aver remato fino a Halsskär per un unico scopo: perché quella donna avesse qualcuno che l'ascoltasse.

59

La pipa era appartenuta a Nils Ferdinand Persson.

Era stato il marito di Sara Fredrika.

La loro storia era iniziata parecchi anni prima, quando, poco dopo le nozze, si erano messi al servizio di un certo Axel Theodor Homeros Lundberg, un parente benestante di Sara, che possedeva alcuni poderi sia a Gusum che sull'arcipelago vicino a Finnö, oltre che più a nord, dalle parti di Risö. Però non si trovavano bene: Lundberg era avaro e maligno, e si preoccupava solo dei propri stivali. Li spalmava di grasso di foca ogni giorno e non permetteva a nessuno di sfiorarli, neanche alla moglie, terrorizzata dall'idea di essere picchiata. Resistettero per un anno prima di dare le dimissioni e trasferirsi su un'isola nella baia di Turmulefjärden. La sistemazione era pessima, ma almeno lì non c'era nessuno che gli gridava dietro mentre ingrassava gli stivali. Erano arrivati da circa un anno, quando vennero a sapere che a Halsskär c'era una casa abbandonata. Poteva essere loro con poco, quasi nulla: una botte di aringhe in primavera e una in autunno, nient'altro.

Erano sbarcati sull'isola in una gelida domenica di marzo. L'inverno era stato rigido, il ghiaccio non aveva ancora mollato la presa. Sebbene la casa fosse in condizioni così malandate da cadere praticamente a pezzi, non si erano pentiti della loro decisione neanche per un istante. Suo marito aveva ribadito più volte che niente sarebbe stato peggio di quel maledetto proprietario terriero rabbioso. La casa poteva essere riparata, le reti rammendate, ma nessuno sarebbe riuscito a far chiudere il becco a quell'uomo che strillava e andava su tutte le furie per ogni sciocchezza.

Si trasferirono definitivamente all'inizio dell'estate, apportarono le riparazioni necessarie alla casa e iniziarono a prepararsi per quello che sarebbe arrivato in seguito: l'autunno, l'inverno, il ghiaccio, la solitudine.

Di tanto in tanto passava di lì qualche abitante delle isole vicine: navigavano lungo il canale di Märsfjärden, che portava a Halsskär e a Krampbådorna. Arrivavano per pescare le aringhe o per cacciare qualche uccello, e tutti si stupivano nel vedere Sara Fredrika e il marito. Halsskär non era forse disabitata da oltre un secolo? Nel 1807 ci aveva vissuto una giovane, da sola, ma era morta di freddo e il suo corpo era stato dilaniato fino all'ultimo brandello dai gabbiani e dai corvi. Da allora l'isola era deserta. Le case erano crollate, i pontili nella baia erano marciti, i fabbricati vennero smontati, un'asse dopo l'altra, e spostati sulle isole ancora verdi più vicine alla terraferma.

In giro si diceva che Nils Ferdinand Persson e sua moglie Sara Fredrika peccassero di superbia, e che le barche dei superbi fossero le prime ad andare a fondo.

Ogni tanto si fermavano anche isolani da Åland e dalla Finlandia per la caccia alle foche, pratica illegale già allora. Scuotendo la testa e urlando, li ammonivano nella loro lingua incomprensibile.

L'autunno arrivò a settembre. La prima tempesta li colse di sorpresa: arrivò da est a notte fonda, solo per caso non avevano lasciato le reti in acqua quel giorno. Impararono ben presto la lezione: ogni volta che gettavano le reti in mare, guardavano attentamente il cielo per capire se, ora di sera, si sarebbe alzato il vento e da quale direzione avrebbe soffiato.

Nel mese di novembre, una delle loro pecore – ne avevano due, ma nemmeno una mucca – scivolò su una roccia e si ruppe una zampa. L'altra si lasciò morire e loro rimasero, se possibile, ancora più soli.

La mattina di Natale, sei mesi dopo il loro arrivo sull'isola, accadde la catastrofe. Avevano calato le reti qualche giorno prima, quando faceva freddo ma non c'era vento, se non una brezza leggera che, soffiando da sud, increspava il mare. Le avevano gettate in due punti bassi e rocciosi, perciò non c'era stato bisogno di usare i pesi per tenerle ferme. Dall'inizio di dicembre, avevano sempre pescato bene in quel tratto. Quelle rocce non avevano un nome, e allora Nils Ferdinand le aveva battezzate per scherzo la Roccia di Sara e lo Scoglio di Fredrika.

Quella notte, una tempesta da sud si abbatté su di loro con violenza, preceduta da una bufera di neve. All'alba capirono che, se non fossero andati a recuperarle, avrebbero perso le reti. Sebbene la tempesta fosse ancora impetuosa, non ci pensarono due volte. Non avevano scelta. Uscirono e si diressero verso la prima rete. In quel momento, un'onda colpì lo scafo a tribordo, rovesciando la barca.

Quando riuscì finalmente a liberarsi da quella specie di bara galleggiante, Sara Fredrika vide suo marito avviluppato nella rete che aveva cercato di recuperare. Sembrava che un mostro marino lo stesse stringendo tra i suoi tentacoli. Si dimenava e gridava, mentre quel groviglio lo trascinava sempre più a fondo, e lei non poteva far altro che guardarlo impotente, avvinghiata a un remo e a una tavola che si era staccata da prua. Tornata a riva, si era trascinata verso casa morta di freddo.

Era questa la sua storia. Era riuscita a tirarla fuori dal profondo di sé, come si fa quando si prende a colpi di scalpello un blocco di pietra per scolpirlo. Non aggiunse altro. Iniziava a fare buio, le ombre si allungavano sempre di più.

Lui se ne stava seduto sullo sgabello a guardarla mentre preparava una minestra. Mangiarono in silenzio.

Lars Tobiasson-Svartman pensò che doveva essere stato come guardare l'inferno.

Vedere l'uomo che si ama morire tra le urla.

60

Per la notte si coricò vicino al fuoco. Il suo giaciglio consisteva nella pelliccia della volpe che era impazzita, un tappeto di stracci e alcune pelli di foca. Sotto la testa si era messo un paio di pezzi di legno avvolti nel suo maglione. Come coperta aveva usato la cerata, ma temeva comunque di ammalarsi per via del pavimento gelato.

Sara Fredrika si era offerta di lasciargli il suo letto. Per un attimo aveva pensato che potessero condividerlo. Gli aveva forse letto nel pensiero? Impossibile dirlo. Scostandosi i capelli dal viso, glielo aveva chiesto una seconda volta. Lui aveva scosso il capo, poteva dormire per terra.

Si era avvolta in una coperta pesante, imbottita con le piume degli uccelli a cui aveva sparato. Appena si voltò, il suo respiro si fece più pesante. Si era addormentata. Mentre sistemava i ceppi di legno sotto la testa, Lars sentì che si era svegliata e si era messa in ascolto. Poco dopo dormiva di nuovo.

Non mi considera un pericolo, si disse. Ma neanche una tentazione. Non sono niente per lei.

Nel camino le fiamme si erano spente a poco a poco. Tirò fuori l'orologio e con un po' di difficoltà vide le lancette. Erano le nove e mezzo. Il freddo del pavimento aveva già iniziato a penetrargli nelle ossa.

Fuori, la tempesta continuava a infuriare, con folate di vento rabbiose che andavano e venivano.

61

Pensò a sua moglie, che probabilmente in quel momento si stava muovendo tra le mura ben riscaldate del loro appartamento di Wallingatan. Era sicuro che a quell'ora fosse ancora sveglia. L'ultima cosa che faceva la sera era lisciare la stoffa pesante delle tende e sistemare le pieghe dei tappeti, passando di stanza in stanza.

Lui calcolava le distanze e viveva per misurare la propria posizione in rapporto a quella delle altre persone. Sua moglie, invece, per cancellare le irregolarità. Prima di ritirarsi in camera, controllava anche che la porta fosse chiusa a chiave e che la domestica si fosse ritirata nella sua stanza, dietro la cucina.

Lì, nell'oscurità, Lars si accorse di avere difficoltà a visualizzare il viso della moglie. Nei suoi ricordi lei era nell'ombra, non riusciva a raggiungerla. La stessa cosa succedeva con la sua voce: non era in grado di rievocarne il timbro teso, un po' duro, la blesità quasi impercettibile.

Si tirò su a sedere. Nel letto, Sara Fredrika stava russando. Trattenne il fiato.

«Amo mia moglie» sussurrò, «ma amo anche la donna che è nel letto, qui accanto a me. O quanto meno la desidero. E sono geloso di quell'uomo morto tra le urla, ingarbugliato nella rete da pesca. Odio anche quella maledetta pipa conservata nell'angoliera.» Di nuovo gli venne la tentazione di infilarsi nel letto insieme alla donna. Forse lo desiderava anche lei e aveva cercato di farglielo capire quando gli aveva steso controvoglia la pelliccia di volpe sul pavimento. Forse, in quella casupola malandata, stava per succedergli qualcosa che non aveva mai neanche immaginato.

Ripensò con orrore alla prima notte di nozze con Kristina. Avevano prenotato una suite al Grand Hotel, pagata dal padre di lei, un uomo facoltoso. Nel buio si erano cercati a tastoni, tentando di nascondere l'ansia che provavano entrambi davanti a quello che stava per succedere. Fino a quel momento, le sue uniche esperienze sessuali erano consistite in qualche toccatina e in un paio di cartoline ormai logore che giravano di nascosto nella mensa degli ufficiali, le cui immagini erano state scattate negli studi fotografici francesi. Raffiguravano donne grasse, con le gambe aperte e la bocca spalancata, sullo sfondo la testa imbalsamata di un leone appesa alla parete.

Aveva poi trascorso una notte terribile in una delle squallide camere di Nyhavn, nel periodo in cui aveva prestato servizio come cadetto sulla vecchia corazzata Loke, che di lì a poco sarebbe stata smantellata, e che per ragioni strategiche era ormeggiata nel porto di Copenaghen. Una sera, in libera uscita, si era ubriacato in compagnia del primo ufficiale e di un pennoniere, bevendo nei vari locali del porto. Si erano salutati a tarda notte e lui, ormai completamente sbronzo, si era ritrovato in una stanza con una prostituta vecchia e sdentata, che gli aveva calato i pantaloni e, una volta concluso, lo aveva sbattuto fuori con un sorriso beffardo. Dopo, aveva vomitato in un tombino e alcuni ragazzi di strada gli avevano rubato il berretto, motivo per cui, il giorno dopo, era stato richiamato dal comandante.

Poteva riassumere così le sue esperienze amorose. Quanto a sua moglie, non le aveva mai chiesto che aspettative nutrisse riguardo alla prima notte di nozze. Era stata una specie di lotta ad artigli sfoderati, con loro due che si graffiavano come tigri. Alla fine, si erano rifugiati ognuno nella propria metà del letto: lei a piangere in silenzio, lui a chiedersene la ragione. Con il tempo, però, avevano trovato un'intesa: sempre al buio, e mai troppo di frequente.

Era sveglio e ascoltava il respiro di Sara Fredrika. Capì che neanche lei stava dormendo. Si alzò, raggiunse il letto e ci si infilò. Con sua sorpresa lei lo accolse, nuda, calda, con tutta se stessa. In un momento, qualsiasi distanza tra loro si annullò. La tempesta sarebbe imperversata ancora per un giorno, forse di più.

Aveva tempo. Si avvicinò a lei.

62

Quando aprì gli occhi, la mattina dopo, la tempesta si era placata. Cercò di orientarsi nel silenzio: più o meno grande che fosse, anche il silenzio aveva sempre un'origine precisa. Esisteva un silenzio del Sud e uno del Nord, uno dell'Est e uno dell'Ovest. Il silenzio era sempre in cammino.

Sara Fredrika non si vedeva da nessuna parte. Doveva essere una di quelle persone che non fanno mai rumore. Lui, di solito, aveva il sonno leggero e si svegliava sempre se la moglie si alzava dal letto. Ma stavolta non si era accorto di niente.

La casa era fredda. Le braci, ormai spente, erano diventate bianche. All'improvviso la stanza si riempì del profumo di Kristina. Sapeva che non lo avrebbe mai lasciato, che non l'avrebbe mai tradito con un altro uomo. I primi anni l'aveva seguita come un'ombra, ogni volta che di notte si svegliava e usciva dalla stanza a passi silenziosi. Ma andava solo in bagno, o a bere un bicchier d'acqua dalla caraffa che lasciavano sul tavolo del soggiorno. Qualche volta si fermava a guardare le statuette di porcellana. Assorta, si allontanava a tal punto dalla realtà da fargli credere che non vi sarebbe più tornata.

Convinto che non avrebbe mai scoperto che la seguiva, non le aveva mai raccontato nulla.

A volte gli capitava di pensare a sé e alla moglie come a due navi che percorrevano rotte anguste, rischiarate ai lati da boe luminose: dovevano prestare molta attenzione davanti e dietro, ma non ai lati.

Il pavimento era congelato. Si alzò, si infilò gli stivali, il maglione, la giacca. Uscì, il vento non si era placato del tutto, infuriava ancora contro gli scogli a intervalli regolari. Lars si guardò intorno, ma non la vide. Poi si incamminò verso la baia, con le barche ormeggiate. Poco prima di arrivare a destinazione, allontanatosi dal sentiero, si nascose dietro un cespuglio di biancospino.

Seduta a poppa, Sara Fredrika stava rovesciando l'acqua fuori dalla sua barca usando un secchio di legno. Aveva la gonna alzata fin sopra le ginocchia e tra le labbra stringeva una ciocca dei suoi lunghi capelli. Guardandola, nella sua mente Lars la ribattezzò Sara Fredrika Kristina. Eppure, non riusciva a immaginarsela a girare per le stanze silenziose di Wallingatan, né a spostare le statuette di porcellana con le sue dita affusolate. Non riusciva nemmeno a immaginarla nell'ingresso, con la gonna sollevata, che lo salutava prima che lui partisse per una delle sue missioni.

Rendersi conto che le loro vite erano così diverse lo turbò tanto da fargli mancare il fiato. Uscì da dietro il cespuglio e si arrampicò su uno scoglio, da dove si vedeva meglio il mare e l'aria era più pungente.

Ripensò alla storia che le aveva raccontato la sera prima riguardo alla morte della moglie e della figlia. Ogni volta che mentiva a suo padre, dopo stava male e veniva colpito da attacchi di dissenteria. Il terrore gli si annidava nello stomaco, per poi cercare una via di fuga attraverso i meandri bui dell'intestino.

Ma adesso? Togliere la vita a Kristina senza essere scoperto aveva il sapore di un'impresa trionfale.

Osservò la Blenda beccheggiare tra le onde in lontananza. Per un momento si sforzò di non pensarci. Nessun sottotenente Jakobsson, nessun equipaggio, niente mare, niente rotte insignificanti. Esistevano solo quell'isolotto e Sara Fredrika. Ma era impossibile far sparire la nave, il comandante o le rotte, era impossibile far sparire se stesso.

Camminando lungo il sentiero, cercò di fare rumore per non coglierla di sorpresa e spaventarla. Quando le fu vicino, si accorse di quanto fosse lurida la sua gonna. Era ricoperta da strati di sporcizia. Ora che le nuvole si erano diradate, la luce era più intensa e metteva in risalto lo sporco che non si poteva nascondere. Sara Fredrika aveva i capelli unti e appiccicosi di grasso e salsedine, le mani nere e il collo lercio. Eppure si era lavata, si disse con stupore. L'ho vista nuda. Da dove viene tutto questo sudiciume?

La donna appoggiò il secchio e saltò giù dalla barca. Quando gli si avvicinò, sentì che puzzava di sudore e urina. Perché non si era accorto di quell'odore in casa, ma soltanto lì, all'aperto?

«Non è stata una tempesta poi così lunga» osservò lei contenta.

«Il vento dura sempre tre giorni» rispose lui. «Ci vogliono tre giorni perché la tempesta possa proclamarsi vincitrice.»

Sto dicendo un mucchio di fesserie, pensò. Cosa ne so di tre giorni di vento, io che non conosco nemmeno le credenze popolari sulle tempeste.

«Adesso puoi tornare alla nave» gli disse.

Le tese la mano. Dopo un attimo di esitazione, lei l'afferrò per un istante prima di ritrarsi, come un pesce che, pentito, sputa fuori l'amo dopo aver assaggiato l'esca. Andò verso la casa per recuperargli la cerata. Lui mollò gli ormeggi della scialuppa, la tirò in acqua e salì a bordo.

Mi resta un'ultima possibilità, pensò. Mi basta un secondo per cambiare tutto, per confessarle che il racconto di ieri è solo una menzogna.

Ma non disse niente.

La donna lo guardava dalla baia. Non alzò nemmeno una mano per salutarlo. Un po' come chi ha il sospetto che colui che sta partendo non tornerà più, pensò lui.

Non sapeva se se ne stava andando per sempre o se stava solo facendo un giro più lungo.

63

Le giornate si fecero più corte e più buie, il mare più mosso.

Un pomeriggio, una foca solitaria passò davanti alla Blenda, nuotando verso un banco di sabbia. Stormi di uccelli si dirigevano a sud, soprattutto alla sera.

Nei suoi appunti personali, Lars Tobiasson-Svartman usava il termine "*capitolo*" per indicare le varie tappe dei rilevamenti batimetrici. Di lì a poco si sarebbe concluso il capitolo su Sandsänkan e Halsskär. La nuova rotta avrebbe accorciato il tratto nord-sud di oltre un miglio, permettendo così alle navi di raggiungere l'interno dell'arcipelago più in fretta e di evitare le mine e gli attacchi dei sottomarini.

Fino a quel momento tutto era andato per il meglio e, fatta eccezione per l'innalzamento imprevisto del fondale, i risultati avevano superato di gran lunga le aspettative.

Ma c'era una cosa che continuava a preoccupare Lars: quando era tornato sulla Blenda dopo la tempesta, Jakobsson non aveva nascosto il proprio disappunto per la sua assenza. Aveva mostrato apertamente il suo fastidio, salutandolo appena, e non gli aveva fatto domande riguardo alla notte trascorsa sull'isola. In un primo momento, Lars aveva pensato che si trattasse di un'arrabbiatura passeggera, il che ne avrebbe spiegato i modi bruschi, ma il comportamento di Jakobsson non era cambiato neanche nei giorni seguenti. Aveva cercato invano di capire quale potesse esserne la causa. Il sottotenente, nel frattempo, aveva innalzato un muro intorno a sé e in mensa non gli rivolgeva mai la parola.

Si stava avvicinando dicembre. Il capitano di fregata Rake aveva ripreso il comando della sua nave. Lars Tobiasson-Svartman scrisse una lunga lettera a Kristina, che consegnò perché fosse spedita tre giorni dopo il suo ritorno da Halsskär.

Quando la rilesse, ebbe la sensazione di chiudere nella busta anche il silenzio. Le parole erano vuote, le frasi prive di significato. Aveva raccontato della tempesta, ma non della notte trascorsa sull'isola. Della vita sulla nave, del cibo e delle abilità del cuoco, oltre a scriverle le solite cose sul sottotenente Jakobsson. Ma nelle sue parole non c'era un briciolo di verità.

E soprattutto non le aveva rivelato nulla di ciò che pensava: le rotte che stava tracciando permettevano ad altri di navigare in sicurezza, ma se le seguiva lui, lo portavano soltanto nel posto sbagliato.

Chiudendo la busta, si disse di aver mentito per vendetta, per vendicarsi del fatto che la moglie non faceva mai cadere a terra neanche una statuetta di porcellana.

64

Il capitano Rake aveva un eczema disgustoso sulle guance e sulla fronte, tanto che, quando lo vide, Lars Tobiasson-Svartman si sentì a disagio. Macchie rossastre galleggiavano tra rigonfiamenti simili a isolette, mentre foruncoli gialli minacciavano di scoppiare in mezzo a quell'arcipelago epidermico.

Eppure lui non sembrava infastidito da quell'infiammazione. Parlava in tono entusiasta della guerra e dell'invasione tedesca della Francia, che procedeva secondo il cosiddetto "*Schlieffen Plan*".

«È uno dei piani strategici più dettagliati mai concepiti» disse il capitano. «Il generale von Schlieffen ha trascorso l'ultima parte della sua vita alla ricerca del modo migliore per annientare la Francia una volta per tutte. Alla fine, ha trovato la soluzione: far passare le armate tedesche dirette a Parigi dal Belgio, attraverso il fianco destro del fronte. Ma il suo piano non finisce qui: prevede anche il numero esatto di vagoni necessari per il trasporto delle truppe, dei cavalli, dei cannoni e delle vettovaglie. Sono stati fatti calcoli precisi per stabilire la velocità che deve mantenere ogni treno per non causare intoppi sulle tratte, e a molti ufficiali del genio sono stati affidati incarichi importanti all'interno dei consigli di amministrazione delle ferrovie. Purtroppo, von Schlieffen è morto qualche anno fa e non può vedere il suo piano messo in atto, ma tutto sta andando bene. Troppo bene, si direbbe. Manca una cosa soltanto, allo *Schlieffen Plan*. Non è possibile programmare tutto nel dettaglio, né vincere una guerra senza affidarsi anche all'improvvisazione. Proprio come qualsiasi forma artistica non può essere creata senza un pizzico di irrazionalità, che poi altro non è che il talento dell'artista.»

Bevvero del cognac. Come sempre, il crittografo venne a recuperare il diario di bordo, Rake continuò a parlare della guerra e prese in consegna la lettera di Lars Tobiasson-Svartman. Non ne aveva da parte di Kristina Tacker.

Si salutarono sul ponte di babordo. Era una serata gelida e senza un filo di vento, con il cielo limpido e pieno di stelle.

«È molto probabile che la Svezia non entrerà in guerra» disse Rake. «Solo il futuro potrà dirci se è la decisione migliore o no.»

Lars Tobiasson-Svartman scese lungo la passerella che portava direttamente al ponte della Blenda. Mentre si stava dirigendo alla cabina, sentì un profumo di tabacco e si voltò. Nel buio, vicino a un cannone, distinse Jakobsson. Il suo viso era in ombra, la pipa bruciava. All'improvviso si sentì a disagio.

L'ombra del comandante gli faceva paura.

65

Quattro giorni prima di portare a termine le misurazioni vicino a Sandsänkan, Lars tornò a Halsskär. Non sapeva dire perché volesse rivederla, dal momento che la puzza di urina e di sudore aveva creato una barriera tra loro.

Tuttavia, al tempo stesso ne era attratto.

Il mare era piatto, nuvole nere arrivavano da sud-est, la temperatura stava scendendo. L'acqua aveva un odore acre, di una sostanza sconosciuta.

Approdò nella baia. Le reti appese ad asciugare erano ancora umide e odoravano di pesce. Sollevò il coperchio di un vivaio ormeggiato tra alcune pietre accanto alla barca. Sentendovi sguazzare qualcosa dentro, appoggiò a terra il coperchio, infilò dentro le mani e sfiorò le squame di un pesce che si dimenava. Una pinna dorsale, o dei denti, gli punsero il palmo. Ritirò la mano sanguinante. Fuori di sé dalla rabbia, con un movimento brusco rovesciò il vivaio e lasciò che i pesci tornassero in libertà.

Gli tornò in mente la menaide che aveva visto una delle prime mattine, dal parapetto della Blenda. Quel ricordo gli sembrò lontano, l'immagine sbiadita di una libertà impossibile da raggiungere.

Sistemò il vivaio e si incamminò verso la casa. Nascosto dietro i soliti scogli, tirò fuori il cannocchiale: non vide fumo uscire dal camino, la porta era chiusa. Iniziava a nevicare, i fiocchi dai riflessi argentati cadevano radi.

Gli si era avvicinata senza far rumore, quando si voltò se la trovò davanti. Sara Fredrika lo fissò negli occhi, sembrava sul punto di scappare.

«Perché sei qui? Cosa vuoi? Cosa ti ho fatto?»

«Niente, ti stavo cercando. Mi sono seduto qui ad aspettarti.»

«Con un cannocchiale?»

«Mi piace studiare i particolari.»

«Cosa ti ho fatto?» ripeté lei.

«Nulla. Non volevo spaventarti.»

«Non mi hai spaventata. Cosa potrebbe spaventarmi, dopo tutto quello che ho passato?» Lo afferrò per un braccio. «Aiutami ad andarmene da qui» lo supplicò.

Aveva la voce roca, quasi rabbiosa. Anche la sua espressione era cambiata.

«Morirò, se resto qui» continuò. «Aiutami ad andarmene, permettimi di seguirti sulla nave. Portami dove vuoi, basta che sia lontano. Non ce la faccio più a vivere qui.»

«Non posso farti salire a bordo di una nave da guerra. Non hai una famiglia?»

Scosse la testa, impaziente. «La mia famiglia è laggiù, in fondo al mare. Remo qui intorno e pesco nella tomba di mio marito. A volte mi sembra che, prima o poi, con le reti tirerò su anche una parte del suo corpo. Un braccio, un piede, la testa. Non sopporto più nemmeno il pensiero, devo andarmene.»

«Non penso proprio di poterti aiutare, mi dispiace.»

Il suo viso gli era vicinissimo, come quella notte. Tutti gli odori sgradevoli erano spariti.

«Farò tutto quello che vuoi, purché tu mi porti via da qui.»

Con le mani gli sfiorò le spalle, le braccia. Lui la allontanò con un gesto lento, cauto, poi si alzò.

«Tornerò» disse. «Devo pensarci su, ma tornerò. Fra qualche giorno. Tre, quattro al massimo.»

Scese di corsa verso la scialuppa. La neve continuava a cadere a fiocchi radi. Si allontanò da Halsskär e la vide in piedi su una roccia che lo seguiva con lo sguardo.

Deve aspettare quattro giorni, pensò. Al quinto, la nave sarà già lontana.

Remava con vigore, provando una forte nostalgia di casa. Seduta a poppa, Kristina Tacker gli sorrideva.

Di lì a poco la missione si sarebbe conclusa.

66

Il giorno dopo portò a termine le ultime misurazioni. Gli restava solo la verifica finale, un controllo dell'intera zona per essere certo di averla scandagliata tutta. Sarebbero bastati due giorni, tempo permettendo. Il barometro stava salendo, la neve si stava spostando a sud.

Il batimetro fu calato in acqua per l'ultima volta. Sperò di trovare un punto in cui lo strumento non avrebbe toccato il fondale, quello in cui tutta la sua vita avrebbe potuto disperdersi, trasformarsi e al tempo stesso trovare un senso. Il batimetro si fermò a diciannove metri. Prese nota. Dall'inizio della missione lo aveva calato e issato per ben 5346 volte.

Tornarono alla Blenda. I marinai erano allegri, remavano con energia. Lars Tobiasson-Svartman sapeva che durante i turni di guardia avevano maledetto sottovoce quell'incarico noioso che gli era stato ordinato di eseguire.

Mats Lindegren, il ragazzo che aveva colpito con uno schiaffo, era sempre seduto all'ultimo remo. Il labbro non era più gonfio, ma evitava comunque di guardarlo negli occhi.

Quando iniziarono a sollevare le due scialuppe con l'argano, Jakobsson era già sul ponte. Se ne stava lì, con la pipa in mano, taciturno e ostile come sempre. Lars si rallegrava all'idea che a breve si sarebbero salutati e non si sarebbero mai più rivisti.

Gli comunicò che la missione era giunta al termine, i rilevamenti erano stati completati. Il sottotenente annuì, senza dire una parola. Poi accese la pipa, aspirò il fumo, tossì e si accasciò sul ponte come se fosse stato colpito da un pugno invisibile.

Era caduto a terra senza emettere un gemito. Tutti si bloccarono: i marinai vicino alla fune e alla puleggia dell'argano, Lars con il diario di bordo e il batimetro in mano.

Il primo a reagire fu Mats Lindegren. Si inginocchiò e tastò il collo del comandante. Poi si rimise in piedi e fece il saluto militare. Il suo dialetto era talmente incomprensibile che, prima di farsi capire, dovette ripetere la frase più volte: «Credo che il sottotenente Jakobsson sia morto.»

Lars Tobiasson-Svartman guardò l'uomo steso a terra: nella mano destra stringeva ancora la pipa e con gli occhi fissava un punto indefinito sopra di sé.

Il sottotenente fu trasportato nella sua cabina. Fredén, che aveva qualche nozione di medicina, gli tastò il polso in diversi punti prima di confermarne il decesso. Presero nota dell'ora sul diario di bordo. Fredén assunse il comando e, come primo compito, dovette elaborare un rapporto sull'accaduto da inoltrare allo stato maggiore della marina a Stoccolma.

Il radiotelegrafista sparì nella sua cabina per inviare il dispaccio e Fredén rimase da solo con Lars Tobiasson-Svartman. Erano entrambi sconvolti.

«Di cosa è morto?»

Fredén fece una smorfia. «Difficile dirlo, è successo tutto così in fretta. Jakobsson era ancora piuttosto giovane e non beveva più di altri. In ogni caso non si ubriacava, e non mangiava nemmeno troppo. Ogni tanto si lamentava di un dolore al braccio sinistro, che alcuni medici sostengono sia il primo sintomo di un cuore malato. Dal modo in cui è crollato sembrerebbe un colpo apoplettico. Può essere stato il cuore, oppure un vaso sanguigno che gli è scoppiato nel cervello.»

«Sembrava in buona salute.»

«Canto 452» disse Fredén. «"Vado verso la morte, ecco dove vado." Intoniamo questo corale durante i funerali a bordo, lo abbiamo fatto anche con il marinaio tedesco. È strano, ma pochi si rendono conto del significato delle parole di Wallin, l'autore del salmo, eppure lui sapeva bene di cosa parlava. Ci ricorda ciò che ci aspetta, se solo lo ascoltassimo.»

Si scusò e tornò sul ponte per riunire l'equipaggio. Voleva assicurarsi che tutti fossero informati della morte del sottotenente.

Lars continuò a fissare il morto. Era il terzo cadavere che vedeva in vita sua. Prima quello di suo padre, poi del marinaio tedesco, e adesso del sottotenente Jakobsson.

La morte è silenzio, pensò. Nient'altro che silenzio. Alberi caduti, con le radici strappate. Soprattutto silenzio. La morte prende possesso delle sue vittime a partire dalla loro lingua, paralizzandola.

Per un attimo gli sembrò di cadere. Fu costretto ad aggrapparsi al cassettone e chiudere un attimo gli occhi. Quando li riaprì, gli sembrò che il sottotenente Jakobsson avesse cambiato posizione.

Uscì in fretta dalla cabina.

67

Un invisibile velo da lutto stava per essere steso sopra la nave.

Quando Fredén riunì l'equipaggio sul ponte di prua, cominciava a imbrunire e alcuni fanali della nave erano già stati accesi. Le lampade ad arco crepitavano ogni volta che gli insetti notturni, finendovi contro, morivano bruciati.

A Lars Tobiasson-Svartman la scena sembrò una rappresentazione teatrale. Lo spettacolo stava per iniziare. O, per meglio dire, erano al suo ultimo atto, o all'epilogo. La fine della storia del sottotenente Jakobsson.

Il sottotenente di vascello Fredén fu molto conciso. Esortò l'equipaggio alla calma e al contegno, prima di rompere le righe.

Quella notte, Lars non riuscì a chiudere occhio, nemmeno stringendo a sé il batimetro. A mezzanotte si alzò, si vestì e salì sul ponte. La missione era conclusa, la morte lo circondava, e la donna sull'isola continuava a turbarlo. Desiderava tornare a casa da sua moglie, ma al tempo stesso ne aveva paura. Aveva misurato la profondità del mare intorno al faro di Sandsänkan, senza però riuscire a collegare quelle scoperte alle sue rotte interiori.

L'imbarcazione ondeggiava piano sul mare mosso. Per un istante si sentì come un animale in gabbia. Rabbrividendo per il freddo, fece il giro della nave. I marinai di guardia si misero sull'attenti, lui rispose con un cenno della testa. All'improvviso si ritrovò davanti alla porta della cabina di Jakobsson. Adesso che il sottotenente era morto, non sentiva più la necessità di ricorrere al grado militare quando pensava a lui.

Si chiese dove stesse dormendo Fredén, che fino a quel momento aveva condiviso la cabina con Jakobsson.

Il cadavere era ancora lì dentro. Una lanterna era stata accesa e appoggiata sul tavolo, la luce filtrava da sotto la porta. L'aprì e varcò la soglia. Qualcuno aveva coperto il viso di Jakobsson con un fazzoletto e gli aveva tolto la pipa dalle mani, che poi erano state incrociate sul petto. Gli osservò il torace, quasi si aspettasse di vedere il segno di un respiro che nessuno aveva notato prima. Guardò in un cassetto del comò, dentro il quale c'erano dei taccuini e il ritratto incorniciato di una donna. Rivolgeva al fotografo uno sguardo timido. Era molto bella, una delle donne più belle che avesse mai visto. Fissò la fotografia stregato. Sul retro c'era scritto un nome: Emma Lidén.

Si mise a sedere e iniziò a sfogliare i taccuini. Con grande sorpresa scoprì che, oltre a redigere i giornali ufficiali di bordo, Jakobsson teneva anche un diario privato.

Diede un'occhiata all'uomo disteso con il fazzoletto sul viso. L'idea di entrare nel suo mondo gli dava una sensazione di pericolo, ma allo stesso tempo lo attirava. Fece scorrere le pagine fino al giorno del suo arrivo a bordo.

Gli ci volle un'ora per leggere tutto. Gli ultimi appunti di Jakobsson risalivano a qualche ora prima della sua morte. Aveva scritto: «Sento un dolore al braccio sinistro e una leggera oppressione al petto» e si chiedeva perché avesse evacuato con tanta difficoltà nei giorni precedenti.

Lars era scosso. L'uomo che si era preoccupato tanto del proprio intestino negli ultimi istanti di vita era mosso da sentimenti travolgenti, sia di amore che di odio.

Emma Lidén era la sua amante. La donna, infatti, era già sposata con un altro uomo e aveva parecchi figli. Nel diario, Jakobsson accennava di continuo alle lettere che si erano scambiati e che avevano poi bruciato. Il loro amore superava qualsiasi confine, era una benedizione senza precedenti, ma sarebbe rimasto soltanto un sogno. La frase «questa mattina mi sono svegliato di nuovo in lacrime» tornava a intervalli regolari.

Lars tentò di raffigurarsi quell'uomo con la pipa e la mano deforme mentre piangeva nella sua cabina. Ma l'immagine era confusa, sfocata.

Non avrebbe mai pensato che Jakobsson lo avesse odiato così tanto, né che avesse provato avversione nei suoi confronti fin dal primo giorno in cui aveva messo piede sulla nave. «Non mi fiderò mai di quell'uomo, la sua riservatezza e il suo sorriso mi sembrano falsi. Ho a bordo una figura artificiosa.»

Cercò di ricordare il primo incontro con il comandante della Blenda. Lui aveva avuto l'impressione opposta. Jakobsson doveva essere un uomo completamente diverso da quello che appariva.

Era stato ciò che non era.

Lars aveva letto tutte le osservazioni che riguardavano la sua permanenza a bordo della Blenda. Jakobsson non lo chiamava mai per nome, ma si riferiva a lui con un termine che lasciava trapelare un profondo disprezzo: «Il batinauta.»

Mi considerava un verme, pensò. Un insetto che si annidava tra le fessure della nave.

L'odio che trapelava dai taccuini era informe, come se una manciata di fango fosse stata gettata sopra le pagine. Jakobsson non spiegava mai i motivi dell'antipatia e del disprezzo nei suoi confronti. Lars era solo «un ripugnante batinauta sporco di melma, arrogante e stupido». E ancora: «Ha lo stesso odore dei fondali che misura. Sembra che abbia il fango in bocca, è un uomo marcio.»

Era quasi l'una e mezzo quando girò l'ultima pagina. Una bottiglia di cognac mezza vuota spuntava da uno stivale. Tolse il tappo e ne bevve un sorso. Con un movimento brusco tirò via il fazzoletto dal viso di Jakobsson e gli bagnò le narici e gli occhi con qualche goccia di alcol. Poi gli abbassò i pantaloni e gli osservò il membro raggrinzito e contratto, prima di versare qualche goccia anche lì. Infilò di nuovo la bottiglia nello stivale, rimise il fazzoletto al suo posto e se ne andò con i taccuini sottobraccio.

In cabina, li infilò in una delle cartelle impermeabili in cui riponeva i verbali, oltre a un pezzo di lamina del pagliolo che aveva staccato con un calcio.

Salito sul ponte, si avvicinò a un punto del parapetto da cui non poteva essere visto e lasciò cadere tutto in acqua.

In lontananza, uno dei marinai di turno tossì. La luna rischiarava con un debole riverbero il tratto di mare fino al faro di Sandsänkan.

Lars rimase a lungo davanti al parapetto. Sebbene non si riconoscesse nelle descrizioni contenute nei taccuini, doveva ammettere che Jakobsson aveva detto la verità. Ma l'aveva portata con sé nella tomba.

E non poteva più essere portata a galla.

68

Il 2 dicembre, sopra le acque a nord di Gotland tirava un forte vento di levante. Verso le nove del mattino la Svea apparve all'orizzonte. Nel pomeriggio, dopo aver fatto le valigie, Lars Tobiasson-Svartman si congedò dagli ufficiali. Il giorno prima aveva già ringraziato i marinai che gli avevano dato una mano durante i rilevamenti. Mats Lindegren non si era fatto vedere. Del resto, lui non aveva dato l'ordine all'equipaggio di radunarsi sul ponte.

Quella sera stessa era stato invitato a un ritrovo nella mensa degli ufficiali. Fredén, il nuovo comandante, aveva dato il permesso, a condizione che non si facesse troppo baccano, per rispetto nei confronti del defunto che avevano a bordo. Un pennoniere e il capomacchinista, dotati di belle voci, intonarono alcuni *gluntar*. Svuotarono un'enorme brocca di punch, preparato con acquavite e molte spezie. Quando tutti furono ubriachi, incominciarono a parlare del comandante morto. Alcuni degli ufficiali presenti sostenevano che il sottotenente Jakobsson fosse rimasto positivamente colpito dal lavoro svolto da Lars Tobiasson-Svartman.

Lui non si dovette sforzare più di tanto per mostrare la propria sorpresa. A un certo punto non ne poté più di quella festa improvvisata: si ritirò con la scusa di dover finire qualche rapporto.

L'ultima cosa che sentì prima di addormentarsi furono le voci indistinte dei marinai che cantavano in una lingua che sembrava italiano.

Dirigendosi per l'ultima volta verso la passerella per scendere dalla cannoniera, Lars si guardò rapidamente le spalle per accertarsi che Jakobsson non fosse risuscitato.

Due marinai lo aiutarono a trasportare i bagagli fino alla cabina che gli era stata assegnata sulla Svea all'inizio della missione. Restò lì in piedi, immobile. Era tornato al punto di partenza.

Lo accolse il capitano Rake, che si era rasato i capelli e dava l'impressione di essere molto stanco. L'occhio sinistro era infiammato e gli lacrimava in continuazione, l'eczema si era allargato.

Si sedettero e, benché non fosse ancora mezzogiorno, il comandante riempì due bicchieri di cognac.

«Sono un uomo che vive secondo regole precise» iniziò. «Detesto qualunque dimostrazione di cattiva disciplina. Non si può essere persone di valore se non si capisce l'importanza dell'ubbidienza verso gli altri e verso se stessi. Ogni tanto, però, mi concedo qualche piccola e prudente deviazione dalla retta via: una di questa consiste in un paio di cicchetti prima di mezzogiorno.»

Alzarono i bicchieri per brindare alla loro salute.

«Tutti questi morti» continuò Rake. «Sulla rotta verso questi mari ha viaggiato il nostromo Rudin. Poi abbiamo ripescato il cadavere del tedesco, e adesso il sottotenente Jakobsson. È stato il cuore?»

«Sì, il cuore. Oppure il cervello.»

Annuendo, il capitano si passò la mano sulla testa rasata. Lars notò che gli tremavano le dita.

«Quelle piccole venuzze che non riusciamo a vedere possono trasformarsi nei nostri punti più deboli» commentò Rake. «Se si rompono, veniamo lanciati in caduta libera verso la morte, la paralisi o un polmone d'acciaio, verso una breve agonia o una lunga e terribile sofferenza.» Socchiuse gli occhi e lo scrutò prima di proseguire: «Qual è il suo punto debole? Naturalmente non deve rispondermi, se non vuole. È nostro diritto non svelare le miserie che ci tormentano. Secondo me, debolezza e miseria sono la stessa cosa... È solo questione di scegliere l'uno o l'altro termine.»

Lars Tobiasson-Svartman pensò che la sua debolezza era una donna che, lontana da tutto e da tutti, viveva su un'isola mezzo miglio a sud-ovest della corazzata su cui viaggiavano in quel momento. Ma non disse niente. Anche Rake si stava dimostrando una persona che, di lì a poco, sarebbe stato ben contento di salutare per sempre.

«Ne ho molte» rispose. «È difficile sceglierne una sola.»

Il comandante si alzò in piedi, facendogli intendere che la conversazione era conclusa. «Se il tempo rimane sereno, contiamo di approdare a Skeppsholmen domani mattina alle nove. Purtroppo non possiamo viaggiare alla velocità massima.»

«Problemi ai motori?»

«No, sono gli ordini dello stato maggiore. Nell'intento di preservare i motori, navigare alla massima velocità è consentito soltanto in caso di guerra. In quegli uffici, sono pochi gli ingegneri e gli ufficiali che sanno davvero fare il loro lavoro: di tanto in tanto, i motori devono essere spinti al massimo, altrimenti i rischi di esplosione in situazioni cruciali aumentano.» Rake scoppiò a ridere. «Funziona allo stesso modo con gli uomini» continuò. «Anche noi, a volte, siamo costretti a dare il massimo. Tra un uomo e una macchina non c'è poi questa grande differenza.»

Aprendo la porta, il capitano lo invitò a cenare con lui quella sera.

Lars tornò in cabina e si stese nella cuccetta. Nel giro di pochi minuti si era già addormentato.

Un'ora più tardi si risvegliò di colpo. Un cigolio seguito da un suono di sfregamento si propagava nello scafo: stavano issando l'ancora e le catene.

Si alzò, si infilò la giacca e salì sul ponte. La Blenda era sparita. I motori della corrazzata vibravano, il fumo usciva dai quattro fumaioli. Lentamente, la nave iniziò a virare, mettendosi in rotta verso nord-est.

Lars puntò gli occhi su Halsskär, ma non vide niente. Il mare era talmente deserto da incutere quasi timore.

C'è qualcosa che non sono proprio in grado di capire, si disse. Una specie di avvertimento. In questo esatto momento sto commettendo un errore, ma non so quale.

Halsskär svanì lentamente nella foschia.

Lars Tobiasson-Svartman pensò al punto che stava cercando, il punto in cui il batimetro non riusciva a toccare il fondo.

Il punto che non aveva ancora trovato.

Parte quinta
Gli occhi senza vita delle statuette di porcellana

69

La notte prima di attraccare a Stoccolma aveva dormito male. Dopo aver spento la lampada a petrolio, era stato assalito da una sensazione di catastrofe imminente. Poteva accadere da un momento all'altro: un siluro sparato da un sottomarino tedesco che fendeva silenziosamente le acque scure. In un bagno di sudore, era rimasto sdraiato ad ascoltare le vibrazioni prodotte dalla sala macchine. Rake gli aveva assicurato che i motori non erano sotto sforzo, ma nemmeno le sue parole erano bastate a tranquillizzarlo. Le caldaie che esplodono all'improvviso, aprendo enormi squarci sotto la linea di galleggiamento, e la nave che affonda in meno di trenta secondi.

Il suo terrore più grande era sempre stato quello di restare intrappolato in una bolla d'aria dentro una nave che colava a picco. Neppure le sue urla avrebbero lasciato una traccia.

Aveva paura di una morte silenziosa.

Si era assopito solo all'alba, quando le vibrazioni erano diminuite e la nave aveva raggiunto le acque dell'arcipelago di Stoccolma. Ma quelle vibrazioni lo avevano seguito anche in sogno.

Si trovava in sala macchine. Il caldo era insopportabile. Intorno a lui, i fuochisti, con i volti anneriti e le schiene lucide d'olio, gemevano e urlavano. D'un tratto, aveva capito che presto sarebbe stato tutto finito. Tra quegli uomini sudati aveva riconosciuto il marinaio tedesco morto. Teneva in mano una pala, e al posto degli occhi aveva due bulbi insanguinati.

In quel momento si era liberato del sogno ed era tornato alla realtà. Era stremato, ma si vestì e uscì sul ponte. Il mare era grigio, nella foschia si intravedevano gli scogli scuri. La stanchezza gli annebbiava la vista tanto da confondere il cielo con l'acqua, come in un gioco di luci e ombre.

Durante la notte la temperatura era scesa. Si nascose nel punto in cui nessuno poteva vederlo e ci rimase finché non passarono Oxdjupet. Tornato in cabina, chiuse le valigie e si guardò allo specchio.

I tratti di suo padre adesso erano più riconoscibili: le rughe tra le sopracciglia e quell'aria stizzita che lo aveva sempre intimorito da bambino. Senza volerlo, aveva ereditato i suoi lineamenti tormentati, e questo non gli piaceva. Il padre stava cercando di esercitare il suo antico potere su di lui, ripresentandosi nelle sembianze del suo volto. Alitò contro lo specchio finché il vetro si appannò, facendo scomparire l'immagine riflessa.

Posso finalmente chiudere questo capitolo, pensò. È finito, ho portato a termine la mia missione, facendo tutto quello che ci si aspettava da me. Nessuno si congratulerà con me, allo stato maggiore della marina non ci sono abituati. Mi affideranno altre missioni, mi assumerò altre responsabilità, prima o poi sarò promosso di grado. Per il resto, continuerò a salire i gradini invisibili della scala della vita.

Con un'ultima occhiata ai bagagli, controllò di non aver dimenticato niente e uscì dalla cabina. Si era fatto giorno, l'arcipelago emergeva a poco a poco dalla foschia. I pescherecci si dirigevano verso la città con il loro carico, gli uomini accovacciati accanto al timone e all'albero.

Fece colazione in fretta alla mensa degli ufficiali, senza intervenire nella conversazione che aveva colto fra un tenente e un addetto alle macchine. Il tenente, pallido, con i capelli rossi e la voce acuta, sosteneva che l'esito della guerra fosse scontato: avrebbe vinto la Germania, uno stato animato da un furore che gli inglesi avevano ormai perso. L'addetto alle macchine, invece, pensava che russi e tedeschi fossero troppo orgogliosi. Diceva che entrambi portavano «gli stivali di Napoleone», e che sarebbero stati puniti con la disfatta del loro esercito.

Lars Tobiasson-Svartman lasciò la mensa e salì sul ponte. E io che stivali porto?, si chiese. Erano in prossimità di Djurgården. Gli tornò in mente il sogno. Cosa significava? E cosa rappresentava il marinaio tedesco, riemerso dai fondali di Sandsänkan?

È un avvertimento, pensò. Il sogno mi ammoniva a non andare avanti, a non dimenticare troppo in fretta.

Non riuscì a capire altro. I pensieri si aggrovigliarono fino a provocargli un corto circuito nel cervello.

70

La nave attraccò e il capitano Rake venne a salutarlo. Un marinaio aveva già portato i suoi bagagli sul molo e stava facendo segno a un uomo con un carretto di raggiungerlo.

«Lei è pallido» gli disse il comandante, osservandolo bene alla luce dell'alba. «Più pallido di prima.»

«Si starà facendo sentire la stanchezza.»

Il capitano annuì. «Come quando finisce una battaglia in mare» riprese poi. «Durante lo scontro non si prova niente. I medici hanno constatato che è una questione fisiologica: l'adrenalina, la chiamano così, viene pompata in tutto il corpo. È il termine chimico o biologico per quella che io definirei più semplicemente "la sete umana di sangue". Al termine dello scontro si può essere vivi o morti. Se si è morti, l'adrenalina è stata messa in circolo inutilmente; se si è vivi, invece, ci si sente sopraffatti da una stanchezza immane, che pone in secondo piano il risultato della battaglia. O meglio, rimanere vivi è comunque una vittoria, anche se si sta dalla parte degli sconfitti.»

Rake s'interruppe di colpo, come se si fosse reso conto di aver detto qualcosa di sconveniente. «A volte parlo troppo» commentò imbarazzato. «E pensare che ordino spesso ai miei uomini di stare zitti. È proprio il caso di dire che predico bene e razzolo male.»

Si mise sull'attenti, fece il saluto militare e gli strinse la mano.

«Buona fortuna.»

«Grazie.»

Lars Tobiasson-Svartman si incamminò verso la passerella. A un certo punto si voltò, ma il capitano era sparito. Fece un paio di passi esitanti, per poco non inciampò nei suoi stessi piedi. Aveva provato lo stesso disagio tutte le volte che era sbarcato a Halsskär. Sulla nave era lui a doversi tenere in equilibrio, mentre sulla terraferma la responsabilità era del terreno o della roccia sotto i suoi piedi.

Il marinaio lo salutò e sparì. L'uomo che tirava il carretto con le sue valigie era vecchio e sdentato, aveva le guance incavate e respirava con un rantolo. Lars fu costretto a dare la prima spinta al carretto e ad aiutarlo per qualche metro.

La città gli sembrò piena di fumo e coperta di polvere, lo stordiva con i suoi mille rumori. Si ritrovò circondato da case, alberi, strade e uomini. La città lo stava avvolgendo, non se l'aspettava. Forse gli faceva paura, forse la trovava bella.

71

Non andò direttamente a casa.

Quella nave enorme gli aveva trasmesso qualcosa di sé: la sua indolenza, il modo in cui si fermava lentamente, eseguiva una virata ampia, senza fretta. Non ce la faceva a rientrare subito nell'appartamento di Wallingatan, sarebbe stato come colpire il molo con la prua.

La prima volta che era stato in missione dopo le nozze con Kristina, le aveva fatto recapitare un telegramma per comunicarle l'ora in cui contava di essere di ritorno. Era stata l'unica volta, dopo non aveva più ripetuto quell'errore.

Aveva chiesto al facchino sdentato di sostare con il carretto davanti a casa ed era andato in una birreria lì nel quartiere. Era mattino presto, ma conosceva la proprietaria, la vedova di un velaio che aveva lavorato per la famiglia reale. La donna si chiamava Sally Andersson, sembrava muoversi sempre a ritmo di musica e da lei ci si poteva ubriacare anche all'alba. Era ancora giovane, la vedova allegra, e non finiva mai di stupirlo con quei suoi denti bianchi e splendenti.

Quando lo vide entrare, Sally se ne stava tra bicchieri e boccali.

«È un po' che non bazzichi da queste parti. Sei appena rientrato da un lungo viaggio?» gli chiese, mentre asciugava l'angolo del bancone dove era solito sedersi. «Ma dimmi, come mai la marina arruola cuochi così scadenti?»

«Perché me lo domandi?»

«Sei troppo magro, un capitano non può ridursi così. Prima o poi il vento ti porterà via e finirai in pasto ai gabbiani.»

«Non è il cuoco il problema, lui era bravo. È il mare che ti rovina. E poi non si dimagrisce, ci si consuma. Colpa della salsedine e dei continui movimenti della nave.»

Lei scoppiò a ridere, sbatté lo straccio contro il bracciolo di una sedia e gli porse un boccale di birra con un bicchierino di acquavite.

Una volta, nel maggio del 1912, al rientro da una missione per il controllo delle rotte intorno a Gotland e a Fårön, in quella birreria aveva bevuto troppo. Alle dieci di mattina era già completamente sbronzo e parlava a sproposito. Aveva quasi perso il controllo, ma Sally Andersson, con le buone, lo aveva salvato dal rendersi ridicolo. Nel momento in cui aveva iniziato a blaterare dello stato maggiore della marina, dicendo cose di cui si sarebbe potuto pentire, lo aveva trascinato in una stanza dietro la cucina e fatto sdraiare su un divano. Lì c'erano due sguattere, ma Sally si era presa cura di lui di persona. Nessun altro poteva avvicinarsi, nemmeno per portargli un altro boccale o asciugare la birra che aveva rovesciato. Fu lei stessa a dargli ancora da bere, senza esagerare, e alla fine fu sempre lei a suggerirgli che era ora di andarsene.

«Stai meglio» gli aveva detto, «adesso puoi tornare a casa.»

Lui non aveva messo in discussione il suo parere. Si era limitato ad appoggiare i soldi sul bancone e uscire.

72

Quella mattina gli servì un po' di birra con dell'acquavite annacquata, costringendolo a mangiare un paio di panini con tanto burro e una bella fetta di prosciutto. Bevve in fretta e nel giro di mezz'ora era già brillo. Sally si sedette vicino a lui e lo guardò attentamente. I suoi denti bianchi brillavano, simili a conchiglie. Conchiglie lucide e lisce, che spuntavano da una sabbia rosso scuro.

«La guerra è vicina?» volle sapere.

Lars cercò una risposta nella sua mente annebbiata dall'alcol. «Il fuoco» disse alla fine, «sembra un bagliore in lontananza, sul mare. Un silenzio incredibile.»

«Ti ho chiesto se è vicina, non a cosa assomiglia.»

Lui batté l'indice sulla fronte. «Qui dentro. È qui dentro che è vicina.»

«Non avrei mai pensato che un uomo intelligente come te potesse raccontare stronzate simili» ribatté lei.

Vuotò il boccale, ma quando ne chiese un altro, Sally scosse la testa. «Piantala di bere, stai superando il limite.»

«Quale limite?»

«Quello oltre il quale un uomo non riconosce più la moglie.»

Posò i soldi sul bancone. Mentre usciva dalla sala piena di fumo, Lars sentì un odore di cuoio e lana bagnata. In strada prese una storta. Fece il giro dell'isolato prima di fermarsi davanti al portone di casa. Il facchino che avrebbe dovuto badare alle sue valigie stava dormendo appoggiato a una ruota del carretto. Quando gli diede una pedata, l'uomo balzò in piedi e scaricò i bagagli.

Lars Tobiasson-Svartman aprì il portone. Lasciò tutto sul marciapiede, nella luce accecante del mattino. Una volta entrato nell'androne scuro, ebbe l'impressione di aver ormeggiato al molo di Wallingatan.

73

Kristina Tacker lo stava aspettando sul pianerottolo buio.

Oltre a infondergli un senso di insicurezza, la cosa aveva sconvolto i suoi piani. Non le aveva spedito telegrammi, e nessun altro avrebbe potuto comunicarle il suo rientro. La moglie notò il suo stupore, e naturalmente anche la sbronza.

«Ho visto il carretto con i bagagli. Mi sembrava quasi di sentire l'odore del mare dalla finestra. Mi stavo domandando quando saresti salito.»

«Ho fatto un giro nel quartiere per togliermi di dosso la schiuma delle onde e la puzza delle alghe e del fango. Sbarcare è un'operazione complicata.»

Abbracciò la moglie e ne inspirò a fondo l'odore, quel sentore di vino, quella fragranza di scorza di limone del suo profumo. Lei non lo strinse a sé. Tra loro si avvertiva una distanza, sperò che almeno fosse contenta del suo ritorno.

Alle loro spalle si udì un risolino. Lei si staccò dall'abbraccio e, voltandosi, diede uno schiaffo sonoro alla cameriera che se ne stava lì impalata.

«Vattene, lasciami in pace con mio marito.»

La ragazza sparì di corsa, senza fare rumore. Lars non aveva mai visto la moglie picchiare qualcuno e fu sopraffatto da un certo timore, come se quel manrovescio avesse colpito anche lui.

«Hai ricevuto la mia lettera, quella in cui ti parlavo di lei?»

«Me le hanno recapitate tutte.»

Rimasero in silenzio mentre lui si sfilava il cappotto della divisa e si slacciava le scarpe. Poi la seguì nella stanza in cui erano esposte le statuette di porcellana, ben allineate sulle mensole. Non era cambiato nulla. Ebbe l'impressione di varcare la soglia di una camera in cui non aveva mai abitato nessuno.

Si sedettero accanto alla finestra, la luce del sole filtrava attraverso le tende sottili. Le descrisse il suo viaggio con grande precisione, tra i dettagli del racconto sarebbe riuscito a nascondersi meglio. Tutto ciò che disse era vero.

Tralasciò una cosa soltanto: l'esistenza di un'isola chiamata Halsskär. La cancellò dalle carte nautiche, la fece inabissare. Per un momento, il pensiero di essersi inventato che sua moglie e sua figlia erano morte lo mise in agitazione. Sentì una morsa allo stomaco.

Mentre lo spiava di sottecchi, Kristina sembrava un rapace.

«Cosa succede?» gli chiese.

«Mi fa male un dente.»

«Dove?»

«Qua, nella mandibola.»

«Devi andare dal dentista.»

«Ma no, è già passato. È stata solo una fitta.»

Continuò il racconto come se non fosse successo nulla. Quando Kristina si alzò per dire alla domestica di servire il caffè, si rese conto della grande distanza che si era creata tra loro, la distanza di una menzogna. Una menzogna che sarebbe diventata sempre più grossa, e non importava se il resto del racconto era vero. La menzogna non aveva bisogno di essere nutrita, avrebbe continuato a crescere da sola.

Si chiese se fosse possibile vivere senza mentire. Aveva mai incontrato qualcuno che non dicesse bugie? Scavò tra i suoi ricordi, ma non gli venne in mente nessuno.

74

Bevvero il caffè seduti vicino alla finestra. La domestica che aveva ricevuto lo schiaffo sembrava intimidita e spaventata. Provò per lei compassione, gli ricordava il marinaio con il naso che gocciolava.

Facciamo parte del gruppo di persone che picchiano gli altri, pensò. Ecco cosa abbiamo in comune mia moglie e io: distribuiamo schiaffi, di quelli che lasciano il segno. Ma i domestici si possono sempre sgridare a voce. Per il resto, è comunque meglio tacere.

«Trovo la sua presenza così irritante» disse Kristina. «Puzza di sudore, anche se continuo a dirle di lavarsi. Non spolvera le cornici, perde tempo quando va a buttare l'immondizia o a fare la spesa, e non sa calcolare le dosi giuste quando prepara da mangiare.»

Parlava sottovoce per non farsi sentire nelle stanze vicine.

«Me ne occupo io» rispose lui. «Mal che vada, la licenziamo e ne prendiamo un'altra.»

«Nessuno vuole più lavorare a servizio» disse Kristina. «Sono tempi difficili.»

75

Mangiarono a lume di candela. Il calore della stufa di maiolica si diffondeva nella stanza. Lars Tobiasson-Svartman desiderava con tutto il cuore ritrovare la pace e cancellare dalla mente ciò che era successo nelle acque vicino a Sandsänkan. Così sarebbero scomparse la verità e le menzogne, lasciando spazio solo alla nuova rotta che aveva tracciato.

Accompagnò la cena con del vino e si concesse un goccio di porto come digestivo. Kristina era seduta nella penombra, intenta a ricamare una tovaglia. Non si sentiva ancora pronto per la notte.

Passate da poco le dieci, lei si alzò. Lars aspettò che la moglie si infilasse a letto, bevve due bicchierini di cognac, si lavò, ne scolò altri due, si sciacquò i denti e andò anche lui in camera. La luce era già spenta. L'alcol aveva reso il desiderio più forte dell'insicurezza.

Dopo – naturalmente era successo tutto nel silenzio più assoluto –, pensò che il loro amore fosse diventato una corsa per la vita. Però si sentì sollevato. Pensò a qualcosa da dire, ma non gli venne in mente nulla.

Rimase sveglio a lungo, sapeva che nemmeno lei stava dormendo. Si chiese se potesse esserci distanza più grande di quella tra due persone che, sdraiate nello stesso letto, fingono di dormire.

Era una distanza che non era ancora riuscito a stabilire secondo i criteri di misura a sua disposizione.

76

Erano quasi le tre quando ebbe la certezza che si fosse addormentata. Il respiro era profondo, Kristina russava leggermente. Lui si alzò dal letto, si infilò la vestaglia e uscì dalla camera. Da un armadio prese un paio di guanti bianchi.

Dopo essersi versato un altro bicchiere di cognac, si avvicinò allo scrittoio della moglie. Prima di girare con cautela la chiave e prendere il diario, controllò che non si fosse svegliata. Pensò che, impedendo alle mani di entrare in contatto diretto con le pagine, i guanti avrebbero attenuato la sua intrusione.

Durante la sua assenza, la moglie aveva scritto ogni giorno. Non trovò nulla sull'improvviso rifiuto di accompagnarlo al molo il giorno in cui era salpato. Aveva solo annotato l'ora esatta della partenza, le condizioni atmosferiche e aggiunto: «*Lars è partito.*»

Continuò a sfogliare le pagine, tendendo l'orecchio per captare il minimo rumore di passi. Dalla strada arrivavano le imprecazioni di un ubriaco contro il padreterno, pronunciate a gran voce.

Spesso le note erano brevi, insignificanti: «*Ho ricevuto una lettera di Lars.*» Nessun commento sul contenuto né sulle emozioni che le aveva suscitato.

La sua vita è come una malattia lenta, pensò Lars. Un

giorno mi trascinerà a fondo con lei. Un giorno smetterà di essere il coperchio che chiude l'abisso, sul cui bordo mi tengo in equilibrio.

Al 14 novembre, trovò qualcosa di diverso. Kristina aveva registrato la temperatura e la direzione del vento. «*Verso le nove è sceso un leggero nevischio, ma ha smesso subito.*» C'era però dell'altro, le prime annotazioni personali.

Raccontava di un sogno. Appena si era svegliata, aveva subito trascritto quello che ricordava. Concludeva con queste parole: «*Ci sono notti in cui il silenzio è freddo e insopportabile, altre in cui è dolce e invitante. È in notti come queste che il silenzio sembra scomparire.*»

Poi, riprendeva ad annotare le solite cose: la temperatura, il vento, la sostituzione di una tubatura in cucina.

La notte del 28 novembre, Kristina aveva fatto un altro sogno.

> *Mi sono svegliata di colpo. Sento la presenza di un uomo nella mia camera buia, ma quando mi tiro su non vedo niente, solo i raggi della luna che rischiarano la porta. Rimango seduta sul letto, qualcosa mi dice che era un sogno importante. All'improvviso mi trovo in una strada di una città straniera, non ho idea di come ci sono arrivata né del perché sono lì. Non riconosco nemmeno il luogo. Le persone che mi circondano parlano una lingua che non capisco. Mi incammino, per strada c'è tanta gente, fa un caldo atroce e un velo nero mi copre il viso. Arrivo a una piazza ampia con una cattedrale. La gente corre avanti e indietro. Sono tutti ciechi, ma il gioco che fanno è violento: si urtano a vicenda, si picchiano a sangue e si spingono contro i muri di pietra della cattedrale o contro la fontana al centro della piazza. Per non essere d'intralcio, entro nella cattedrale. All'interno fa freddo ed è buio. Uno strato di neve fresca ricopre il pavimento, i fiocchi continuano a cadere dal soffitto a volta. L'ampia navata è un'immensa distesa di neve.*

Sulle panche sono sedute poche persone. Cammino lungo la navata e mi siedo anch'io. Non mi metto a pregare, rimango semplicemente lì. Continuo a non sapere in che città mi trovo, ma la cosa non mi spaventa. Ne rimango stupita, visto che di fronte alle novità mi sento sempre insicura. Non riesco a immaginarmi di viaggiare sola, in compagnia soltanto di me stessa. Resto lì al freddo, continua a nevicare. All'improvviso qualcuno si siede davanti a me. Capisco solo che si tratta di una donna, ma non riesco a vederne l'aspetto. Quando si volta, riconosco le mie sembianze. Mi sussurra qualcosa che non capisco. Chi sono io, se la donna che ho di fronte ha il mio viso? In quell'istante mi sveglio. Penso di sapere cosa significa questo sogno, che non conosco la mia vera natura. Ma ciò che conta è che nel sogno non avevo paura

Finiva così, in modo brusco, senza neanche un punto fermo.

Lars ripose il diario e chiuse lo scrittoio. Si accostò alla finestra che dava sulla strada. Un topo correva lungo il muro del palazzo di fronte, per poi sparire oltre la grata di una cantina. Ripensò al sogno che la moglie aveva riportato nel diario. Quel sogno ha avuto il sopravvento sulle comodità a cui è abituata, pensò. Quando si sveglia, ha sempre bisogno di un bel po' di tempo prima di alzarsi dal letto. La sua è una vita agiata, ma il sogno della visita a una cattedrale, che si trasforma in una corsa imprevista verso la scoperta del proprio volto in una persona sconosciuta, l'ha spinta a fare uno sforzo e alzarsi.

Si fermò a riflettere: sua moglie aveva fatto *uno sforzo*. Quanto spesso le capitava? Quando spolverava e lucidava le sue statuette di porcellana? Ma oltre a quello?

Cercò di dare la sua interpretazione: gli sembrò di insinuarsi di nascosto dentro di lei. Sulla sedia a dondolo con il bicchiere di cognac in mano, ripensava al sogno senza riuscire a trovarne la via di accesso. Nel momento in cui entrava nella cattedrale innevata, il sogno richiudeva le sue porte.

Si versò un altro bicchiere di cognac. Pur consapevole di essere ubriaco, continuò a girare per l'appartamento. Si fermò accanto alla porta della camera della domestica e, mettendosi in ascolto, sentì che stava russando. Socchiuse piano la porta e sbirciò dentro. La ragazza dormiva supina con la bocca spalancata. La coperta tirata fino al mento. Per un momento ebbe la tentazione di sollevarla per vedere se dormisse nuda, invece richiuse la porta e si diresse verso la stanza in cui la moglie conservava le statuette di porcellana. Represse la voglia di romperne qualcuna. Che cosa deprimente, pensò, essere gelosi di una collezione di oggetti inanimati, statuette di porcellana... oltretutto così brutte.

I loro occhi senza vita lo fissavano nella luce pallida che filtrava dalla finestra.

77

La mattina del 17 dicembre, una fitta coltre di nebbia incombeva sulla città e la temperatura era di qualche grado sopra lo zero. Lars era in ansia per l'incontro fissato con lo stato maggiore della marina. I rilevamenti che aveva portato a termine erano stati effettuati alla perfezione e i risultati resi noti. Aveva tutte le ragioni per essere soddisfatto del suo lavoro, ma era comunque preoccupato.

Un siluro invisibile continuava la sua corsa verso di lui.

Uscì di casa alle sei senza svegliare la moglie, fece una lunga camminata in città. Non aveva nemmeno chiamato la domestica perché gli preparasse il caffè, se l'era fatto da solo. Il giorno prima aveva stirato la divisa sotto lo sguardo vigile di Kristina. Attraversò la città, fece un giro a Brunkebergstorg, dove i cocchieri, come sempre, avevano eretto dei muretti di neve per ripararsi. Attraversò lo Strömbron e proseguì tra i vicoli di Gamla Stan, sui cui muri si allungavano ombre simili a fantasmi. Ripercorse mentalmente tutto quello che era successo vicino al faro di Sandsänkan. Erano tutti lì: il capitano Rake, il sottotenente Jakobsson, Welander con le sue bottiglie di vodka e il marinaio Richter senza gli occhi.

Mancava solo Sara Fredrika.

La donna che ogni giorno temeva di tirare su con la rete da pesca i resti del marito.

78

Alle otto varcò il portone d'ingresso del quartier generale della marina a Skeppsholmen. Un sottufficiale lo invitò a sedersi in attesa che la commissione fosse al completo. Un viceammiraglio che abitava a Djursholm aveva avvisato che sarebbe arrivato in ritardo.

Nel corridoio si congelava. Rabbrividendo, Lars Tobiasson-Svartman ascoltava gli squilli di tromba seguiti dal boato sordo di una cannonata, che provenivano dalla finestra.

Trascorsa una buona mezz'ora, il sottufficiale gli annunciò che la commissione era pronta a riceverlo. Entrò. Nella sala campeggiavano i ritratti degli ammiragli dei tempi passati. La commissione era composta da due viceammiragli, un capitano e un tenente di vascello, incaricato di redigere il verbale. Davanti al tavolo del presidente era stata sistemata una sedia. Il tavolo era coperto di cartellette verdi.

Il presidente era il viceammiraglio Lars H. Lydenfeldt, l'alto ufficiale che per diversi anni si era impegnato in prima persona per accrescere le risorse operative della marina svedese. Aveva la fama di essere un uomo intransigente e altezzoso, abituato a dominare i subalterni con i suoi improvvisi scoppi d'ira. Gli fece cenno di sedersi e disse: «Il lavoro che ha fatto è notevole. Presuppone una rara passione per le rotte segrete, dico bene?»

«Faccio solo del mio meglio.»

Il viceammiraglio scosse la testa impaziente. «Ciascun membro della marina svedese fa del proprio meglio. Quanto meno, partiamo dal presupposto che gli sfaticati e gli imbroglioni siano in minoranza. Mi riferisco a un'altra cosa. Alla passione, capisce?»

«Capisco.»

«Allora, può essere così gentile da rispondere alla mia domanda?»

Lars Tobiasson-Svartman ripensò al suo desiderio di trovare un fondale impossibile da misurare. «Scoprire e documentare ciò che in un primo momento non si riesce a vedere né comprendere è un'emozione unica.»

Il viceammiraglio lo guardò perplesso, ma decise che la risposta era accettabile. «Capisco cosa intende. Quando ero più giovane, ero del suo stesso parere. Ma quello che proviamo da giovani, purtroppo, lo dimentichiamo quando diventiamo adulti e riusciamo a ricordarcene di nuovo solo da vecchi.»

Il viceammiraglio si raddrizzò sulla sedia e sollevò una carta nautica. «A partire dall'anno prossimo, ai nostri comandanti verranno fornite le indicazioni delle nuove rotte intorno a Sandsänkan. I nostri cacciatorpediniere collauderanno i percorsi, con diverse condizioni meteorologiche e di notte.»

Allungò la mano per prendere un'altra carta. «La profondità della baia di Gamleby, che è molto stretta, è stata scandagliata in maniera approssimativa» continuò, «non viene controllata dal 1840. Capitano Svartman, l'hanno informata che contiamo di procedere all'inizio dell'anno prossimo?»

«Sì, ne sono stato informato.»

«Consideriamo questa missione importante e prioritaria. Per ora, le altre misurazioni saranno rimandate, la guerra ci impone di impiegare le nostre navi in modo diverso.»

«Sono pronto a cominciare.»

«Molto bene, riceverà le istruzioni tra Natale e Capodanno.» Guardò il tenente che compilava il verbale.

«Il 27 dicembre alle 8.45, per essere precisi» confermò quello.

Il viceammiraglio annuì. «È tutto. Ci sono domande?»

Il capitano Hansson alzò la mano. Era il più anziano ma, pur avendo iniziato a navigare ai tempi dei velieri, non aveva mai ottenuto una promozione.

«A quanto pare, lei è stato testimone di una serie di casi di morte strani» disse. «Non capita spesso di ripescare il cadavere di un marinaio dal mare o di assistere all'agonia di un nostromo, né di vedere un comandante accasciarsi sul ponte della propria nave.»

«Non capisco la domanda» rispose lui.

«Non era una domanda» precisò il capitano Hansson. «Era soltanto un'osservazione. Non c'è bisogno di metterla a verbale.»

«Possiamo concludere l'incontro, allora?» chiese il viceammiraglio H. Lydenfeldt.

Lars Tobiasson-Svartman alzò la mano. «Avrei io un'ultima domanda. Nel mese di gennaio la baia di Gamleby sarà sicuramente ricoperta di ghiaccio. Pensate di eseguire le misurazioni perforando la banchisa?»

«Il suo lavoro si svolgerà in un'area compresa entro un miglio marino» rispose il viceammiraglio. «Il che significa che le perforazioni saranno un'ottima soluzione per portarlo a termine in tempo.»

Lars annuì.

Il viceammiraglio sorrise. «È capitato anche a me di dover trivellare il ghiaccio» aggiunse. «Mi ricordo che una volta, nel golfo di Botnia, era spesso più di un metro. Faceva talmente freddo che perfino le funi degli scandagli gelavano nei fori. È un lavoro faticoso, ma non si preoccupi, la missione durerà al massimo tre o quattro settimane.»

Il colloquio era finito. Il presidente si alzò, Lars Tobiasson-

Svartmann fece il saluto militare e fu accompagnato fuori dalla sala. Il sottufficiale gli porse il cappotto nero. Lars superò il portone del quartier generale con un grande senso di sollievo.

Le parole del capitano Hansson, però, non smettevano di tormentarlo. Il fatto di essere stato circondato da tutte quelle morti era solo un caso? O celava un messaggio, un avvertimento?

Su Stoccolma, continuava a incombere la nebbia.

79

La domenica prima di Natale si verificò un fatto singolare. Lars Tobiasson-Svartman rimase sconcertato sia per l'accaduto in sé che per la reazione di Kristina. Fu come se, all'improvviso, lei avesse fatto un balzo in avanti, lasciandoselo alle spalle.

Avevano deciso di fare una passeggiata fino a Stortorget, dove si teneva il tradizionale mercatino natalizio. Erano usciti nel tardo pomeriggio, era già buio. Dopo una settimana di freddo intenso, la temperatura era di nuovo mite e il ghiaccio si stava sciogliendo. Si erano incamminati per Wallingatan anche se le strade e i marciapiedi, coperti da una poltiglia grigiastra, erano scivolosi. Kristina aveva insistito: un po' di moto avrebbe fatto bene a entrambi. Lui avrebbe preferito prendere il tram o una vettura, ma non voleva contrariarla.

La piazza e i vicoli di Gamla Stan erano gremiti di gente. Avevano guardato la merce esposta sulle bancarelle e la moglie aveva comprato una capretta di paglia. Dopo aver girato per un'ora avevano deciso di rientrare a casa.

Nei paraggi di Slottsbacken, avevano sentito una bambina gridare. All'ombra del castello, un uomo stava picchiando la figlia, rifilandole uno schiaffo dopo l'altro. Kristina si era precipitata verso di lui e lo aveva trascinato via, prima di urlare qualcosa che né l'uomo né Lars avevano capito.

Poi aveva abbracciato la bambina, che piangeva disperata per il dolore e per la paura. L'aveva lasciata andare solo dopo essersi fatta promettere dall'uomo che non avrebbe più alzato le mani sulla piccola.

Tutta la scena – dal momento in cui sua moglie era corsa verso quell'uomo a quando lui era sparito con la bambina in direzione di Skeppsbron – si era svolta in quattro minuti e trenta secondi. Lars aveva fatto partire il proprio cronometro interiore, fermandolo solo quando lei era tornata, affannata e tremante. Dopo, avevano proseguito verso casa, senza scambiarsi una parola.

Non avevano commentato l'episodio neanche dopo cena. Ma Lars non smise un attimo di chiedersi perché, a differenza della moglie, lui non avesse reagito.

80

I genitori di Kristina vivevano in un grande appartamento all'angolo tra Strandvägen e Grevgatan. Lars Tobiasson-Svartman detestava dover pranzare con loro a Natale, ma faceva parte degli incrollabili rituali della famiglia Tacker che non era possibile evitare. Era stato il nonno di Kristina, Horatius Tacker, a istituirlo, e nessun membro della famiglia osava venir meno a quella tradizione.

Il ramo benestante della famiglia aveva accumulato un ingente patrimonio speculando sull'acquisto di boschi nelle regioni settentrionali del paese, in una concorrenza spietata con la famiglia Dickson. Quello meno abbiente, invece, era costituito da impiegati, commercianti all'ingrosso e ufficiali, nessuno dei quali era diventato più che capitano. Durante il pranzo di Natale, i membri poveri della famiglia venivano trattati male e i parenti acquisiti – che fossero uomini o donne non faceva differenza – esaminati con attenzione, come si fa con il bestiame portato a una fiera per essere venduto.

Lui non sopportava quella tradizione, e sapeva che lo stesso valeva per la moglie. Lo capiva dalla sua aria insofferente. Ma non potevano evitarla. Chi ci aveva provato era stato punito con l'esclusione da qualsiasi beneficio economico, quando dopo la morte di uno dei parenti benestanti si verificava una divisione dei beni.

Il padre di Kristina, Ludwig Tacker, aveva fatto carriera all'interno del consiglio di stato, dando prova di grande abilità. Alcuni anni prima, la nomina a ciambellano del re ne aveva decretato il trionfo. A Lars, che lo considerava tale e quale a quelle bambole meccaniche che fanno l'inchino, sarebbe tanto piaciuto caricarlo con la chiavetta sulla schiena. Immaginava di divertirsi a girare la molla interna, come si faceva con l'intestino delle vittime in certe torture dell'antichità.

Era sicuro che, da parte sua, Ludwig Tacker lo considerasse un acquisto di dubbia convenienza per la famiglia. Naturalmente non lo diceva. Nella famiglia Tacker regnavano silenzio e omertà, che agivano come acidi corrosivi.

La madre di Kristina assomigliava alle statuette di porcellana in bella mostra sulle mensole a casa della figlia. Cosa sarebbe successo a Martina Tacker se fosse inciampata nel tappeto o scivolata sul pavimento ancora bagnato? Non si sarebbe solo fatta male, sarebbe andata in mille pezzi.

Il giorno di Natale del 1914, ben trentaquattro persone erano riunite a tavola. A Lars Tobiasson-Svartman era stato assegnato il posto tra una delle sorelle della moglie e la nonna paterna, a circa metà della tavolata: ne aveva di strada da fare, prima di arrivare agli ambiti posti accanto al suocero. L'anziana signora alla sua destra era asmatica e respirava a fatica. Inoltre, era dura d'orecchi e, quando le rivolgeva la parola, non rispondeva. Lui non capiva se fosse perché non ci sentiva per davvero oppure perché non riteneva che valesse la pena ascoltarlo. Di tanto in tanto gridava qualcosa a un commensale dal lato opposto del tavolo, perlopiù un verso a caso tratto da una poesia di Carl Snoilsky, nella speranza che le venisse risposto con quello seguente.

Lars non riusciva a fare conversazione neanche con la

cognata, una donna profondamente religiosa. Immersa nei propri pensieri, si limitava a passargli di volta in volta le portate che venivano fatte girare.

Lars si sentiva come se si fosse arenato su uno scoglio.

Per sopportare la situazione, bevve parecchio vino. Guardò sua moglie, seduta qualche posto più in là, dall'altro lato del tavolo. Indossava un abito verde menta e si era raccolta i capelli in un'acconciatura graziosa.

A volte i loro occhi si incrociavano, timidamente, come se non si conoscessero.

81

Dopo il dessert, una squisita mousse al limone, Ludwig Tacker tenne il suo discorso di Natale. Aveva una voce bassa, roca, e il viso paonazzo, malgrado non avesse bevuto molto. Pronunciò ogni parola con vigore. Lars ebbe il sospetto che la stesura di quel discorso da tenere di fronte alla famiglia riunita – e in funzione del quale sembrava vivesse – fosse stata l'occupazione principale di suo suocero negli ultimi dodici mesi. Ogni anno sottolineava un determinato avvenimento, che a suo avviso era particolarmente importante. Ricordava il discorso della Corona destinato ai sudditi fedeli.

Quell'anno, Ludwig Tacker parlò dello scoppio della Grande guerra. Lars non era certo stupito che il suocero fosse filotedesco. Ma Ludwig Tacker non si limitava a sostenere la Germania, bensì mostrava apertamente il proprio odio per inglesi e francesi, e definiva l'impero russo «una nave che cade a pezzi, tenuta a galla dai cadaveri che ha a bordo».

Mio suocero è capace di odiare sul serio, si disse. Cosa potrebbe succedere se scoprisse che non condivido le sue avversioni?

Mentre Ludwig Tacker pronunciava il suo discorso, Lars lanciò qualche occhiata in direzione della moglie. Si rese conto di non sapere cosa pensasse della guerra. Le parole del suocero si fecero sempre più lontane, la sua mente era altrove. Non conosco mia moglie, pensò. Divido il letto e la tavola con un'estranea.

In lontananza vide Sara Fredrika che gli veniva incontro con grazia. La tavolata era scomparsa, e lui era di nuovo a Halsskär.

Si destò da quei pensieri quando vennero alzati i calici per il brindisi e fu annunciato che il caffè sarebbe stato servito nel salone.

82

I festeggiamenti del Natale si conclusero. Il 27 dicembre Lars Tobiasson-Svartman si presentò a Skeppsholmen, come stabilito. Aspettò con impazienza nel corridoio freddo di essere ricevuto per la consegna delle istruzioni relative alla nuova missione. Ma questa volta nessun sottufficiale si palesò per accompagnarlo.

A un certo punto la porta si spalancò, e il viceammiraglio H. Lydenfeldt lo pregò di entrare. Era da solo. Si sedette e lo invitò a fare lo stesso.

«Con scarso preavviso, lo stato maggiore della marina ha comunicato che per quest'inverno non si potranno effettuare altre missioni di controllo. Tutte le navi saranno impiegate a sorvegliare le nostre coste o a proteggere la marina mercantile. La decisione è stata presa dall'ammiraglio Lundin e ratificata dal ministro della Marina Boström nella tarda serata di ieri.»

Il viceammiraglio tacque e lo fissò. «Sono stato chiaro?»

«Sì.»

«Naturalmente si potrebbe ribattere che non sarà certo qualche settimana passata a trivellare il ghiaccio a creare problemi alla marina militare. Ma la decisione è stata presa.» H. Lydenfeldt indicò la busta di fronte a lui sul tavolo. «Sono il primo a essere dispiaciuto che i rilevamenti siano stati rinviati a data da destinarsi. Anche se, personalmente, nel mese di gennaio preferisco essere a casa e non a fare buchi nel ghiaccio. Dico bene?»

«Proprio così.»

«Per il resto, rimanga a disposizione dello stato maggiore della marina, che non sarà di certo a corto di incarichi.»

Il viceammiraglio lasciò cadere una mano sul tavolo per indicare che l'incontro era terminato, poi si alzò. Lars Tobiasson-Svartman fece il saluto militare e uscì dalla stanza.

83

Si fermò ad aprire la busta solo quando raggiunse l'ingresso del Grand Hotel.

La comunicazione era sintetica. Doveva presentarsi alle nove del giorno successivo alla sezione speciale della marina che si occupava delle rotte, della segnaletica e degli impianti portuali. L'ordine era firmato dal tenente Kaspersson, uno dei capisezione del genio navale.

Lars si incamminò fino al molo, dov'erano ormeggiate alcune imbarcazioni abbandonate e coperte di ghiaccio. Solo allora si rese conto che stava tremando. Il contrordine riguardo all'incarico era giunto del tutto inaspettato. Realizzò di aver ideato nella sua testa un piano parallelo alla missione di Gamleby, un piano che fino a quel momento aveva tenuto nascosto perfino a se stesso: sarebbe tornato a Halsskär per incontrare Sara Fredrika. Per lui nient'altro aveva importanza, era quella l'unica cosa contava.

Entrò nel Grand Hotel e si sedette a un tavolino del bar. Era ancora presto, c'erano pochi ospiti e qualche cameriere sfaccendato. Ordinò un caffè e un cognac.

«Fa freddo fuori» osservò il cameriere. «Un bel cognac è proprio quello che ci vuole in giornate come queste.»

Lars represse l'impulso di alzarsi e dargli uno schiaffo, non riusciva nemmeno più a sopportare che qualcuno gli rivolgesse la parola. Le disposizioni di H. Lydenfeldt erano state per lui una sorta di dichiarazione di guerra: doveva opporvi resistenza, mettere a punto un nuovo piano che sostituisse quello andato in fumo.

Rimase seduto per diverse ore. Quando si alzò era ubriaco, ma sapeva cosa doveva fare.

Andandosene, lasciò al cameriere una bella mancia.

84

A Kristina non disse nulla dell'annullamento della missione. Lei gli chiese quando sarebbe partito per Gamleby e per quanto tempo sarebbe dovuto restarci. Rispose che sarebbe stato via qualche settimana, al massimo fino a fine gennaio, e che doveva preparargli un bagaglio con il necessario per trenta giorni.

Rimase a studiare le carte nautiche e i suoi appunti con le nuove rotte al largo di Sandsänkan per tutta la sera e la notte. Alle cinque del mattino, si coricò sul divano dello studio usando il cappotto della divisa come coperta.

Durante la notte, Kristina si era alzata ben due volte per andare a guardarlo con discrezione attraverso lo spiraglio della porta.

Lui non se n'era accorto. Non gli era arrivato nemmeno il suo profumo.

85

Il 9 gennaio 1915 una tempesta devastante si abbatté su Stoccolma. I tetti si scoperchiarono, i camini crollarono, gli alberi furono divelti, alcune persone persero la vita. Alla tempesta seguì un periodo di gelo intenso, che durò fino alla fine del mese.

Il 30 gennaio Lars Tobiasson-Svartman mise in atto il proprio piano. A Skeppsholmen aveva iniziato a lavorare, con apparente soddisfazione, alla revisione di una carta nautica del golfo di Botnia. Come ogni mattina arrivò alle otto, scambiò qualche parola con i colleghi sul gran freddo che faceva e poi chiese di essere ricevuto dal caposezione, il capitano Sturde. Considerato da tutti un maestro nell'arte del poltrire, Sturde era un uomo di un'obesità imbarazzante, che oltretutto riusciva a rimanere del tutto sobrio solo di rado. Sognava il giorno in cui avrebbe potuto lasciare quell'incarico per dedicarsi unicamente alle arnie nella sua fattoria vicino a Trosa.

Lars Tobiasson-Svartman appoggiò le carte nautiche sul tavolo. «Ho riscontrato un grave errore nei rilevamenti relativi alla rotta appena tracciata nei pressi di Sandsänkan» disse. «Negli appunti dell'ingegner Welander, la profondità segnata su un tratto di trecento metri è errata in media di diciotto metri. Ho ragione di credere, sulla base delle mie annotazioni, che la profondità massima possa essere di sei metri, sette al massimo.»

Il capitano Sturde scosse la testa. «Com'è potuto succedere?»

«Come lei sa, l'ingegner Welander ha avuto un esaurimento nervoso.»

«Era quello che si ubriacava? È probabile che sia ricoverato in un ospedale psichiatrico, completamente distrutto dall'alcol e dalla disperazione provocata dalla sobrietà imposta.»

«Sono convinto che i miei dati siano esatti.»

«Cosa suggerisce di fare?»

«Poiché gli incarichi di cui mi sto occupando al momento possono aspettare o essere affidati ad altri, propongo di partire per l'Östergötland per verificare le misurazioni.»

«Ma non c'è il ghiaccio?»

«Non è un problema. I pescatori locali potranno aiutarmi con le trivellazioni.»

Il capitano Sturde rifletté per qualche istante. Lars guardò fuori dalla finestra e si mise a osservare uno stormo di fringuelli che beccavano qualcosa di commestibile su un ramo bianco di brina.

«Naturalmente vanno presi dei provvedimenti in merito» disse il capitano. «Non mi viene in mente una soluzione migliore di quella che lei propone. Mi chiedo soltanto come ci si debba comportare di fronte a un episodio così increscioso. È imperdonabile.»

«L'ingegner Welander ha nascosto molto bene la sua dipendenza dall'alcol.»

«Ma si sarà pur reso conto che la sua negligenza avrebbe potuto causare un disastro.»

«Le persone con problemi del genere pensano solo alla prossima bottiglia da stappare.»

«È una tragedia. Ma le sono grato per aver scoperto l'errore. Credo sia meglio che questa faccenda resti tra noi, darò ordine che la nuova carta nautica non venga distribuita, per il momento. Quando pensa di poter partire?»

«Entro i prossimi quindici giorni.»

«Farò in modo che le vengano consegnate le istruzioni necessarie.»

Lars si congedò dal capitano Sturde e ritornò nel suo ufficio. Era fradicio di sudore, ma era andato tutto secondo i suoi piani. Aveva sottratto di nascosto i diari di Welander, e la sera era rimasto al lavoro fino a tardi per cambiare le cifre. Una falsificazione perfetta, non se ne sarebbe accorto nessuno. E se anche un giorno l'ingegner Welander avesse lasciato l'ospedale psichiatrico, i suoi ricordi delle settimane trascorse sulla Blenda sarebbero stati imprecisi e alterati.

Pensò a Sara Fredrika e al viaggio tra i ghiacci che lo aspettava.

Pensò anche che probabilmente suo padre, di nascosto, lo avrebbe ammirato.

86

Qualcuno si stava esercitando con il violino. L'intonazione era incerta, le stesse battute venivano ripetute all'infinito.

Era la sera del 12 febbraio. Lars Tobiasson-Svartman scese dal treno e cercò un facchino, gli sembrava che il freddo stringesse la stazione di Norrköping in una morsa di ferro. I viaggiatori, lunghe ombre che si affrettavano nell'oscurità, erano scarsi. Un uomo con la barba mezza ghiacciata si era avvicinato per prendergli il bagaglio solo quando la locomotiva, fischiando, si era già rimessa in viaggio verso sud.

Lars aveva prenotato una stanza al Göta Hotel con un telegramma. Il fiume che attraversava la città era congelato. Al suo fianco, l'uomo che tirava il carretto con la valigia ansimava pesantemente.

La sua camera si trovava al secondo piano e dava su una chiesa per metà in penombra. Il tepore lì dentro era gradevole: del resto, aveva scelto quell'albergo proprio perché aveva il riscaldamento centralizzato. Dopo aver chiuso la porta alle proprie spalle, rimase fermo per qualche istante. Si immaginò di essere a bordo di una nave, ma il pavimento sotto i suoi piedi si rifiutava di oscillare.

Fu in quel momento che sentì la musica: qualcuno suonava il violino nella stanza accanto. Schubert, forse.

Si sedette sul letto. Era ancora in tempo per annullare il

viaggio. Pensò di essere impazzito, di trovarsi al centro di un vortice. Stava andando verso il caos, stava cadendo in un precipizio da cui nessuno era mai risalito. Invece di avanzare, sarebbe potuto tornare indietro, a Stoccolma, e chiarire tutto. Avrebbe detto di essersi ricordato all'ultimo di aver dimenticato i dati corretti nei bagagli della missione precedente. Si sarebbe sbarazzato delle carte nautiche falsificate e le avrebbe sostituite con altre, sempre falsificate ma con i valori giusti. Non era troppo tardi, poteva fermare quel vortice che aveva messo in moto, poteva ancora salvarsi.

Cos'ho dentro di me?, si chiese. Una gabbia? O forse una trappola? Oppure sono io stesso la trappola?

87

Scese al ristorante per la cena. Un quartetto d'archi stava suonando quello che gli sembrò un brano tratto da un'opera di Verdi. La sala era pressoché vuota: qualche ospite isolato e camerieri perlopiù inoperosi. Fuori, dove il freddo e la neve avevano la meglio, si stendeva sempre più l'ombra di una guerra che nessuno capiva, e alla quale nessuno mostrava di interessarsi granché.

Nella sua testa iniziò a giocare con un cannone che lanciava granate a gas. Accanto a una delle colonne della sala, un uomo dai capelli rossi era chino sul giornale. Secondo i suoi calcoli, distava da lui circa trenta metri. Si immaginò di puntare e sparare. L'uomo, in mille pezzi, fu inghiottito da una fiammata. Poi, uccise in maniera sistematica tutti i commensali, i camerieri, infine la cassiera dietro il bancone e i musicisti del quartetto d'archi.

Verso mezzanotte lasciò il ristorante. Si coricò, stringendo il batimetro al petto. Il gelo stringeva nella sua morsa i muri dell'albergo.

Prima di addormentarsi cercò di stabilire la propria posizione. Dove si trovava? Dove stava andando, in realtà? Forse marciava verso la propria rovina.

L'ultimo pensiero lo rivolse al ghiaccio. Avrebbe retto il suo peso? Il mare era gelato fino a Halsskär? Oppure avrebbe dovuto prendere una barca e remare nell'ultimo tratto? E soprattutto, sarebbe riuscito ad arrivarci?

Una lastra di ghiaccio lo cullava nel sonno.

Il violino nella stanza accanto non si sentiva più.

88

Dopo una colazione veloce lasciò l'hotel. Il portiere, che parlava con accento danese, gli aveva procurato una vettura. Non senza qualche difficoltà, vista la richiesta di essere portato al molo di Gryt, da cui avrebbe iniziato la sua camminata. La strada era ghiacciata e il freddo poteva creare problemi al motore. Con la promessa di avere dieci corone in più rispetto alla tariffa regolare, un autista con una Ford acconsentì ad accompagnarlo.

Partirono dalla città intorno alle sette e mezzo. La macchina era gelida, Lars Tobiasson-Svartman si accomodò sul sedile posteriore avvolto in una coperta pesante. L'autista si era legato una sciarpa intorno al berretto e a lui tornò in mente il sottotenente Jakobsson. Fu scosso da un brivido al ricordo di quell'uomo, morto davanti ai suoi occhi sul ponte della Blenda, senza dire una parola, senza fare un gesto.

Il paesaggio era avvolto dal gelo. Poco prima di arrivare a Söderköping, attraversarono il canale di Göta. I battelli, ormeggiati lungo l'argine, erano incastrati nel ghiaccio e incatenati alle gomene, simili ad animali in gabbia. Voltandosi, Lars guardò le barche dal finestrino finché non sparirono.

Devo ricordarmi di queste barche, pensò. Quando sarà il momento, una di loro mi porterà oltre il confine più estremo.

Nei pressi di Gusum il motore iniziò a perdere colpi, tanto che non riuscirono a proseguire oltre Valdemarsvik. Lars decise di fermarsi lì per la notte. Pagò l'autista e prese una stanza in una locanda dopo la conceria lungo la baia. Soffiando da est, il vento portava via con sé l'odore dei camini. Il padrone, che parlava un dialetto quasi incomprensibile, promise di aiutarlo a trovare un mezzo di trasporto per il giorno successivo.

Lars depose i bagagli in camera e scese al porto per esaminare la banchisa. Il ghiaccio era spesso e non si incrinava sotto i piedi. Si rivolse a un uomo che stava rompendo quello che si era formato sul suo peschereccio, per chiedergli notizie circa le condizioni dell'arcipelago, ma quello non aveva molte informazioni da dargli.

«Se fa freddo come qui, la banchisa sarà congelata anche tra gli scogli. Ma non ne ho la certezza, e non mi importa saperlo.»

Cenò alla locanda, evitando di fare conversazione con i proprietari curiosi, e se ne andò a letto presto.

Sprofondò la testa nel cuscino e cercò di pensare che non esisteva.

89

Intorno al molo di Gryt aleggiava un senso di abbandono e di vuoto: qualche barca intrappolata nel ghiaccio, una rimessa di vaporetti sbarrata, uno scalo di alaggio mezzo franato. L'autista scaricò le due sacche da viaggio e prese i soldi. Sullo spesso strato di neve che ricopriva la banchisa si intravedevano solo le impronte di un corvo, o forse di una gazza.

«Da qui non è mai partito nessuno» disse l'autista. «E nessuno è mai arrivato. Le barche non riescono a salpare prima di marzo o aprile, quando il ghiaccio incomincia a sciogliersi. Ecco i suoi bagagli. È davvero sicuro di volersi mettere in viaggio da questo punto?»

«Sì» rispose Lars. «Proprio da qui.»

L'autista annuì, senza fare altre domande. La macchina nera sparì verso l'entroterra. Lars rimase fermo fino a quando non udì più il motore. Poi tirò fuori le carte nautiche. Dentro di lui iniziava a farsi strada il panico.

Non posso più tornare indietro, si disse. Dietro di me non c'è più niente, e forse nemmeno davanti a me. Devo fare quello che mi sono prefissato.

Un vento leggero soffiava da est. Se il tempo non fosse peggiorato e se il ghiaccio fosse arrivato fino al lembo estremo dell'arcipelago, ci avrebbe impiegato tre giorni per arrivare a Halsskär. Aveva deciso che il primo giorno avrebbe raggiunto Armnö. Sicuramente lì c'era qualche capanno di pescatori nel quale poter dormire e tenersi al caldo durante la notte.

Fissò i ramponi agli stivali, appese i pungoli da ghiaccio intorno al collo e legò le due sacche sulle spalle. Quando mosse il primo passo sulla banchisa ghiacciata erano le 10.10. Sarebbe passato a sud di Fågelö, in direzione di Höga Svedsholmen. Aveva calcolato che fino a Armnö c'erano otto chilometri, quindi sarebbe arrivato a destinazione prima dell'imbrunire.

Si avviò. In parecchi punti il sottile strato di neve che ricopriva la superficie si era sciolto, lasciando scoperto il ghiaccio. Si sentiva in bilico su quell'abisso nel quale avrebbe potuto sprofondare da un momento all'altro. L'arcipelago era disabitato. Di tanto in tanto si fermava per mettersi in ascolto: si poteva udire il verso di qualche raro uccello provenire da nidi invisibili. Per il resto c'era solo silenzio. Nei pressi di Fågelö posò le sacche e scavò un buco con l'aiuto del coltello. Lo spessore del ghiaccio era di quattordici centimetri, non avrebbe ceduto sotto di lui.

Camminò a una velocità di venticinque metri al minuto. Non voleva sudare per non correre il rischio di congelare. Vicino a Höga Svedsholmen si fermò di nuovo e spezzò un ramo per usarlo come sostegno, bevve un sorso d'acqua e mangiò un paio di panini presi alla locanda. Si riposò per una ventina di minuti.

Si rimise in cammino, provando a trascinare le sacche come se fossero fissate a dei pattini. Si legò una fune intorno alla vita e prese a tirare. Le sacche scivolavano sul ghiaccio e sul sottile strato di neve senza sforzo, ma ancora prima di arrivare a metà percorso iniziò a sentire male alla schiena. Allora cercò una soluzione alternativa. Fece una briglia con la corda in modo da distribuire il peso tra la schiena e le spalle. Riprendendo a camminare, sentì che il carico era diminuito.

A Gråholmarna accese un fuoco tra le rocce. Da nessuna parte si vedeva il fumo levarsi sopra le cime degli alberi, né altri segni che rivelassero una presenza umana. Un mondo intero si era reso invisibile.

Mentre aspettava che l'acqua del caffè bollisse, raggiunse uno scoglio e gridò rivolto all'insenatura ricoperta di ghiaccio. Il grido si propagò nell'aria, di rimando giunse un'eco lontana, poi calò di nuovo il silenzio. Con il cannocchiale riusciva già a vedere Kråkmarö e Armnö.

Vicino allo stretto di Armnö trovò un capanno di pescatori che non era chiuso a chiave. All'interno c'era un caminetto. Non si vedevano orme intorno, c'erano solo reti, esche e un forte odore di catrame. Aprì una scatoletta di carne e si sistemò nel sacco a pelo.

Si addormentò con addosso la sensazione di essere irraggiungibile.

90

Il giorno dopo camminò per dieci chilometri. Oltre la baia dello Bockskärsdjupet, raggiunse Hökbådan, dove trovò una sistemazione per la notte. All'inizio pensava di proseguire dritto fino a Halsskär, ma vicino a Harstena si era aperta una lunga spaccatura nel ghiaccio che lo aveva costretto a deviare verso nord. A Hökbådan non c'era altro che qualche arido scoglio, nessun riparo. Prima del crepuscolo, in mezzo a un crepaccio era riuscito a costruire un tetto di rami e muschio sotto il quale trascorrere la notte. Accese il fuoco e aprì una scatoletta di carne. Quando si infilò nel sacco a pelo, la brezza era ancora debole. Durante il giorno la morsa del gelo si era un po' allentata: secondo i suoi calcoli, la temperatura doveva essere di circa tre gradi sotto lo zero. Quando scese il buio e il fuoco si spense, Lars rimase in ascolto del mare. Quello che sentiva era il rumore delle onde che si infrangevano contro la banchisa? O il ghiaccio si estendeva fino a Halsskär? Non riuscì a decifrare i suoni che lo circondavano: era il mare o il silenzio a rimbombargli nella testa?

In un paio di occasioni gli sembrò di udire alcuni spari di un cannone, dapprima un rumore sordo in lontananza, poi l'esplosione che attraversava l'oscurità.

Nessuno sa dove sono, pensò. In pieno inverno, in un mondo fatto di ghiaccio, ho trovato un nascondiglio che nessuno mai potrebbe immaginare.

91

All'alba accese di nuovo il fuoco. Il vento era ancora debole, la temperatura pari a un grado sotto lo zero. Mangiò gli ultimi panini, bevve del caffè e si preparò a percorrere gli ultimi dieci chilometri per raggiungere Halsskär. Sopra di lui le nuvole erano immobili. Il ghiaccio coperto dal sottile strato di neve non era più interrotto da scogli e isolotti: ora si stava dirigendo verso il mare aperto. Con il cannocchiale scorse Halsskär e il faro di Sandsänkan, ma non riusciva a capire se la banchisa gelata arrivasse o meno fin lì.

Camminava tirandosi dietro le sacche. La corda gli aveva causato un'abrasione alla spalla sinistra, ma avrebbe potuto resistere ancora per un giorno. Non si vedevano orme di animali da nessuna parte. Si diresse verso est senza mai concedersi il tempo di riposarsi. Ogni mezz'ora puntava il cannocchiale all'orizzonte.

Dovette superare Krokbåden prima di avere la certezza che il ghiaccio arrivasse fino alla sua meta. Il mare aperto non aveva posto ostacoli tra lui e l'isola: la banchisa si estendeva davvero fino a Halsskär e al faro di Sandsänkan.

Fece scorrere lentamente il cannocchiale su tutta l'isola. Alla fine vide una sottile colonna di fumo che saliva verso il cielo.

Lei era ancora lì. Ma non lo stava aspettando.

92

Raggiunse Halsskär all'imbrunire.

Il suo primo pensiero era stato quello di affrettarsi per raggiungere subito Sara Fredrika. Ma qualcosa glielo impediva. Cosa le avrebbe detto? Come avrebbe giustificato il suo ritorno? Cosa sarebbe accaduto se, nel momento stesso in cui gli apriva la porta, lui si fosse pentito della propria decisione? Aveva messo insieme tutte le domande. Perché si trovava lì, in mezzo al ghiaccio? Perché aveva mentito pur di partire? Che cosa si aspettava in realtà dal quel viaggio?

Verso sera arrivò alla baia, senza essersi dato nemmeno una risposta. La barca di Sara Fredrika era stata portata a terra, capovolta su grossi ciocchi di legno trascinati a riva dal mare. Le reti non c'erano più, un barile per le aringhe abbandonato era colmo di neve.

Si appostò in una spaccatura tra la baia e le rocce dietro le quali si nascondeva la casa. Da lì la strada la conosceva, si sarebbe avviato con il buio. Fu l'unica cosa che fu in grado di decidere: aspettare l'oscurità per andare da lei di nascosto. Voleva spiare cosa stava facendo dalla finestra prima di compiere l'ultimo passo.

Si infilò nel sacco a pelo. Calò il buio e lui rimase in attesa. Le nuvole si erano disperse, il cielo era limpido, pieno di stelle, rischiarato appena dalla luna sottile. Erano le nove quando decise di mettersi in moto. Si arrampicò su uno scoglio e guardò il mare, non c'era traccia del faro di Sandsänkan. Con gli occhi socchiusi, fu colto da un attimo di incertezza: forse aveva sbagliato completamente direzione e punti di riferimento. Poi si ricordò dell'ordine dato dalla marina svedese di spegnere i fari come misura difensiva. La guerra aveva portato le sue tenebre fin lì.

Aspettò per un'altra ora. Il vento si era placato del tutto, il ghiaccio era così esteso che non si sentiva nemmeno il rumore delle onde. Si incamminò lungo il sentiero al buio.

Dalla finestra della casupola filtrava una debole luce. Ebbe un sussulto quando sentì qualcosa che si muoveva tra le sue gambe. Era il gatto, si chinò ad accarezzarlo. Il gatto che non c'era.

Nell'avvicinarsi alla finestra fece attenzione a dove metteva i piedi. Attraverso la brina che ricopriva i vetri, guardò all'interno della stanza. L'immagine era frammentata.

Ebbe un altro sussulto e si ritrasse. Il gatto, che lo aveva seguito, si stava strusciando contro le sue gambe. Lui lanciò un'altra occhiata oltre i vetri. Accovacciata vicino al fuoco, Sara Fredrika si era infilata un berretto di pelo in testa ed era avvolta in una coperta.

Ma non era sola. Seduto sul pavimento accanto al camino c'era un uomo in divisa. Ne aveva vista una simile qualche mese prima, quando avevano issato il cadavere del soldato tedesco a bordo della Blenda. La scena gli procurò una fitta al cuore.

Nella casa di Sara Fredrika c'era un marinaio tedesco. Un marinaio tedesco si era messo sulla sua strada.

Il gatto gli stava accanto, continuando a strusciarsi contro le sue gambe.

Parte sesta
Il gioco della vipera

93

Qualcuno aveva preso il suo posto, la sua pelliccia di volpe.

Sentiva la voce del marinaio al di là del muro. Era difficile capire tutto perché parlava sottovoce, come se temesse che qualcuno, lì vicino, potesse ascoltarlo. Quel poco di tedesco che aveva imparato a scuola – quegli anni erano stati un vero inferno – non era sufficiente. Inoltre il marinaio non solo aveva la voce fioca, ma parlava anche un dialetto talmente stretto che alcune parole erano impercettibili, sembrava addirittura che se le mangiasse.

Lars premette una guancia contro la parete fredda. In realtà avrebbe voluto battere il pugno sul vetro, spalancare la porta con un calcio e cacciare via quell'uomo seduto vicino al fuoco. Ma rimase in silenzio, al buio, immobile accanto alla casa finché le fiamme nel camino non furono quasi spente. Lei era sdraiata sulla branda, il marinaio su qualche straccio buttato a terra, vicino al camino, proprio come aveva fatto lui.

Ritornò al suo nascondiglio tra gli scogli. Era molto stanco e il freddo gli indolenziva le articolazioni. Si era alzato anche il vento. Alle prime luci dell'alba fece sparire le tracce lasciate intorno al crepaccio e si diresse a nord-est, verso le rocce che scendevano a precipizio sul mare. In quel punto c'erano delle insenature profonde, quasi delle grotte. Cercò un rifugio lì sotto, poi si trascinò fino al limite della banchisa, dove raccolse qualche pezzo di legno e accese il fuoco.

A occhio nudo vide che il ghiaccio si estendeva quasi fino al faro di Sandsänkan. Il mare aperto sembrava una cintura nera, una linea scura che correva da nord-est a sud-ovest. In lontananza, sulla banchisa, intravide delle macchioline nere che si muovevano. Probabilmente un gruppetto di foche.

Tirò fuori il cannocchiale e scrutò l'orizzonte. Nessuna nave in vista. Soltanto il mare.

Il mare era il vuoto, il ricordo dell'infinito e di tutto ciò che è privo di confini.

Si scaldò vicino al fuoco e finì per addormentarsi. Le rocce lo riparavano dal vento. Il fumo svaniva sul mare, leggero, quasi invisibile.

Si svegliò che le braci stavano per spegnersi. Per più di un'ora vagò tra gli scogli ghiacciati raccogliendo legna: ramoscelli, pezzi di cassette, rottami trascinati dalle tempeste. Costruì una capanna in cui rannicchiarsi, preparò un po' di caffè e aprì l'ultima scatoletta di carne che gli era rimasta. Gli restavano soltanto qualche galletta e un pezzo di burro gelato. Bevve il caffè a sorsi lenti, buttò dell'altra legna sul fuoco e vi si accovacciò accanto con i piedi infilati in una delle sacche da viaggio ormai vuota.

Valutò la situazione. Quella sera doveva farsi vivo, non poteva trascorrere un'altra notte a spiare la casa, correva il rischio di morire assiderato. Decise di inventarsi una storia. Un uomo che cammina per tre giorni sul ghiaccio deve pur fornire una spiegazione convincente quando arriva da qualche parte.

Cercò di riflettere con calma. Il marinaio e Sara Fredrika non avevano dormito insieme. Non si erano sfiorati, non avevano nemmeno riso. L'uomo sembrava sofferente. Terrore, pensò all'improvviso. Forse, quello che ho intravisto negli occhi del marinaio con la divisa tedesca era terrore.

D'un tratto, vicino a lui si mosse qualcosa. Trasalì. Era di nuovo il gatto. Annusava i resti della carne nella scatoletta e sul coltello che aveva usato per aprire il coperchio, era affamato. Il gatto lo studiò con uno sguardo inespressivo, simile a una delle statuette di porcellana di Kristina che, pur essendo caduta a terra, non era andata in pezzi.

La rabbia lo assalì con la stessa violenza di un'esplosione. Afferrò il coltello con una mano, prese il gatto per la collottola con l'altra e gli squarciò la pancia. Le viscere straripparono. Il gatto fece in tempo a emettere solo un flebile miagolio prima di morire. Mosse appena la bocca, gli occhi spalancati.

Lars gettò la carcassa oltre gli scogli, sul ghiaccio. Poi si asciugò le mani imbrattate di sangue e ripulì la lama del coltello.

Non c'è nessun gatto, pensò furibondo. Ecco cosa mi ha risposto quando gliel'ho chiesto. Non c'era nessun gatto. Non c'è nessun gatto. Non c'è niente.

94

La rabbia si placò e l'uccisione del gatto era già un ricordo lontano.

A volte, da bambino, catturava degli uccelli per poi tagliargli via la testa con le forbici sottratte di nascosto dalla scrivania di suo padre. Poi veniva colto dall'angoscia e dai sensi di colpa. Quando era cadetto, lui e i suoi commilitoni avevano legato dei sacchetti di polvere da sparo al corpo di alcuni cani randagi e acceso la miccia, scommettendo su quale cane sarebbe arrivato più lontano prima di essere dilaniato.

Ma a parte questi episodi? Non aveva mai ucciso, aveva il terrore della morte.

Il gatto gli si era avvicinato troppo, spingendosi in un territorio proibito. Aveva oltrepassato i confini che Lars Tobiasson-Svartman aveva l'abitudine di tracciare intorno a sé.

Sollevò gli occhi al cielo. Erano le dieci. Dietro le nuvole rade si intravedeva il contorno del sole. Guardò il cadavere dell'animale sul ghiaccio, intorno si era formata una pozza di sangue. In realtà non è il gatto che ho aggredito, pensò, ma qualcun altro. Mio padre? O forse il sottotenente Jakobsson, con la sua mano deforme e il faccione gonfio?

Sulla distesa ghiacciata comparvero delle ombre: due

rapaci stavano planando, evidentemente attratti dall'odore del gatto morto. Attraverso il cannocchiale vide che si trattava di due giovani aquile marine. Volteggiarono per un po' nell'aria prima di posarsi sul ghiaccio. Si avvicinarono al gatto con prudenza, timorose che potesse essere una trappola.

Poi iniziarono a mangiare.

Vita e morte, pensò. La mia vita, la mia morte, le mie scatolette di carne. La vita e la morte del gatto, due aquile su una distesa infinita di ghiaccio.

Buttò altra legna sulle fiamme, infilò i piedi nella sacca e riprese a riflettere con calma. Quando si mosse erano le dodici passate. Calciò un po' di neve sul fuoco, divise il contenuto delle sacche in modo da lasciarne lì una e portare l'altra con sé.

Le aquile erano sparite. Del gatto non restava che una macchia scura di sangue gelato.

95

Si avviò verso la casa, passando dalla baia con la barca. Si nascose dietro una roccia e si fermò lì a osservare. La porta era chiusa, dal camino si levava una sottile striscia di fumo.

Si concesse un minuto di riflessione, uno soltanto, per cambiare idea. Anche se non aveva quasi più cibo, sarebbe riuscito a raggiungere Harstena, dove sorgeva il più grande villaggio di pescatori dell'arcipelago. Faceva ancora in tempo a voltarsi e ad andarsene.

Vado via, pensò. Mi rimetto in cammino sul ghiaccio. Sara Fredrika non ha niente a che vedere con la mia vita. Sto mettendo in gioco qualcosa che non voglio rischiare di perdere.

Fece un passo verso la baia, poi di colpo girò sui tacchi e si diresse di nuovo verso la casa. Bussò alla porta. Lei non aprì. Non avrebbe bussato un'altra volta. Fece un passo indietro, così Sara Fredrika avrebbe potuto vederlo dalla finestra.

Dal modo in cui spalancò la porta – senza prima guardare nello spiraglio –, capì che lo aveva visto.

«Tu?» disse. «Sei qui?»

Lo lasciò entrare senza aspettare una risposta. La stanza era vuota, si sentì colto alla sprovvista. Era sicuro che la donna avesse nascosto il marinaio nel ripostiglio insieme alle reti, ai barili e alle esche. Fiutò un odore estraneo nell'aria, come di olio da motore o di grasso da fucile. Si accovacciò vicino al fuoco per scaldarsi le mani.

Si era preparato una storia nei dettagli. È più facile farlo in un paesaggio invernale solitario che in città, pensò. Nessuno, in questo tratto isolato di mare, può controllare la verità.

Tutto era partito dalla spaccatura nel ghiaccio.

Una volta, a Karlskrona, aveva conosciuto un sottufficiale che era stato nostromo a bordo della Svensksund. Da quella nave, nell'estate del 1896, l'aerostato della spedizione svedese diretta al polo Nord era partito per Spitsbergen, sotto la guida dell'ingegner Salomon Andrée. Dotata di uno scafo rinforzato, l'imbarcazione era addirittura in grado di fendere il pack. Erano trascorsi quasi vent'anni da quel giorno, e nessuno aveva più avuto notizie dei tre uomini a bordo dell'aerostato, spariti nella nebbia sopra il Mar Glaciale Artico.

Avevano parlato della spedizione, del ghiaccio e della sua natura misteriosa. Il nostromo gli aveva raccontato che la banchisa poteva rompersi all'improvviso e formare enormi spaccature, senza l'intervento di forze esterne. Di colpo, in un punto solo, si apriva un crepaccio. Era come se il ghiaccio custodisse un segreto. Il marinaio aveva anche raccontato che gli eschimesi lo chiamavano «l'anima gelata». Nel 1893 sette cacciatori di foche erano rimasti isolati su un lastrone galleggiante al centro di una spaccatura. L'unico sopravvissuto, un contadino dell'isola di Öland, aveva spiegato al nostromo che, quando si erano messi in marcia, il ghiaccio era compatto e il vento calmo. All'improvviso avevano sentito un boato, la banchisa si era squarciata e il mare si era sollevato come la schiena di un'enorme balena. Non era più stato possibile andare da nessuna parte. Erano spacciati, la fenditura si allargava. Lui era l'unico a essersela cavata: anche se avevano dovuto amputargli i piedi assiderati, poteva ancora raccontare quella storia.

Il ghiaccio è vivo, e non ci si può fidare.

Lars raccontò a Sara Fredrika che erano partiti in otto dalla terraferma per trivellare la banchisa e controllare alcune misurazioni rilevate l'autunno precedente. Appena oltrepassata Kråkmarö, prima dell'ultima isola, forse dalle parti di Lökskär o di Tyskärsarkipelagen, aveva fatto un giro di perlustrazione da solo. In quel momento, nel ghiaccio si era aperta una spaccatura che lo aveva separato dagli altri. Era privo di provviste, la sua unica possibilità di sopravvivere era incamminarsi verso Halsskär, dove sapeva di trovarla.

«Naturalmente potevi essertene andata» concluse. «La casa poteva essere disabitata, ma almeno avrei avuto un tetto sopra la testa. E facendo un buco nel ghiaccio sarei riuscito a pescare per sfamarmi.»

«Sono rimasta qui» gli rispose.

«L'acqua gelerà di nuovo, ma nessuno può sapere quanto ci impiegherà.»

«Non sono da sola» continuò lei. «Non sei il primo a sfidare il ghiaccio quest'inverno. Qualcuno è arrivato dall'altra parte.»

«Dal mare?»

«Con una barca a remi simile a quella che avevi tu.»

«Non l'ho vista nella baia.»

«Lui l'ha lasciata andare alla deriva quando ha raggiunto la banchisa.»

«Lui?»

A un tratto gli si sedette accanto sul pavimento. Aveva un cattivo odore. Di solito provava ribrezzo per le persone che puzzavano, come la loro domestica Anna. Da cadetto in servizio a bordo della cannoniera Edda, aveva dovuto insegnare le manovre di emergenza a un marinaio che aveva tuti i denti cariati. Dalla sua bocca proveniva un odore disgustoso. Lo avvertiva anche a due metri di distanza, a ogni respiro mandava puzza di morto.

Sara Fredrika non puzzava di morto. Soltanto di sporco. Un tanfo leggero, un po' soffocante, che lui però riusciva a tollerare.

Solo perché sono innamorato di lei, pensò. È solo per questo che lo sopporto.

96

Seduta al suo fianco, gli parlava piano. L'uomo nascosto fra le reti nel ripostiglio non riusciva a sentirli. Poteva soltanto intuire, dal tono sommesso delle loro voci, che stavano parlando di lui.

Deve aver paura, pensò Lars. Un marinaio tedesco non ha motivi plausibili per trovarsi in suolo svedese. A maggior ragione su un isolotto come Halsskär, nella casa della vedova di un pescatore.

Ha lasciato andare la barca alla deriva. Chiunque sia, deve aver tagliato ponti pericolosi.

Lei continuò: «Non sono sola. Lì dentro, tra le reti, si nasconde un uomo.»

«Chi è?» chiese, fingendosi stupito.

«L'autunno scorso mi avevi parlato della guerra. Certe notti venivo svegliata da boati che facevano tremare la casa. A volte salivo in cima agli scogli e vedevo dei fuochi in lontananza. Un giorno, mentre raccoglievo le reti a nord dell'isola, vicino a Jungfrugrunden, le onde hanno spinto a riva una gomena. Era larga come il mio braccio, sembrava un lungo serpente. Puzzava di polvere da sparo, di morte. Non l'ho toccata, ma si muoveva come se fosse viva. Ho pensato che quella fune spezzata avesse a che fare con la guerra. Qualche giorno dopo Natale, sono arrivati su una barca due finlandesi. Uno si chiamava Juha, l'altro Arvo. A dire il vero si chiamava in modo diverso, ma non posso dirlo perché in svedese è una parolaccia. Dicevano di essere cacciatori di foche, ma in realtà vendevano acquavite di contrabbando. Erano già passati di qui e non mi avevano mai fatto del male. Questa volta con loro c'era un uomo delle isole Åland di nome Ville Honka. Ha iniziato a parlare della guerra e si è messo a piangere, maledicendo noi svedesi perché non mandavamo truppe in difesa degli isolani. All'improvviso ho capito cos'era la guerra: i fuochi nella notte, i boati che sollevavano le onde, gli uomini che morivano a migliaia.»

«E poi è arrivato lui? L'uomo impigliato nelle reti, là dentro?»

«Quando ha bussato alla porta mi sono spaventata. Non ho aperto subito e ho preso un coltello. Indossava una divisa e parlava una lingua che non capivo, mi ricordava quella di un tizio che veniva a comprare le anguille quando ero bambina. Ma nel momento in cui è svenuto sulla soglia ho pensato che non potesse più essere pericoloso. L'ho trascinato dentro. Potevo sentirgli le costole attraverso la giacca, forse era malato, ho creduto che non ce l'avrebbe fatta. Forse aveva qualche malattia contagiosa e mi ero tirata addosso la morte. Per due notti ho dormito nella barca. Si svegliava e delirava, aveva la febbre, ma non era ferito, era solo affamato e disidratato. Alla fine ho intuito che era tedesco. Ha cercato di spiegarmi qualcosa di sé, ma non capisco quello che dice. Le sue parole mi sembrano sassi scivolosi. È impaurito, mi rendo conto che è sempre in allerta. Sembra tendere l'orecchio anche quando dorme, gira la testa e muove gli occhi senza sosta.»

«Anch'io sono un pericolo?»

«Non lo so.»

«Ma ho già dormito qui.»

«Potresti essere pericoloso lo stesso.»

«Sei tu che devi decidere, non posso certo farlo io per te.»

Sara Fredrika esitò. Corrugò la fronte e, con un gesto nervoso, si scostò i capelli che le ricadevano sugli occhi. Poi si alzò fulminea, quasi saltando, e andò ad aprire la porta del ripostiglio.

Il marinaio uscì. Rimase immobile, all'erta, pronto a difendersi.

Sara Fredrika gli rivolse la parola, anche se sapeva che non la capiva: «Non avere paura, è un soldato come te. È stato qui un po' di mesi fa. Non è pericoloso.»

Lars lo osservò. Aveva la stessa divisa che indossava Karl-Heinz Richter quando lo avevano issato sulla Blenda, fradicio e mezzo decomposto. Era pallido, con i capelli sottili, poteva avere venticinque anni. Fu colpito da qualcosa nei suoi occhi: non li usava solo per vedere, ma anche per ascoltare, per sentire gli odori e leggere nei pensieri.

Tendendogli la mano, si presentò in tedesco: «Mi chiamo Lars Tobiasson-Svartman, misuro le profondità dei fondali marini. Sono rimasto isolato dai miei compagni perché nel ghiaccio si è aperta una spaccatura.»

Il marinaio allungò la mano sospettoso. La stretta era debole, come quella di Kristina. «Mi chiamo Dorflinger» disse.

«Sei arrivato anche tu a piedi sul ghiaccio?»

L'altro esitò prima di rispondere. «Sono scappato.»

«Vedo che sei un soldato della marina tedesca. I tedeschi e i russi stanno combattendo in queste acque. Sei scappato da una nave che stava affondando?»

«Me ne sono andato.»

Lars capì di avere di fronte un disertore, un giovane disperato, fuggito dalla sua nave nel tentativo di salvarsi. Provò per lui disprezzo. I disertori sono dei vigliacchi, è giusto che vengano giustiziati. È l'unica fine che meritano i traditori. Si credono onesti con se stessi, quando in realtà sono sleali con gli altri. Che diritto aveva un disertore di mettersi in mezzo? Si giocava moglie e carriera, lui, pur di seguire un impulso interiore che non riusciva a dominare. Cosa metteva a rischio, invece, questo disertore? Un uomo che non difendeva altro che la propria vigliaccheria.

Nella stanza, i tre erano disposti ai vertici di un triangolo. Cercò di capire se Sara Fredrika fosse più vicina a lui o al disertore. Ma non esistevano distanze, lì dentro. Aveva l'impressione che la casa si stesse spostando, o forse era Halsskär a muoversi lentamente, sospinta dalla forza del ghiaccio.

Il ghiaccio, pensò. Il ghiaccio e il gatto morto. È tutto collegato. E adesso un uomo che si mette in mezzo. Sorrise.

«Perché non ci sediamo?» propose, rivolgendosi a Sara Fredrika. «Penso che il soldato Dorflinger sia stanco.»

«Cos'ha detto? Non so nemmeno come si chiama» gli rispose lei.

«Si chiama Dorflinger.»

«È un nome di battesimo?»

«No.»

Lars gli chiese il nome.

«Stefan, Stefan Dorflinger.»

«Da dove vieni?»

«Da una cittadina tra Colonia e Bonn, nel cuore della Germania. Più lontano dal mare di lì non si può andare.»

«Perché ti hanno arruolato in marina?»

«Sono stato io a chiederlo, volevo vedere il mare. Siamo salpati da Kiel su una delle navi guidate dall'ammiraglio Wettenberg.»

Stefan Dorflinger si era lasciato cadere sulla branda, mentre Sara Fredrika si muoveva nell'ombra. Lui si sedette sullo sgabello vicino al camino cercando di non far rumore, senza sapere perché. Gli capitava spesso di fare delle cose, anche con determinazione, senza conoscere il motivo del suo modo di agire.

«Sei al sicuro qui» gli disse. «Anche se sei quello che penso.»

«Ovvero?»

«Un disertore.»

«Non ce la facevo più» disse lui, quasi gridando. Quando riprese a parlare, era di nuovo calmo. «Non ce la facevo più a stare in mezzo a tutti quei morti. Ma è inutile cercare di descrivere quello che in realtà non può essere descritto, perché non esistono le parole. Di fronte a certe cose, anche le parole hanno paura, non vogliono essere usate per raccontarle. Ho sognato che le parole scappavano per mettersi in salvo, proprio come me.»

Tacque e fece un respiro profondo. Per un istante, Lars Tobiasson-Svartman pensò che un altro uomo sarebbe caduto a terra morto ai suoi piedi. Ma Stefan Dorflinger proseguì, come se fosse riuscito a tornare in superficie e a riempire i polmoni di aria nuova.

«Ero a bordo dell'incrociatore Weinshorn. La mattina della vigilia di Natale, a nord-est di Rügen, abbiamo avvistato due navi da carico russe. Il tempo era bello, ma si gelava. Dal mare si alzava un vapore leggero, quasi che anche l'acqua fredda potesse raggiungere l'ebollizione.

«Mi avevano assegnato al reparto che manovrava uno dei cannoni al centro della nave. Il nostro aveva un calibro di duecentocinquantaquattro millimetri ed era in grado di sparare con una certa precisione a una distanza di dieci chilometri. Quando abbiamo ricevuto l'ordine di metterci ai posti di combattimento, mi sono affrettato a raggiungere il deposito delle munizioni, al livello inferiore: avevo il compito di sistemare i proiettili sul montacarichi che porta alla rampa di carico sul ponte principale.

«Il nostro cannone ha sparato diciannove colpi. Era un vero inferno. Non vedevo se centravamo il bersaglio o meno. Anzi, non vedevo niente, e ogni colpo ci sbatteva contro la parete. Ad alcuni sanguinava il naso, altri avevano gli occhi arrossati. Il primo colpo mi ha fatto scoppiare i timpani.

«Quando i cannoni hanno smesso di sparare non me ne sono neanche accorto, il marinaio che si occupava dell'altro montacarichi mi ha scosso fino a quando non mi sono ripreso. Alla fine della battaglia, siamo saliti sul ponte. Non sentivo nulla, era come se mi trovassi dietro vetri molto spessi. La realtà è completamente diversa quando solo gli occhi vedono. Tutto cambia, se scompaiono i rumori e le voci.

«Il Weinshorn aveva ormai raggiunto le navi da carico che stavano affondando. Il mare era coperto di combustibile in fiamme. Centinaia di uomini gridavano, cercavano di mettersi in salvo, lottavano contro il fuoco. Ma a bordo dell'incrociatore non si faceva niente. Nessuno calava in acqua le scialuppe o lanciava un salvagente, neanche una corda, niente.

«Guardavo i miei compagni. Fissavano con orrore, come me, quei poveretti che stavano morendo senza capire perché nessuno muovesse un dito per salvarli. Certo, eravamo in guerra con la Russia, ma quegli uomini ormai erano sconfitti. E noi li guardavamo morire. Ricordo come le nocche delle nostre mani aggrappate al parapetto diventarono bianche. Sul ponte di comando, gli ufficiali indicavano il mare ridendo. Non sentivo né le urla né le risate. Vedevo solo l'orrore di quei morti nell'acqua gelida, tra le fiamme. Alla fine non si è salvato nessuno, morirono tutti, la maggior parte annegati, alcuni carbonizzati. Qua e là si vedevano le ossa spuntare dalle divise stracciate.

«A quel punto il Weinshorn si è allontanato. È stata proprio quella la cosa peggiore, non esserci fermati. Abbiamo proseguito verso sud-ovest e nel pomeriggio abbiamo addobbato l'albero sul ponte e intonato i canti natalizi. Continuavo a non sentire niente, vedevo solo i miei commilitoni saltare e correre intorno all'albero. In quel momento ho capito cosa dovevo fare.

«Due giorni dopo Capodanno, a notte fonda, sono scappato. Il marinaio di guardia sul ponte ha capito le mie intenzioni. Avrebbe voluto seguirmi, ma non ne ha avuto il coraggio. Aveva paura di essere giustiziato come disertore, e non se la sentiva di dare quel dispiacere ai suoi genitori. Mi sono messo a remare, e dopo sette giorni sono approdato qui. Arrivato sull'isola, ho lasciato andare la barca alla deriva. Naturalmente non posso rimanere, ma non so dove andare. Ho cercato di spiegare tutto a questa donna, ma non riusciamo a capirci.»

Lars traduceva. Solo ciò che riteneva opportuno, però. Del resto, il traduttore possiede tutti i diritti sul racconto, e lui sfruttò l'occasione. Non disse niente delle due navi russe affondate, fece disertare Stefan Dorflinger perché aveva ucciso a sangue freddo un ufficiale a bordo della nave.

«Bisogna capirlo» concluse. «La legge militare è severa, non contempla né la compassione né la grazia. In questi casi esistono solo una fune o un plotone di esecuzione, perciò si cerca di scappare. Avrei fatto la stessa cosa.»

«Perché ha ucciso quell'ufficiale? E chi era?»

«Glielo chiedo.»

A disagio, Stefan Dorflinger lo fissava.

Ha ancora la scena impressa negli occhi, pensò Lars. Quelle immagini di guerra, mute, prive di qualsiasi rumore.

«Come si chiamava il marinaio di guardia? Quello che non ha avuto il coraggio di seguirti?»

«Lothar Buchheim, aveva la mia età.»

Sara Fredrika aspettava ansiosa. «Cos'ha detto?»

«L'uomo che ha ucciso era il nostromo, e si chiamava Lothar Buchheim. Era una carogna, quindi ha avuto quel che si meritava.»

«Non si deve uccidere. Dovrei forse picchiare a morte ogni maledetto finlandese che arriva qui e cerca di violentarmi? O gli uomini dell'arcipelago che considerano una vedova una puttana da comandare e far lavorare?»

Lars si stupì di quel suo modo di parlare sconveniente, che gli ricordò la notte a Nyhavn.

«Non posso ospitare un assassino» continuò lei. «Anche se non sopportava il peso della guerra.»

«Dobbiamo proteggerlo.»

«Ha ucciso un uomo, non dev'essere condannato?»

«L'hanno già processato, lo impiccheranno. Dobbiamo aiutarlo.»

«E come?»

«Lo porterò con me una volta conclusa la mia missione.»

Sara Fredrika guardò Stefan Dorflinger, e Lars si rese conto di essersi sbagliato: i due erano in confidenza, il tedesco era lì già da un mese. Sara Fredrika non voleva che venisse ucciso, ma che restasse con lei. Il suo sdegno non era sincero.

Avvicinò lo sgabello al marinaio. «Le ho riferito quello che mi hai raccontato, e anche che ho intenzione di aiutarti. Come disertore della marina imperiale tedesca il tuo destino è già segnato, non c'è dubbio, ma io ti darò una mano.»

«Perché? Anche tu sei un militare.»

«La Svezia e la Germania non sono in guerra, e quindi tu non sei un mio nemico.» Si accorse che il tedesco era perplesso. Sorrise. «Non ti sto mentendo, ti aiuterò. Non puoi rimanere qui. Quando avrò finito il mio lavoro, verrai con me. Capisci quello che ti sto dicendo?»

Stefan Dorflinger rimase in silenzio.

Lars sapeva che aveva capito. Ma non aveva il coraggio di credere che fosse vero.

97

Passò la notte accanto al fuoco. Avvolto nel suo cappotto, il disertore si era nascosto per metà sotto la branda su cui si era stesa Sara Fredrika con le pellicce tirate fin sopra la testa. Lars Tobiasson-Svartman si addormentò profondamente, ma a un certo punto si svegliò di soprassalto. Ascoltò il respiro degli altri due, gli sembrava di sentire quello di suo padre.

I morti, pensò. Si stanno avvicinando sempre di più. Qui dentro, da qualche parte, c'è anche lui, mio padre, che mi osserva senza che io riesca a vederlo.

L'orologio indicava che non mancava molto all'alba. Si alzò senza fare rumore e uscì.

Anche se si congelava, prese il sentiero che portava alla baia. Quando sorse il sole, vide che un uccello marino era rimasto intrappolato nel ghiaccio. Aveva le ali spiegate, forse era morto di freddo nel momento stesso in cui aveva cercato di spiccare il volo. Lo fissò a lungo, prima di incamminarsi sulla banchisa e spezzargli le ali. Adesso poteva riposare in pace, il suo tentativo di volare si era interrotto.

Seguì il tratto che aveva percorso in autunno con la barca a remi, per avvicinarsi al luogo in cui la Blenda aveva gettato l'ancora. A est il cielo si stava rannuvolando. Conosceva la distanza esatta tra la nave e l'isola, l'attraversò e si fermò nel punto in cui veniva calata la scaletta esterna.

Le nuvole erano nere, iniziò a nevicare. Guardò in direzione di Halsskär. Gli scogli scuri, cosparsi di chiazze bianche, assomigliavano a un cappotto logoro buttato su un campo innevato.

Aveva lasciato il cannocchiale sopra il suo bagaglio. Era uno degli ultimi modelli, con una doppia lente che poteva essere adattata alla vista grazie a un cilindro rotante. Se la posizione della lente fosse stata diversa, avrebbe avuto la riprova che Sara Fredrika aveva preso il cannocchiale ed era salita in cima agli scogli per tenerlo sotto controllo.

Si fermò in mezzo a quell'infinita distesa di ghiaccio. La distanza dal fondale, sotto i suoi piedi, era di quarantotto metri. Guardò la superficie della banchisa, conosceva con precisione la profondità di ogni singolo punto.

Per una frazione di secondo sperò che il ghiaccio si crepasse, ponendo fine a tutto, compresa la sua assurda ricerca di un punto in cui il batimetro non è in grado raggiungere il fondo, un punto in cui non può essere misurato niente.

In quel momento gli sembrò che Kristina Tacker fosse lì al suo fianco. Gli si era avvicinata per sussurrargli all'orecchio qualcosa che lui non riusciva a capire.

Riprese a camminare sulla superficie irregolare del ghiaccio e arrivò nel punto in cui avevano gettato in mare il corpo del tedesco. Era il punto più profondo del Baltico. Dalla sacca estrasse la trivella che le mani esperte degli ingegneri della Motala Verkstad avevano fabbricato sulla base dei suoi disegni. A differenza di quelli usati dalla marina, il suo rompighiaccio aveva un'impugnatura più corta. Era meno faticoso da utilizzare perché, mentre si apriva un varco nella banchisa, si poteva appoggiare un ginocchio a terra e bloccare la trivella con il petto. Con uno dei pungoli appesi al collo contrassegnò una superficie di un metro quadrato, dopodiché iniziò a perforare il ghiaccio.

Probabilmente, da qualche parte in lontananza, Sara

Fredrika lo stava osservando con il cannocchiale. Forse al suo fianco c'era Stefan Dorflinger. Il disertore era sospettoso, non c'erano dubbi, e quella messinscena era necessaria.

Finì il primo buco, sicuro che Sara Fredrika avrebbe pensato che stesse procedendo con le misurazioni. Ne fece un altro, il ghiaccio era spesso quattordici centimetri. Poi perforò la banchisa nei due angoli restanti dell'area segnata: i buchi erano così grandi da poterci infilare il pugno. Una volta terminato, fece pressione con il tallone al centro del quadrato, si tolse il berretto e si mise in ascolto.

Il ghiaccio scricchiolava sotto il suo piede. Avrebbe potuto mettere a punto il suo piano. Riflessa sul ghiaccio, la luce era talmente intensa da accecarlo. Allora si voltò e si fece ombra con una mano.

Non era sicuro, ma gli sembrava di aver intravisto Sara Fredrika su alcuni scogli appena al di sotto del punto più alto di Halsskär. Se aveva ragione, quello che vedeva accanto a lei non era un cespuglio di ginepro alto e contorto, ma il disertore che aveva promesso di proteggere e aiutare.

Non voleva pronunciare il suo nome. Era più semplice pensare a lui come a un disertore infame, un uomo che aveva trascurato il proprio dovere pur di salvarsi la pelle.

98

Tornò indietro. Nel punto in cui aveva lasciato il cadavere del gatto rimaneva solo una macchia di sangue rappreso. Una volta sull'isola, si fece strada a forza tra le sterpaglie fino alla casa. Dal mare arrivò all'improvviso il rombo di un cannone, seguito dall'onda d'urto. Subito dopo, ci fu un'altra cannonata e un altro spostamento d'aria. Poi calò di nuovo il silenzio.

Forse era un segnale d'avvertimento che indicava che il disertore era stato accerchiato. Oppure che l'intera flotta tedesca si era spinta vicino alla banchisa. Si mise a sedere sulla sommità di una roccia, da cui riusciva tenere d'occhio la casupola. Un germano solitario gli volò sopra la testa, sbattendo le ali con vigore. Immaginò che fosse un proiettile destinato a colpire chissà chi.

Sara Fredrika uscì, seguita dal disertore, che si era tolto la giacca della divisa e se n'era infilata una più vecchia, appartenuta probabilmente al marito della donna.

La gelosia.

Pensò alla pistola custodita nell'armadio chiuso a chiave del suo appartamento di Stoccolma. Se l'avesse avuta con sé, li avrebbe uccisi entrambi.

Lei indicò la baia al marinaio, poi si misero in cammino. D'un tratto il disertore si fermò, l'afferrò per un braccio e la strinse a sé. Lei lo lasciò fare.

La gelosia, dapprima vaga, strisciante e non troppo intensa, si fece improvvisamente insopportabile. Lars fu sopraffatto dalla rabbia.

Una volta, durante una cena, suo padre aveva tenuto un discorso agli invitati sull'importanza di imparare a comportarsi come i serpenti: mantenendo il sangue freddo, una pazienza infinita e il dente avvelenato, pronto a mordere al momento giusto. Lars era solo un bambino, non aveva preso parte a quella tavolata riservata agli adulti. Però aveva origliato dietro una porta socchiusa.

Da quel momento aveva giocato a fare la vipera. Si vestiva di marrone, si disegnava una riga sulla lingua così che sembrasse biforcuta e cercava di strisciare per terra; aspettava con pazienza all'ombra di un albero o si allungava su un sasso riscaldato dal sole. Aveva perfino imparato a sputare la saliva attraverso gli incisivi. A otto anni si era cimentato nella prova più difficile di tutte: aveva catturato un topo con una trappola e lo aveva ucciso a morsi. Ma non era riuscito a mangiarlo.

Era successo qualcosa d'imprevisto. Un disertore aveva osato mettersi sulla sua strada.

Devo ucciderlo, pensò. E a Sara Fredrika taglierò i capelli che lui ha accarezzato.

Rimase sulla roccia finché non sparirono dalla sua visuale. Poi si diresse verso la casa, entrò, frugò nel cappotto del disertore alla ricerca dei suoi documenti e si mise a studiarli.

Stefan Dorflinger era nato a Siegburg il 12 settembre 1888 da Karl, trombettiere dell'esercito, ed Elfriede Dorflinger. Dal libretto risultava che si era imbarcato sull'incrociatore Weinshorn nel novembre del 1912 come marinaio semplice ed era stato assegnato al reparto di artiglieria pesante. Numerose note, tutte positive, gli avevano fatto ottenere un buono stato di servizio. Tra i documenti c'era una fotografia dei genitori. Karl Dorflinger aveva baffi lunghi e un sorriso cordiale, ma era un po' corpulento. Anche Elfriede Dorflinger era grassoccia, il collo taurino faceva sì che la sua testa sembrasse appoggiata direttamente sulle spalle. Un trombettiere e una massaia fotografati in una birreria all'aperto. Alle loro spalle, sfocata, si vedeva una cameriera che passava con un vassoio pieno di boccali. Si tenevano per mano.

Osservò quello scatto a lungo. Due persone grasse che si tenevano per mano.

Pensò alle immagini che lo ritraevano insieme a Kristina. Avevano l'abitudine di andare dal fotografo almeno una volta all'anno, ma non avevano fotografie in cui si tenevano per mano, neppure con la mano dell'uno appoggiata sulla spalla dell'altro.

Rimise a posto i documenti e prese il cannocchiale posato sulla sua sacca. Uscì e lo portò agli occhi.

L'immagine era fuori fuoco. Sara Fredrika l'aveva usato.

99

Se ne stava con il cannocchiale in mano quando li sentì arrivare. Lo posò a terra, chiuse la porta e si sedette al sole, con la schiena appoggiata al muro.

Avevano corso, erano affannati. «Abbiamo visto della gente sul ghiaccio» disse lei.

«E loro si sono accorti di voi?»

«Sì.»

«Chi erano?»

«Dei cacciatori, immagino, ma non si può mai sapere.»

Lars rifletté. «Vi hanno visto bene o possono solo aver capito che eravate in due?»

«Erano lontani, vicino alle Händelsöarna.»

Le isole Händelsöarna erano a circa un chilometro di distanza. Senza un cannocchiale, i cacciatori non potevano averli identificati.

«Se arrivano qui, possiamo dire che hanno visto noi due. Dormiranno sull'isola?»

«Possono costruirsi un riparo sul ghiaccio. Tutti sanno che non permetto agli estranei di dormire in casa mia. A meno che non ci siano tempeste in arrivo o nel caso di qualche incidente.»

«Lui dovrà nascondersi da qualche parte fuori.»

Spiegò in tedesco al disertore come stavano le cose. L'altro annuì. Adesso sembrava fidarsi un po' di più e non esitò a seguirlo fino al crepaccio dove avrebbe potuto rannicchiarsi per nascondersi.

«Perché fai tutto questo per me?»

«Perché è quello che faresti tu per me» rispose Lars. «Al posto tuo, anch'io avrei sperato di incontrare qualcuno disposto ad aiutarmi, ne sono certo.»

«Non sarei sopravvissuto senza le cure di Sara Fredrika.» Il disertore, che si era accovacciato nel crepaccio, lo guardava. Si era legato una sciarpa intorno alla testa e la pelliccia della volpe impazzita intorno al collo.

«La amo» disse poi. «Non la dimenticherò mai. Un giorno, quando la guerra sarà finita, tornerò qui per portarla via.»

«Lei lo sa?»

«Non possiamo parlarci, ma credo che lo sappia lo stesso.»

Lars annuì lentamente. «Sì, penso che tu abbia ragione. L'ha capito di sicuro.»

Tornato in casa, le spiegò dove si nascondeva il tedesco. Lei si era raccolta i capelli e coperta le spalle con uno scialle. Quando le si avvicinò, fece un passo indietro.

«Ti prometto che lo aiuterò» le assicurò. «Ma lui lo accetterà, il mio aiuto? Temo che un giorno, senza dire nulla, se ne andrà via.»

«Perché dovrebbe farlo?»

«Ha visto cose che nessuno è in grado di tollerare, è importante tenerlo d'occhio. Farò in modo che venga con me sul ghiaccio, potrebbe aiutarmi con il lavoro.»

Lei si accostò alla finestra. «Mi ricordo la prima volta che sei arrivato» disse. «Ho pensato che non dovevo fidarmi di te. Adesso me ne vergogno.»

«Perché non avresti dovuto fidarti di me?»

«Credevo che volessi solo divertirti. Ora mi rendo conto di essermi sbagliata.»

«Sì, ti eri sbagliata.»

«Continuo a pensare alla tua povera moglie e a tua figlia.»

«È una cosa che abbiamo in comune» rispose lui piano. «I morti.»

100

Dall'arcipelago arrivarono due uomini. Armati di fucili, davano la caccia agli ultimi uccelli marini rimasti. Erano padre e figlio: il primo era magro, con gli occhi infossati, l'altro era alto e con una leggera balbuzie. Il padre portava un orecchino, forse era un vecchio lupo di mare convinto che quell'anello infilato nel lobo lo avrebbe protetto dall'annegamento, o che perlomeno sarebbe stato sufficiente a pagargli le spese del funerale. Sara Fredrika li conosceva, arrivavano ogni inverno, curiosi di sapere se aveva avvistato qualche uccello. Dentro le gerle portavano le esche. Lars sentì che il padre puzzava di alcol.

Lo guardarono con curiosità e non poterono fare a meno di chiedergli cosa ci facesse un ufficiale di marina da quelle parti. Lui raccontò delle misurazioni effettuate l'autunno precedente e dei controlli di cui era incaricato.

«Mi ricordo di un batinauta che aveva battuto queste zone quando ero giovane» disse il padre, Helge Wallén. «Doveva essere il 1869, o forse il 1870, fermava la sua barca nello stretto di Barösund e misurava la profondità del fondale. Mio padre gli vendette uova e latte, e ammazzò perfino un maiale perché quell'uomo glielo pagò bene. Noi bambini eravamo mezzi morti di fame, ma lui sapeva cosa stava facendo. Infatti, con i soldi che era riuscito a mettere insieme l'anno dopo comprò la fattoria. Il batinauta si trattenne a lungo. Mi chiedo cosa possa succedere in fondo al mare da rendere necessarie misurazioni continue.»

«È una questione di imbarcazioni» rispose Lars. «I pescaggi delle navi richiedono canali navigabili sempre più larghi e profondi.»

Si erano fermati all'esterno. Il figlio, Olle, li aveva salutati e si era presentato balbettando.

«E tu sei ancora qui» disse Helge Wallén a Sara Fredrika.

«Sì, sono rimasta.»

«Dalle Händelsöarna abbiamo visto che non eri sola. Ho detto a Olle: Sara Fredrika si è finalmente trovata un uomo.»

«Sono rimasta, ma il mio uomo è ancora mio marito, anche se è in fondo al mare.»

Restarono lì in piedi, davanti alla casa. Il padre si mordicchiava le labbra, riflettendo su quella risposta. Poi sputò a terra e sollevò il suo carico.

«Be', noi andiamo. Hai visto qualche uccello marino?»

«Vicino alla banchisa, laggiù, verso Häradskär. Puoi piazzare là le tue esche.»

I due uomini sparirono oltre la baia. Lars e Sara Fredrika salirono su uno scoglio per seguirli con lo sguardo. Li videro dirigersi a sud, verso la distesa di ghiaccio.

«In un certo senso siamo quasi parenti» disse lei. «Non saprei spiegarti come, ma i nostri antenati avevano legami di sangue.»

«Ho sempre pensato che tutti gli abitanti dell'arcipelago fossero imparentati tra di loro.»

«Molti vengono da fuori: ci sono quelli che si nascondono e quelli che non riescono a resistere alla città. Una volta sono stata a Norrköping. Avrò avuto sedici anni, mio nonno doveva vendere due vacche e mi volle portare con sé. Mi ricordo della città come di un posto in cui nessuno mi vedeva. C'era una puzza tale che facevo fatica a respirare.»

«Eppure mi hai chiesto di portarti via di qui.»

«Penso che tutto si possa imparare: si impara a nuotare, a remare, quindi anche a respirare in città.»

«Sì, ti porterò via» disse lui. «Ma non adesso. Prima devo aiutare quel tedesco.»

Lei lo guardò sospettosa. «Parli sul serio?»

«Parlo sempre sul serio.»

La guardò ritornare a casa saltellando di scoglio in scoglio. Sara Fredrika conosceva alla perfezione ogni singola pietra di quell'isola. Rimase lì finché non la vide più. Poi andò a recuperare il disertore, che lo aspettava infreddolito nel crepaccio.

101

Durante la notte fu svegliato da un movimento.

L'uomo che giaceva al suo fianco si era alzato da terra senza fare rumore. Nel camino le braci si erano quasi spente del tutto, il freddo si stava impadronendo della stanza. Lo sentì raggiungere a tastoni la branda, qualche debole sussurro. Poi scese il silenzio, interrotto soltanto dai loro sospiri.

Lars restò sveglio finché l'uomo non fece ritorno, con la stessa cautela, al suo posto per terra.

La gelosia gli salì dalle viscere, avvicinandosi pericolosamente al punto da cui poteva solo affiorare in superficie.

102

Il tempo era cambiato. Le giornate si erano fatte tiepide, mentre le notti continuavano a essere rigidissime. Per una settimana, ogni mattina Lars Tobiasson-Svartman portò con sé Stefan Dorflinger sulla banchisa, dove mise in atto una specie di gioco in cui tracciava una linea immaginaria a circa cento metri dal punto in cui aveva preparato la trappola nel ghiaccio. Gli insegnò a trivellare e gli spiegò i principi della batimetria, facendogli calare in acqua lo scandaglio per effettuare le misurazioni del fondale. A volte, Lars sembrava un mago: di tanto in tanto gli dava qualche indicazione sulla profondità prima ancora che il batimetro avesse toccato il fondo.

Niente è più prodigioso di una conoscenza esatta, si disse. Questo marinaio che è fuggito da una nave tedesca ha incontrato un vero e proprio prestigiatore nel bel mezzo del paesaggio invernale svedese, un uomo in grado di vedere attraverso il ghiaccio e di calcolare le distanze senza usare il batimetro, servendosi unicamente dei propri poteri magici.

Giorno dopo giorno, il disertore si era sempre più tranquillizzato. Ogni mattina scrutava l'orizzonte, oltre il ghiaccio, e poiché non c'erano navi in vista riusciva addirittura a dimenticarsi di essere un ricercato.

Ogni tanto parlavano della loro vita. Lars Tobiasson-

Svartman gli poneva le domande con discrezione e gentilezza, mai in modo invadente, e ben presto si fece un'idea chiara: Stefan Dorflinger era un giovane limitato, senza istruzione né interessi. La sua risorsa più grande era la paura, la stessa che lo aveva spinto a fuggire.

Trascorrevano le mattine sul ghiaccio, trivellando e misurando. Di tanto in tanto vedevano Sara Fredrika in alto, sugli scogli di Halsskär. Dopo pranzo li lasciava soli. Ogni sera, però, le raccontava dei progressi del soldato, di come si fosse rasserenato.

«Quando me ne andrò, lo porterò via con me» le disse. «Conosco alcuni ufficiali che detestano i tedeschi, sono sicuro che lo aiuteranno. Lo porterò via con me, lo proteggerò. Poi tornerò qui a prendere anche te.»

La risposta di Sara Fredrika era sempre la stessa: «Non ci credo, e non ci crederò finché non ti vedrò comparire di nuovo sulla banchisa.»

«Ti lascerò il cannocchiale, così mi vedrai prima e l'attesa sarà più breve.»

Tutti i pomeriggi si ritirava qualche minuto per aggiornare il diario, su cui scriveva del disertore. Il 17 febbraio scrisse:

Il giorno in cui potrò finalmente compiere il mio dovere si avvicina: catturare il marinaio tedesco che è scappato in Svezia per nascondersi. Ho buoni motivi per credere che si sia inventato tutto. Magari l'hanno mandato qui come ultimo anello di una catena di spie che preparano un attacco contro il nostro paese. Penso che opporrà resistenza, e mi sto preparando ad affrontare tutte le situazioni possibili.

Nascose il diario, avvolto in una cartellina impermeabile, sotto un cespuglio di biancospino che cresceva lungo il sentiero.

Ebbe l'impressione di vivere contemporaneamente in mondi diversi, ciascuno dei quali reale.

Si stava facendo giorno, e aveva previsto che il tempo sarebbe cambiato. Stava aspettando una mattina gelida e nebbiosa.

103

Il 19 febbraio, verso le nove di mattina, vide con il cannocchiale i due cacciatori, padre e figlio, passare sulla banchisa diretti a sud, verso l'arcipelago interno: dovevano essere reduci da una buona battuta di caccia, perché si trascinavano dietro una rete piena di uccelli morti.

Puntò poi il cannocchiale verso il mare ed ebbe la conferma che il maltempo si stava avvicinando. Il sole era nascosto dietro un nuvolone scuro, la temperatura stava scendendo in fretta. Tutto lasciava presagire che entro ventiquattr'ore si sarebbe alzata la nebbia.

Proprio quel giorno aveva chiesto a Stefan Dorflinger di trivellare ed effettuare alcune misurazioni da solo. Ora puntava il cannocchiale sul marinaio accovacciato sul ghiaccio. Al suo fianco spuntò Sara Fredrika. Aveva trascorso l'intera mattina a pescare merluzzi sul lato opposto dell'isola. Gli venne il sospetto che, prima di avvicinarglisi, fosse rimasta un po' a osservarlo.

«Perché un uomo passa il tempo a guardare un altro uomo con il cannocchiale?»

Una volta ti ho vista nuda, pensò. Senza cannocchiale. Ho visto il tuo corpo, mentre ti lavavi. Non l'ho mai dimenticato. Forse un giorno mi dimenticherò di *te*, ma mai del tuo corpo.

«Mi assicuro soltanto che faccia tutto nel modo giusto.»

Lei lo afferrò per un braccio. «Non ce la faccio più a restare qui.»
«Cosa sarebbe successo se non fossi tornato?»
«Avrei pregato lui di portarmi via.»
«Avresti seguito un assassino?»
«Questo non potevo saperlo.»
«No, è vero, non potevi saperlo.»
Quando lei si avviò verso casa, la seguì di nascosto per essere certo che vi entrasse.
Stefan Dorflinger continuava a eseguire quelle trivellazioni inutili.
Lars Tobiasson-Svartman cercò un sasso della grandezza giusta e gli tirò un calcio, facendolo finire sul ghiaccio. Rotolò verso il basso senza bisogno di molta spinta. Poi raccolse dei rametti, li spezzò e li mise sotto la barca rovesciata.
La temperatura continuava a scendere. Di nuovo vide i due cacciatori. Li seguì con lo sguardo finché non sparirono verso la terraferma.

104

Il giorno dopo l'isola era avvolta dalla nebbia.

Lars Tobiasson-Svartman aspettò che gli altri due si svegliassero. «Esco» disse. «Raggiungimi fra qualche ora, quando la nebbia si sarà diradata.»

«Non mi perderò» gli rispose Stefan Dorflinger.

«Lascerò delle tracce, a partire dalla baia. È facile sbagliare strada per eccesso di sicurezza quando si cammina nella nebbia. Fammi un urlo quando arrivi sul ghiaccio, così posso indicarti la direzione giusta, nel caso tu l'avessi persa.»

Non aspettò la risposta, prese la sacca con la trivella e si mise in marcia. Raggiunta la banchisa, iniziò a marcare la strada verso i fori nel ghiaccio con dei rametti. La nebbia era molto fitta. Spinse il sasso un paio di metri davanti a sé e fece un passo indietro, poi un altro. Il sasso era già sparito nella bruma: la visibilità era di quattro metri al massimo.

Gli parve di udire una sirena in lontananza. Si mise in ascolto e la sentì di nuovo. Continuò a segnare il percorso con i rametti fino al punto in cui aveva forato la banchisa la prima volta. Con il piede forzò la superficie. Scricchiolava. Era riuscito a mantenerla scoperta, rimuovendo ogni tre giorni il nuovo ghiaccio che vi si era formato sopra. Fece altri dieci buchi più piccoli, e quando ebbe finito era zuppo di sudore. Puntò il piede, appoggiandovisi leggermente. Il ghiaccio si incrinò lungo i quattro lati. Poi si inginocchiò e ricoprì le fessure con la neve di riporto delle ultime trivellazioni.

All'improvviso ebbe paura che Sara Fredrika, preoccupata che potesse perdersi, decidesse di seguire il disertore sulla banchisa. In quel caso avrebbe dovuto rimandare a un altro giorno. Si augurò che non fosse così: dover cambiare i piani era sempre una sconfitta.

Tirò fuori dalla sacca una grossa fune che aveva trovato tra il sartiame di riserva nella barca a vela di Sara Fredrika. La legò intorno al sasso che aveva fatto scivolare in avanti nella nebbia.

Fece qualche respiro profondo, poi si misurò il polso. Il battito era accelerato, ma di poco, ottantadue pulsazioni al minuto. Si sfilò i guanti e allungò le mani davanti a sé. Le dita non gli tremavano.

Era nel corpo di una persona sconosciuta. Era lui, ma in fondo non lo era.

Poco dopo sentì un rumore di passi sul ghiaccio. Stefan Dorflinger sbucò dalla nebbia. Era da solo.

Lars sorrise.

105

La loro non fu solo una conversazione molto breve, fu anche l'ultima. Lars Tobiasson-Svartman si era messo in modo che il buco si trovasse tra lui e Dorflinger.

«Sai bene cosa spetta a un disertore» gli disse, muovendo un passo all'indietro. «Ti impiccheranno a un albero o a una forca. Oppure ti spareranno, o addirittura ti taglieranno la testa. Ti appenderanno al collo un cartello con la scritta TRADITORE. Saranno molti i volontari disposti a tirare la fune o a premere il grilletto. Un disertore è un uomo che ha rubato la vita agli altri.»

Dorflinger fece un passo in avanti e poggiò il piede sulla superficie perforata. Il ghiaccio cedette, facendolo sprofondare in acqua. Lars sollevò il batimetro e lo colpì con forza alla nuca. Notò sorpreso che l'ottone, oltre a macchiarsi di sangue, si era ammaccato. Poi si accorse che Dorflinger era ancora vivo: con gli occhi sbarrati che lo fissavano, stava cercando di afferrare il bordo della banchisa per tirarsi su.

Lars prese i pungoli da ghiaccio che teneva appesi al collo e gli trafisse gli occhi. Non dovevano più vedere nulla, e lui doveva cancellare anche quello che avevano già visto.

Stefan Dorflinger gridò una volta sola, sembrava il vagito di un bambino. Poi tacque.

Lars diede un calcio al sasso e gli legò la fune intorno alla vita. L'acqua era gelida, i bordi ghiacciati del foro sporchi di sangue. Evitò di guardare l'uomo in faccia, i suoi occhi dilaniati. Quando colpì di nuovo il sasso, che finì in acqua, il corpo sparì subito verso il fondo.

106

Ripensò al funerale di Karl-Heinz Richter. Di lì a poco, lui e Stefan Dorflinger si sarebbero incontrati in quel cimitero a centosessanta metri sotto la superficie del mare. Due uomini senza occhi, due uomini che in cinque, sei minuti erano lentamente andati a fondo. Si mise in ascolto, ma non sentì nulla. Pulì il batimetro e grattò via il sangue che era schizzato sul ghiaccio.

Si rese conto di quello che aveva fatto solo quando tornò tutto pulito. Nella sua vita aveva sempre avuto paura della morte e dei morti. Adesso era stato *lui* a uccidere una persona. E non l'aveva fatto in guerra, né per eseguire un ordine, o per legittima difesa. Aveva agito con sangue freddo, a mente lucida, senza esitazioni o pentimenti.

Guardò il foro nel ghiaccio, l'apertura di una tomba. In realtà, sono due gli uomini che stanno andando a fondo, pensò. Uno è un disertore tedesco, che ho ucciso perché si è messo sulla mia strada. E poi ce n'è un altro, che sta affondando con un peso invisibile legato al collo.

Sono io, o meglio, quello che ero. Anzi, quello che alla fine ho scoperto di essere.

Fu colto dalle vertigini. Per non cadere si sedette sul ghiaccio, il cuore gli batteva all'impazzata, il respiro affannato. Mentre fissava il buco nella banchisa, ebbe la sensazione che Stefan Dorflinger stesse per saltar fuori dall'acqua gelida.

Cosa ho fatto?, si chiese, paralizzato dalla paura. Cosa mi succede?

Non aveva risposte. Il panico lo aveva lasciato senza parole.

Si alzò in piedi e pensò di buttarsi anche lui in acqua. Ma in quel momento, Kristina apparve al suo fianco e gli disse: «Non sei tu che devi morire, ma i tuoi nemici. Il sottotenente Jakobsson, che ti disprezzava, è caduto a terra morto davanti ai tuoi occhi. Tu sei vivo, e gli altri muoiono. Non dimenticarti mai che ti amo.»

Poi sparì.

L'amore è indecifrabile, si disse. Indecifrabile, ma forse anche invincibile.

Rimase per mezz'ora sul ghiaccio, vicino al foro, prima di tornare sull'isola ancora nascosta nella nebbia. Ogni volta che vedeva uno dei rametti con cui aveva segnato la strada, lo raccoglieva e lo gettava il più lontano possibile. Una volta a sinistra, l'altra a destra.

Presto il buco si sarebbe richiuso. Dietro di lui non ci sarebbe stata più nessuna strada.

Dietro di lui non ci sarebbe stato più niente.

107

Sarebbe stato facile spiegarle cos'era accaduto. Il disertore non era riuscito a resistere, tutto qui. Ci sono persone che tentano di avere la meglio sulla morte togliendosi la vita. Capita spesso, soprattutto in guerra. Quando la morte si avvicina, gli uomini non cercano solo di aggrapparsi alla vita, ma a volte anche di anticipare la morte stessa.

Arrivato alla spiaggia, gettò via l'ultimo rametto.

Quando sbucò dalla nebbia, Sara Fredrika stava pulendo il pesce – qualche merluzzo e una spigola – vicino alla casa. Capì all'istante che era successo qualcosa. Le cadde di mano il coltello e si sedette per terra, non sullo sgabello che aveva alle proprie spalle.

«Parla. Non indugiare, dimmi tutto.»

«Un incidente.»

«È morto?»

«Sì, è morto.»

«Si è rotto il ghiaccio?»

«Deve averlo bucato quando era da solo. Ci ha camminato sopra ed è sparito.»

Lei scosse la testa.

«Si è tolto la vita» proseguì Lars. «Mi ha colto alla sprovvista, senza dire una parola. È spuntato dalla nebbia, si è diretto verso il foro e ci ha fatto un passo sopra. Non ci sono dubbi, voleva morire.»

«Non è vero, non voleva morire. Voleva vivere.»

Sara Fredrika era irremovibile. Prese una ciocca di capelli e se la strinse tra le labbra. Lars ebbe l'impressione che anche lei fosse caduta in un buco nel ghiaccio e che si aggrappasse ai propri capelli per salvarsi.

«Aveva paura. Anche nella nebbia, era sempre all'erta per capire se stessero arrivando i suoi inseguitori. Quando dormiva girava e rigirava la testa come per guardarsi alle spalle. Se un uomo si sente braccato perfino in sogno, è difficile che possa resistere.»

«Non voleva morire.»

Sara Fredrika appoggiò una mano al muro per tirarsi in piedi. Lui cercò di aiutarla ma lei lo respinse, poi si lasciò cadere sullo sgabello. La nebbia aveva iniziato a diradarsi, il sole a sciogliere il sottile strato di ghiaccio che ricopriva il tetto.

«Non riesco a capire» disse Sara Fredrika. «Voleva vivere. Gli hai mai guardato bene gli occhi? Non ne ho mai visti così.»

«Erano pieni di paura.»

«Erano *tutto*. Quegli occhi parlavano, sapevano che era possibile raggiungere la salvezza, se solo ci si allontanava dal male.»

«Ti sbagli. Era così spaventato che alla fine non è riuscito a darsi pace. Aveva preparato ogni cosa nei dettagli: aveva scavato il buco in un punto ben preciso, si era riempito le tasche di sassi. Ha fatto un passo sull'acqua come si farebbe per salire su una pista da ballo, o per entrare in una stanza calda uscendo da una fredda. Ha fatto quello che voleva fare. E nel momento in cui è entrato in acqua ha smesso di avere paura.»

«Mi è sembrato di sentire un grido.»

«Sarà stato un uccello, da qualche parte, nella nebbia.»

Il ghiaccio sul tetto aveva incominciato a gocciolare. Lui si alzò, si sgranchì le gambe e si immaginò che Stefan

Dorflinger non fosse mai esistito: era stato solo una fantasia passeggera.

«Perché non si è tolto la vita subito, mentre bucava la banchisa per creare quella trappola? Perché ha aspettato?»

«Non si ha fretta quando si è presa la decisione di morire. Forse voleva esserne davvero convinto.»

«Quando mi accarezzava non aveva paura. Le sue mani non nascondevano istinti da suicida.»

Sentirla parlare delle mani di quell'uomo gli provocò una fitta al cuore. Cercò di scacciare quell'immagine. Devo dirle la verità, pensò. Devo raccontarle che l'ho ucciso, così potrà scegliere se rimanere qui o seguirmi.

«Ha capito di non poter più andare avanti» disse invece. «Ha visto la guerra, è fuggito e la paura di essere catturato lo stava consumando. Nella sua situazione forse avrei fatto lo stesso.»

Lei se ne andò, correndo sul sentiero che conduceva alla baia. Poco dopo, lui la seguì. Era seduta sulla barca rovesciata, stava piangendo.

Provò pena per lei, ma soprattutto per se stesso. Non lo capiva? Era stata lei a costringerlo a uccidere il disertore, dopo avergli offerto la sua casa e il suo letto.

Le nuvole si stavano dileguando, e anche la nebbia era evaporata. Si incamminò verso la casa, e lì si mise ad aspettarla.

Sara Fredrika rimase via per un po'. Ma quando tornò, era da lui che era tornata, e da nessun altro.

108

Quella notte dormirono insieme sulla branda. Per la seconda volta.

Per un istante gli parve di sentire il profumo di Kristina, il suo respiro affannato.

Poi ripiombò nella realtà. Era imprigionato nei lunghi capelli di Sara Fredrika. Era come se fosse rimasto impigliato in una rete, come se venisse trascinato verso un punto in cui sarebbe esploso.

Dopo, rimasero fermi, tranquilli. Lars non capiva se si fosse addormentata o meno. Ma lei era lì. Lui era lì. Non era come con Kristina, ognuno relegato nel proprio angolo di letto.

All'alba, quando si svegliò, lei lo stava osservando. Il suo viso era molto vicino.

«Presto dovrò partire, ma tornerò. Tornerò a prenderti e ti porterò via.»

«Lo spero» gli rispose. «Ho bisogno di qualcosa in cui credere. Altrimenti non ce la farei ad andare avanti.»

Altrimenti non ce la farei ad andare avanti. E a quel punto, cosa sarebbe accaduto?

109

Se ne andò presto, la mattina del 27 febbraio.

Si era preparato per rimettersi in cammino verso la terraferma. Lei lo seguì fino alla banchisa.

«Il gatto» le disse prima di separarsi da lei. «Una volta ho visto un gatto qui sull'isola, ma tu avevi giurato che non ce n'erano.»

«Non so perché ti ho mentito. Certo che c'è un gatto, ma non so più che fine abbia fatto.»

«Ho pensato che avresti voluto saperlo» continuò lui. «Stefan Dorflinger l'ha ammazzato con un sasso prima di buttarlo sul ghiaccio. L'ha ucciso con rabbia, non so perché. Ma ho pensato che avresti voluto saperlo.»

Lei non rispose.

Il loro fu un addio impacciato, una stretta di mano, nient'altro.

Lars contò duecento passi prima di voltarsi.

Lei era già lontana. Eppure era ancora lì.

Parte settima
La pesca

110

Il treno si fermò tra due stazioni. Avevano appena passato quella di Åby, buia, con un unico lampione a illuminare le rotaie. Era sera e il vento soffiava da Bråviken. Lars Tobiasson-Svartman sedeva nel vagone agganciato alla locomotiva. In un angolo del suo scompartimento, un uomo con in testa un cappello dalla pelliccia logora dormiva profondamente.

Ascoltando gli sbuffi della locomotiva a vapore, Lars fu colpito da un pensiero assurdo: cosa sarebbe successo se il treno non fosse più ripartito, se lui fosse rimasto lì per sempre? Davanti a sé avrebbe avuto solo il vuoto e gli sbuffi infiniti della locomotiva.

Aveva lasciato Halsskär per la terraferma due giorni prima. Aveva trascorso la notte a Armnö, in un capanno di pescatori. Non era riuscito a dormire molto e all'alba aveva proseguito verso Gryt. Dalle parti di Kättilö erano risuonati dei colpi di fucile. Per il resto, era tutto immerso nel silenzio assoluto: il ghiaccio, le isole, qualche uccello.

Dietro la chiesa di Gryt aveva avuto la fortuna di incrociare un'auto che lo aveva portato fino a Valdemarsvik. L'uomo al volante non aveva detto una parola, era rimasto zitto per venti chilometri. Il pavimento dell'auto era arrugginito e bucherellato, tanto che Lars riusciva a vedere la strada scorrergli sotto i piedi.

Sul sedile posteriore, avvolta in una coperta, c'era la salma di una bambina. Lars aveva chiesto all'uomo cosa fosse successo solo in prossimità di Valdemarsvik.

Quello gli aveva risposto con voce esausta: «Si è scottata. Si è rovesciata addosso una tinozza di acqua bollente e si è bruciata dalla vita in giù. Prima di morire ha gridato, un urlo terribile. Ma il suo viso si è salvato.»

La bimba aveva il viso girato verso di lui.

Adesso, seduto sul treno, Lars non pensava né a Sara Fredrika né a Kristina Tacker, ma a quella piccola che si era ustionata dalla vita in giù. Ed era morta.

111

Passò un controllore. Lars Tobiasson-Svartman, dalla passerella tra il primo e il secondo vagone, gli chiese perché il treno si fosse fermato. Notò che l'uomo teneva una Bibbia nella tasca della divisa.

«È colpa del freddo, si è gelato uno scambio. Due manovali stanno cercando di sbloccarlo. Siamo in ritardo di venticinque minuti.»

«Ventinove» ribatté lui.

Il treno ripartì poco dopo la mezzanotte. L'uomo rintanato nell'angolo si svegliò, lo guardò con aria confusa e si rimise a dormire.

Lars aveva ucciso un essere umano. La morte gli faceva meno paura, adesso? Oppure gliene faceva di più? Non sapeva rispondere. Il suo strumento era morto, il batimetro se ne stava nella sua custodia in silenzio.

Arrivò a Stoccolma all'alba del 2 marzo. Fuori dalla stazione centrale si imbatté nello stesso controllore. Che però non lo riconobbe.

112

La città lo accolse in un turbinio di neve. Se ne stava lì, al freddo, con i suoi bagagli e un facchino, senza sapere dove andare. Prima diede al facchino l'indirizzo di casa. Poi cambiò idea e gli disse il nome di un albergo vicino a Norra Bantorget. L'uomo scomparve nella neve e Lars tornò dentro la stazione. Ordinò la colazione nella sala ristorante riservata alla prima classe, ma il cibo gli si bloccò in gola. Corse in bagno a vomitare. Mentre rientrava in sala con le lacrime agli occhi, la cameriera lo guardò preoccupata.

L'ha capito, pensò. Ha capito che ho ucciso un uomo.

Pagò il conto e se ne andò. La città e tutta quella neve lo frastornavano. Arrivò all'albergo dove il facchino lo stava aspettando. Quando alla reception gli dissero che erano al completo, ebbe uno scatto di rabbia tale che il portiere impallidì e gli consegnò la chiave di una stanza già prenotata. Il facchino gli portò i bagagli in camera.

«È così che si trattano gli idioti» gli disse Lars sorridendo, mentre lo pagava per il servizio.

Chiuse la porta a chiave e si sdraiò sul letto. Ebbe la sensazione di essere tornato a Armnö, nel capanno di pescatori. Con gli occhi chiusi, si strinse il batimetro al petto. Nessuno sapeva dove si trovava, nessuno sapeva dove stava andando, tanto meno lui.

Dalla finestra entrava uno spiffero. Si legò una sciarpa intorno alla testa, si avvicinò al muro e cercò di raccogliere le forze per prendere una decisione.

113

Verso le undici aveva quasi smesso di nevicare. Dalla finestra, Lars guardò giù verso Vasagatan. Cercava tra i passanti qualcuno che gli assomigliasse. Aveva preso finalmente una decisione: sarebbe rimasto in albergo ancora per un giorno e una notte, poi sarebbe andato a casa da Kristina.

I fatti di Halsskär iniziavano a sfumare. Si guardò le mani: nessuna traccia di quello che era successo. Le dita, morbide e lisce, non avevano subito cambiamenti.

Quella sera uscì. Non nevicava più, ma il freddo era pungente e la città deserta. In giro c'era solo chi non poteva evitarlo. Salì su una vettura di piazza e si fece portare alla stazione centrale, da dove si incamminò in direzione del Grand Hotel.

Aveva appena messo piede nella sala ristorante, quando gli si rivolse un signore. Era il suocero, Ludwig Tacker. Lars capì subito di non avere scampo: non poteva sottrarsi. Il suocero lo presentò all'uomo accanto a lui. Si chiamava Andrén, o qualcosa di simile. Poi pregò quest'ultimo di aspettarlo nella hall.

«Ho parlato con mia figlia, ieri» gli disse. «Era molto preoccupata, non aveva notizie di te.»

«La mia era una missione segreta.»

«Talmente segreta da non poter neanche mandare due maledette righe di saluto a tua moglie? Quando sei tornato?»

«Sono arrivato a Stoccolma circa un'ora fa» rispose. «Non sono ancora andato a casa. Dovevo prima incontrare alcuni superiori per consegnare un rapporto.»

Lo sguardo di Ludwig Tacker era gelido, gli occhi ridotti a due fessure. «Al Grand Hotel? Un colloquio segreto nella sala ristorante?»

«Dobbiamo vederci in una stanza riservata. Mi stavo solo accertando di essere arrivato per primo.»

Il suocero lo squadrò da capo a piedi, e aggiunse: «E quando pensi di andare a casa da tua moglie?»

«Non voglio disturbarla la sera tardi, quindi per oggi dormirò in albergo. Non mi piace entrare in casa in piena notte, come un ladro.»

Ludwig Tacker gli si fece più vicino. «Non ti credo» sibilò. «Non mi sei mai piaciuto, e non ho mai capito perché Kristina abbia deciso di sposarti. Stai mentendo. In te c'è qualcosa di infido, qualcosa che mi dice che non racconti mai la verità.»

Non aspettò la risposta e uscì dalla sala. Lars andò al bar e si mise a bere. Il suocero gli aveva letto dentro. Il giorno seguente, avrebbe dovuto fornire la stessa identica spiegazione anche a Kristina.

Avrebbe dovuto avere pronta una giustificazione valida, chiedere scusa per aver dormito in albergo e poi le si sarebbe seduto accanto in silenzio. Lei gli avrebbe raccontato cos'era successo durante la sua assenza. Lui l'avrebbe ascoltata e, di quella spedizione lontana sui ghiacci, le avrebbe solo detto che era felice che fosse finita.

114

Quella notte sognò di esplorare un fondale molto profondo.

Tenendolo stretto tra le mani, usava il batimetro come peso per immergersi in mare. Sebbene si trovasse già parecchi chilometri sotto la superficie, non sentiva la pressione dell'acqua.

Non si trattava della spaccatura nell'oceano Pacifico, dove alcuni batinauti inglesi sostenevano di aver visto scendere lo scandaglio per oltre dieci chilometri, prima di fermarsi. Quella notte stava scoprendo un abisso fino a quel momento sconosciuto. Nell'istante in cui si era immerso con il batimetro, sapeva già che il fondale era profondo 15.345 metri. Una misura esorbitante, che nascondeva un segreto: il mondo e la vita laggiù erano completamente diversi da quelli che conosceva.

Continuava a scendere lentamente, con tranquillità, senza fretta. La sua unica preoccupazione era di non riuscire ad arrivare.

Aveva fatto spesso quel sogno, svegliandosi sempre prima di aver toccato il fondo.

Fu lo stesso anche quella volta. Quando aprì gli occhi, era ancora lontano.

Rimase a letto sdraiato. La delusione che gli procurò

quel sogno si trasformò nel desiderio di uccidere Ludwig Tacker.

Da qualche parte c'è un buco nel ghiaccio anche per lui, pensò. Prima o poi gli legherò dei pesi di piombo intorno al corpo e lo farò andare a fondo.

115

Un facchino trasportò i suoi bagagli per le vie della città. I cavalli si facevano strada scivolando sui cumuli di neve. Faceva ancora freddo. Lars Tobiasson-Svartman gli stava alle calcagna, con una mano davanti alla bocca.

Ho paura, pensò. Non per quello che ho fatto, ma perché lei vedrà dentro di me, come ha fatto suo padre con i suoi occhi terribili.

Provava nostalgia del silenzio e del ghiaccio. La città gli aveva voltato le spalle.

116

Il suocero lo aveva preceduto. La sorpresa di Kristina quando lo vide non era per niente spontanea. La domestica gli prese il cappotto e sparì.

«Sono arrivato in città ieri sera tardi. Non ho voluto spaventarti.»

«Non mi avresti spaventata.»

Lo prese per mano e lo condusse nella stanza più interna: in inverno era la più calda, in estate la più fresca. Sul tavolo c'era un vaso di fiori. Lui si mise subito sulla difensiva. Di solito Kristina non ne comprava.

Lei si accomodò sul bordo di una delle poltroncine in velluto rosso. Poi disse qualcosa a voce così bassa che lui non riuscì a cogliere le sue parole.

«Non ho sentito.»

«Aspetto un bambino.»

Lui non si mosse. Eppure, si sentiva come se stesse correndo.

«Ho aspettato l'occasione giusta per dirtelo.»

Lars si sedette su una sedia accanto a lei.

«Sei felice?» gli chiese.

«Certo che sono felice.»

«Nascerà a settembre.»

Lui fece un rapido calcolo e seppe subito quando era successo: a dicembre, la prima notte dopo il suo ritorno.

«Avevo paura. Non sapevo come avresti reagito.»
«Ho sempre desiderato un figlio.»
Kristina allungò una mano verso di lui. Era fredda. Quelle di Sara Fredrika, invece, erano sempre calde. Stringendogliela, Lars desiderò intensamente di essere a Halsskär. Quando si era incamminato sulla banchisa si era detto che non avrebbe più fatto ritorno all'isola. Sara Fredrika sarebbe rimasta lì ad aspettarlo. Il ghiaccio si sarebbe sciolto, il mare si sarebbe aperto, ma lui non sarebbe tornato.
Kristina disse qualcosa che non colse. Stava pensando a Sara Fredrika e sentì crescere dentro il desiderio. Quello che voleva era altrove, non in quella calda stanza di Wallingatan.
«La nostra vita sarà diversa» ripeté sua moglie.
«La nostra vita sarà come l'abbiamo sempre immaginata» ribatté lui.
Andò alla finestra perché non ce la faceva a guardarla negli occhi. La sentì uscire dalla stanza con passo leggero. Poco dopo udì le statuette di porcellana tintinnare: si era messa a spostarle.
Lars chiuse gli occhi e immaginò di scendere verso quel punto irraggiungibile del fondo del mare.

117

La mattina dopo uscì di casa verso le nove. Si impose di camminare a passo spedito per scrollarsi di dosso la stanchezza.

Non aveva chiuso occhio per tutta la notte. Quando Kristina si era addormentata, aveva inspirato a fondo il profumo della sua pelle, poi si era alzato dal letto senza fare rumore. Girando per la casa, aveva cercato di mettere a fuoco ciò che stava per accadere. Stava per perdere il controllo della propria vita. Non gli era mai successo. I suoi strumenti non funzionavano più.

Poco prima dell'alba, il tempo più lungo, aveva preso in mano una statuetta. Pensava ad alta voce, sussurrando a quella figura dal viso infantile che era lui a non funzionare più.

Non aveva il diritto di dare la colpa ai suoi strumenti.

Quando raggiunse Skeppsholmen non aveva più fiato. Aspettò che il battito rallentasse prima di varcare il portone.

118

Nei lunghi corridoi che Lars Tobiasson-Svartman stava percorrendo, risuonava l'eco dei suoi passi. Il sottotenente di vascello Berg fu sorpreso di vederlo.

«Nessuno mi ha avvisato del suo arrivo» disse.

«Non mi aspetto di essere ricevuto oggi. Volevo solo avvertire che sono tornato a Stoccolma.»

Berg lo invitò ad accomodarsi mentre finiva un lavoro urgente. Lars si sedette e aspettò. L'orologio a muro era indietro di due minuti. Non riuscì a resistere alla tentazione di alzarsi, aprire il vetro del quadrante e sistemare la lancetta. Il sottotenente sollevò la testa, guardò cosa stava facendo e poi riprese a scrivere. Il pennino grattava sul foglio. Quando ebbe finito, infilò la lettera in una busta e suonò il campanello appoggiato sulla scrivania. Si presentò un sottufficiale di circa trent'anni, di un pallore diafano, che uscì subito dalla stanza con un timido saluto.

«Lei conosce il fratello di quell'uomo» disse Berg, alzandosi in piedi.

Lars fece mente locale. Il sottufficiale che si era appena allontanato con la lettera era alto due metri, con uno scarto di due o tre centimetri a seconda che portasse le scarpe o gli stivali.

Berg era dietro la scrivania, barricato dentro una fortezza. «O meglio, *conosceva* il fratello di quell'uomo» continuò. «Purtroppo è morto.»

Fece una pausa, lasciandogli il tempo di riflettere sulla propria natura mortale.

«Mi riferisco al sottotenente Jakobsson» riprese. «Il suo comandante durante la missione dell'autunno scorso, quello morto a bordo della nave. Eugen Jakobsson è il fratello minore. Detto tra noi, non farà molta carriera. Non ce lo vedo proprio al comando di una nave. È un sottufficiale straordinario, ma è una persona limitata, un po' ottusa, direi.»

«Non sapevo che Jakobsson avesse un fratello.»

«Ne ha tre, e due sorelle. È raro venire a sapere qualcosa della vita privata degli altri ufficiali. Fatta eccezione, naturalmente, per quelli che diventano nostri amici.» Tornò a sedersi. «E la sua missione?» chiese. «Sono stato informato del problema.»

«Gli errori sono stati corretti.»

«Non ha portato con sé le carte nautiche?»

«Come le ho detto, non pensavo di essere ricevuto subito.»

Il sottotenente Berg lanciò un'occhiata al grande registro che aveva davanti a sé sulla scrivania. «La commissione ordinaria si riunirà il 7 marzo. Potrà essere ricevuto ufficialmente in quella data, alle nove e un quarto. Porti con sé le carte nautiche e prepari la sua relazione nel dettaglio. Non avrà molto tempo a disposizione, e gli ammiragli sono piuttosto nervosi.» A quel punto, Berg si alzò.

«Ho un'ultima richiesta da farle» disse Lars.

Il sottotenente rimase in piedi. Era chiaro che aveva fretta di concludere l'incontro.

«Vorrei chiedere due mesi di congedo, con effetto immediato. La ragione è uno stato di enorme stanchezza.»

«Chissà perché, di questi tempi, tutti sono stanchi e a

corto di energie» rispose Berg. «Gli ammiragli non sanno che pesci pigliare, i comandanti sono colpiti da malori, i nostromi si ubriacano e finiscono in mare, e gli equipaggi delle cannoniere sbagliano a prendere la mira. Vorrei proprio sapere chi non è stanco.»

«Non voglio essere di peso alla marina. Vorrei prendere un congedo non pagato.»

Il sottotenente di vascello Berg non si muoveva dal suo posto. «Di questi tempi se ne concedono pochi. Le forze armate hanno bisogno di tutte le loro risorse. Sarà difficile che la sua richiesta venga accettata.»

«Farò domanda ugualmente.»

Il sottotenente si strinse nelle spalle. «Me la consegni per iscritto domani pomeriggio, così farò in modo che venga valutata già questa settimana.»

Lars Tobiasson-Svartman batté i tacchi e fece il saluto militare.

Quando lasciò il quartier generale, il sole stava facendo capolino da dietro le nuvole e il freddo aveva allentato la sua morsa.

Rianimato dalla decisione presa, andò direttamente a casa.

Ovviamente c'era il rischio che il congedo non gli venisse accordato, ma non voleva preoccuparsene. Il sollievo che provava era più forte. Aumentò il passo, aveva fretta di tornare a casa.

Kristina Tacker era seduta alla scrivania a leggere. Poesie da donna, pensò lui con disprezzo. Sono sicuro che Sara Fredrika non legge questa roba. A malapena saprà cosa sono, le poesie.

Sentendolo entrare, Kristina posò il libro.

Lui le rivolse un sorriso nervoso.

«Ho ricevuto un nuovo incarico» disse. «Questo significa che partirò di nuovo e starò via per un po' di tempo.

Ma questa volta mi va bene: non dovrò camminare sul ghiaccio né stare per settimane in mare aperto a bordo di qualche nave.»

«Cosa farai?»

«Come al solito, la missione è segreta» rispose. «Sai che non posso parlartene, anche se volessi. Le informazioni della marina sono riservate, la guerra è sempre più vicina, ogni giorno che passa.»

«Tutto quello che ho è un indirizzo» ribatté lei. «Le poste militari di Malmö. Non so mai dove sei.»

Erano seduti al caldo. La domestica aveva il giorno libero, in casa regnava il silenzio. Avvicinarono le sedie alla stufa di maiolica. Lo sportellino di ottone era socchiuso e lui, di tanto in tanto, smuoveva le braci. Era tranquillo, anche se quello che aveva detto poco prima alla moglie era privo di senso. Il segreto professionale a cui era tenuto si confondeva con la missione inesistente che doveva portare a termine. La sua spedizione si muoveva nel nulla.

Neanche il mare era vero.

«Posso solo rivelarti che andrò dall'altra parte della Svezia. Per un po' di tempo starò nella fortezza di Karlsborg, sul lago Vättern. Poi verrò trasferito in gran segreto a Marstrand. Mi raccomando, non dire in giro nulla di quello che ti ho appena raccontato.»

«Non dico mai niente.»

«Non devi nemmeno lasciare intendere che sono in viaggio.»

«Ma se non sei qui dovrò pur fornire una spiegazione.»

«Puoi dire che ho preso un congedo perché non sto bene e che sono ricoverato in una casa di cura.»

Lei gli accarezzò la mano. «Ti voglio qui.»

Ma io non voglio restare qui, pensò lui sforzandosi di non allontanare la mano della moglie. Non voglio restare qui. Ho paura del bambino, di queste stanze, di tutte quelle statuette di porcellana con gli occhi senza vita. Ti amo, ma non voglio restare qui. Amo il tuo profumo, e temo il giorno in cui non lo sentirò più. Ho paura di svegliarmi da un sogno di cui non riesco a capire il significato.

Le sfiorò la mano. «Tornerò presto, ma soprattutto nostro figlio avrà un padre che nei nove mesi della gravidanza si sarà impegnato ad avanzare di grado.»

«È una causa nobile.»

Nelle parole della moglie, Lars percepiva quasi la speranza.

«È anche un segreto.»

«Ma a me devi pur poterlo dire.»

Si sporse verso di lei e le sussurrò: «Diventerò tenente di vascello.»

Assaporò quelle parole e le sorrise.

«Mi fa piacere saperlo. Anche mio padre ne sarà felice.»

«È fondamentale che la cosa rimanga tra noi, non puoi dirlo neanche a lui.» Poi, con pazienza, le spiegò che sarebbe tornato presto. La missione non era pericolosa, si trattava solo di una serie di incarichi. «Niente, comunque, conta più del bambino. Un militare ha dei doveri, ma il bambino è la cosa più importante.»

«Voglio che nostro figlio si chiami Ludwig, come mio padre. E Laura, come mia sorella, se sarà una femmina. Quando ero piccola ho sempre desiderato chiamarmi così.»

Lars le sorrise di nuovo. «Ludwig è un bel nome, ha carattere, trasmette un'idea di forza. Ma sì, certo, nostro figlio si chiamerà Ludwig.»

«Potremmo anche chiamarlo Hugo Ludwig.»

«No, non voglio assolutamente che porti il nome di mio padre.»

«Quando partirai?»

Sono già partito, pensò. La persona in questa stanza non sono io, è solo una mia copia. Una traccia che tra poco verrà cancellata.

«Presto» rispose. «Non lo so di preciso, ma presto. Così sarò con te quando arriverà il momento.»

Era seduto al suo fianco, con la mano della moglie stretta nella propria. Adesso era più calda, non era più fredda come prima.

119

Tre giorni dopo andò a Skeppsholmen per ritirare una busta. In una lettera lunga e dettagliata, la commissione constatava che il capitano Lars Svartman aveva sempre svolto i propri incarichi con assoluta competenza e precisione. Di conseguenza, era stato ritenuto ragionevole concedergli il congedo richiesto. La data del suo rientro in servizio sarebbe stata fissata in seguito.

Uscito dal quartier generale della marina, Lars fece una lunga passeggiata a Djurgården. Tolse la neve da una panchina appena prima di Blockhusudden e si sedette. Un rimorchiatore stava imboccando a fatica il canale verso il largo.

Pensò a Kristina e al bambino in arrivo. Prima di tutto, però, pensò alla donna che aveva deciso di non rivedere mai più.

Rimase sulla panchina finché non iniziò a sentire freddo. Il rimorchiatore era ancora lì, intento a compiere le manovre necessarie per lasciare la città. Il ghiaccio era sporco, grigio. Calcolò la distanza che lo separava dalla poppa dell'imbarcazione. Quando il rimorchiatore fu a cento metri, si alzò e si incamminò verso il centro.

120

Si fermò davanti alla sede della Handelsbanken vicino a Kungsträdgården. Si stupì di se stesso: la decisione di intaccare il proprio patrimonio non lo preoccupava minimamente. Prima di quel giorno si era sempre considerato un risparmiatore, a volte addirittura un uomo avaro. Adesso, invece, all'improvviso aveva sentito il bisogno di sperperare i suoi soldi.

Entrò. Håkansson, il responsabile che gestiva i suoi beni, era impegnato. Fu ricevuto dal segretario, che lo pregò di aspettare.

Si mise a osservare le persone che andavano avanti e indietro nel vasto ingresso della banca. Gli sembrò che fossero tutte immerse sott'acqua, a una grande profondità. Una profondità tale che i rumori non riuscivano a raggiungere la superficie.

Trattenne il respiro per venti secondi e si lasciò andare verso il fondo di quella banca.

Sto giocando, pensò. Sto giocando con la profondità delle persone.

Håkansson aveva lo sguardo serio e le mani sudate. Lars Tobiasson-Svartman lo seguì su per la rampa di scale che portava al suo ufficio, assolutamente silenzioso.

«La guerra preoccupa un po' tutti» commentò Håkansson.

«Ma fino a questo momento la borsa ha risposto bene alle cannonate, e niente sembra influenzarne in maniera positiva l'andamento più del conflitto. Intendiamoci, il rischio d'instabilità rimane, il mercato finanziario può reagire con brusche variazioni al rialzo quanto al ribasso. I suoi titoli però hanno retto, almeno fino a oggi.»

«Vorrei convertirne una parte in contanti.»

«Più o meno a che somma pensava, capitano Svartman?»

Neanche qui ho il doppio cognome, pensò. Per la banca sono semplicemente Lars Svartman, senza la protezione del nome di mia madre.

Con una certa irritazione rispose: «Vorrei ricordarle che il mio nome è Tobiasson-Svartman. L'ho cambiato già da qualche anno.»

Håkansson lo guardò stupito, poi prese a sfogliare le sue carte. «Mi scuso per la negligenza mia e della banca. Farò in modo che non succeda più.»

«Quanto al contante» riprese Lars, «avrei bisogno di diecimila corone.»

Håkansson si stupì una seconda volta. «È una grossa somma, dovremo vendere una parte dei titoli.»

«Me ne rendo conto.»

L'altro rifletté per qualche istante. «Se è d'accordo, darò disposizioni affinché venga ceduta una quota delle azioni forestali. Quando le serve questa somma?»

«Entro una settimana.»

«In quale taglio?»

«In banconote da cento, cinquanta, dieci e cinque corone. Suddivise per lo stesso valore.»

Håkansson prese appunti. «Diciamo per mercoledì della prossima settimana?»

«Va bene.»

Lars Tobiasson-Svartman lasciò la banca. Decidere di scialacquare il proprio denaro è un po' come prendere una sbornia, si disse. Se mi vedesse mio padre, con quella sua maledetta mania del risparmio.

Camminò fino a Kungsträdgården, dove si mise a guardare i pattinatori sulla pista di ghiaccio. Un vecchio con i vestiti logori gli si avvicinò per chiedergli l'elemosina. Lo respinse bruscamente, poi se ne pentì e lo raggiunse. L'uomo reagì come se avesse voluto difendersi da un'aggressione.

Gli diede una corona senza aspettarsi di essere ringraziato.

121

Quella sera parlarono della missione che lo aspettava. Nella stanza, il silenzio era palpabile. Lars chiuse lo sportellino della stufa di maiolica servendosi dell'attizzatoio. La stanza si fece più buia.

«Ho paura quando parti» gli confidò la moglie.

Una missione comporta sempre qualche pericolo, pensò. Soprattutto questa volta, visto che non esiste nemmeno.

«La tua paura è infondata» rispose. «Capisco se fossimo in guerra, ma non lo siamo.»

«Le mine, tutte quelle esplosioni, le navi che colano a picco in pochi secondi.»

«Sarò lontano dalla guerra. Il mio lavoro consiste proprio nel fare in modo che il minor numero possibile di navi venga coinvolto in questo disastro.»

«Ma cosa fai, veramente?»

«Difendo un segreto. Difendo un segreto e ne creo altri. Sorveglio una porta.»

«Quale porta?»

«La porta invisibile tra quelli che sanno e quelli che non devono sapere.»

Kristina stava per fargli un'altra domanda, ma lui sollevò una mano. «Ti ho già raccontato troppo. Adesso voglio che tu vada a dormire. Ora di domani ti sarai già scordata di tutto ciò che ti ho detto.»

«È un ordine?» gli chiese.
«Sì» rispose lui. «È un ordine.»
Un ordine che doveva rimanere segreto.

122

Il mese di marzo si trasformò in una lunga attesa.

Andò diverse volte al quartier generale della marina, senza mai ricevere alcun chiarimento sui motivi per cui la conferma scritta della durata del suo congedo tardava ad arrivare. Il sottotenente di vascello Berg non si faceva mai trovare, e anche Jakobsson era sparito. Nessuno era in grado di dargli spiegazioni, ma tutti sostenevano che non c'erano intoppi. Era solo una questione di tempo, le pratiche si erano accumulate a causa della guerra.

In una serata fredda e limpida di fine mese, dopo aver dato la buonanotte alla moglie che non si sentiva molto bene, Lars uscì di casa. Si avviò lungo Wallingatan, dirigendosi verso la collina dell'Osservatorio. Almeno una volta all'anno, in inverno, dedicava una serata a vagabondare tra le stelle. Da giovane, preparandosi per diventare cadetto, aveva studiato le carte celesti e letto parecchi libri di astronomia.

Si fermò vicino all'edificio dell'Osservatorio a fantasticare sul firmamento. Aveva l'impressione che la volta celeste e il mare fossero simili: due immagini nitide e speculari. La Via Lattea era un arcipelago costiero, un litorale che si estendeva nel cielo. Le stelle erano fari che lo illuminavano nella notte. Immaginò di intravedere luci verdi e rosse, di cercare tra le costellazioni passaggi e rotte in cui le navi da guerra più grandi potessero solcare i mari senza correre il rischio di arenarsi.

Era un gioco su carte nautiche inesistenti: non c'erano navi che navigavano nel cielo, e nemmeno banchi di sabbia tra le stelle.

Nello spazio, però, c'erano profondità infinite. Forse quello che stava cercando in mare non era altro che il passaggio verso un mondo diverso, nascosto da qualche parte laggiù sotto la superficie, dove pesci sconosciuti nuotavano lungo rotte segrete.

Rimase lì per un'ora. Era quasi congelato quando decise che si era fatta l'ora di tornare a casa. Sua moglie dormiva. Socchiuse piano la porta della stanza della domestica. Stava russando con la bocca aperta.

Si era tirata su la coperta fino al mento.

Andò a sedersi nella stanza più calda, smosse le braci nella stufa, bevve un bicchiere di cognac e si chiese dove fosse il capitano Rake in quel momento.

Era stato un inverno rigido, solo pochi porti non erano ghiacciati. La marina aveva concentrato le proprie forze lungo le coste meridionali e occidentali. Il comandante doveva essere lì da qualche parte. Di sicuro stava già dormendo, visto che era un tipo mattiniero.

Lars Tobiasson-Svartman era impaziente e l'attesa lo stava logorando. Era già il 29 marzo e voleva mettersi in viaggio verso sud il prima possibile.

Sara Fredrika era rimasta ad aspettarlo? Oppure se n'era già andata?

Smosse di nuovo le braci. L'immagine di Sara Fredrika andava e veniva.

123

Era notte fonda. Se ne stava seduto alla scrivania a prendere appunti. La lampada con il paralume di vetro verde era accesa. Cosa stava misurando, in realtà? Distanze, profondità, velocità. Ma anche le luci, le ombre, il freddo e il calore. E i pesi. Tutto ciò che esisteva all'esterno della sua persona: la stanza in cui si trovava, il ponte della nave, la visita annuale all'Osservatorio.

Dentro di sé, invece, misurava qualcosa di diverso. La tenacia, la forza, la resistenza. La verità e la menzogna, l'inquietudine, la felicità, la suscettibilità. Quello che ha senso, quello che non ne ha.

Si fermò. Aveva già fatto quell'elenco molte volte, ma rimaneva sempre incompleto. Cosa dimenticava? Cosa non vedeva? Misurava qualcosa di cui non era consapevole.

Rimase alla scrivania a lungo. Alla fine chiuse il foglio a chiave nel cassetto, insieme alle altre liste che aveva stilato.

Andò in camera da letto, Kristina dormiva. Con cautela le appoggiò una mano sul ventre.

Sara Fredrika, pensò. Sei ancora lì o sei sparita tra i ghiacci?

124

Un giorno, Kristina Tacker trovò la grossa somma di denaro che il marito aveva ritirato dalla banca. I soldi erano infilati sotto l'agenda, sulla scrivania.

«Non permetto alla domestica di girare nel tuo studio, lo riordino di persona. Ho visto una banconota spuntare fuori, e ho visto tutto il mucchio.»

«È vero, ci sono un bel po' di soldi sulla mia scrivania.»

«Perché?»

«Se la Svezia entra in guerra, le banche potrebbero chiudere. Ho solo preso delle precauzioni.»

Lei non chiese altro.

«Sono sempre stato convinto che tu non frugassi tra le mie carte.»

La vide tremare per l'agitazione mentre gli rispondeva: «Non frugo mai tra le tue carte. L'unica cosa che tocco sono i tuoi vestiti, quando ti preparo le valigie.»

«L'avevo già notato che andavi a curiosare tra i miei documenti, anche se non ho mai voluto parlartene.»

«No, non l'ho mai fatto. Perché mi accusi di una cosa che non è vera?»

«Allora chiudiamo qui il discorso.»

Kristina corse fuori dalla stanza. Lars sentì sbattere la porta della camera da letto. Naturalmente le accuse erano infondate, ma non ne era pentito.

Presto l'inverno sarà passato, pensò. Chissà se, in un futuro molto lontano, riuscirò a confessarle che l'uomo con cui era sposata non è mai stato del tutto sincero, neanche con se stesso.

125

Non si parlarono per due giorni. La domestica si muoveva per l'appartamento rasente i muri. Il terzo giorno tutto tornò alla normalità. Kristina sorrise. Lars ricambiò.

Fuori la neve aveva cominciato a sciogliersi.

126

Il 3 aprile Lars Tobiasson-Svartman ricevette la conferma definitiva del suo congedo. Sarebbe durato fino al 15 giugno 1915, naturalmente senza stipendio. Avrebbe potuto essere revocato solo se la Svezia fosse entrata in guerra.

Le sue valigie erano già pronte.

Il 5 aprile si accomiatò dalla moglie, che lo accompagnò fino alla stazione. Aveva un biglietto per Skövde e Karlsborg. Lei lo salutò con la mano. Lui la guardò, pensando a quanto fossero fredde quelle dita.

Scese dal treno a Katrineholm e comprò un biglietto per Norrköping. Svuotò le valigie, trasferendone il contenuto in due sacche. Poi, dopo aver staccato le targhette con il suo nome, le abbandonò all'ombra di un vagone portabagagli.

127

Il ghiaccio aveva iniziato a sciogliersi, ma vicino alle isole più esterne dell'arcipelago ce n'era ancora.

Il cielo era velato da una bruma sottile. Accelerò il passo.

In una delle insenature dalle parti di Hässelskären trovò una scarpa imprigionata nella banchisa. La suola era rivolta verso l'alto, come se il suo proprietario fosse caduto di testa nel ghiaccio. Era uno scarpone da uomo, pesante e rattoppato, per un piede piuttosto lungo. Si fermò per guardarsi intorno. C'era solo lo scarpone. Nessuna impronta, niente.

Si rimise in marcia, camminando così in fretta che gli venne il fiato grosso. Di tanto in tanto faceva una pausa per tirare fuori il cannocchiale e controllare la zona che aveva appena attraversato. Non lo stava seguendo nessuno, naturalmente.

Come aveva già fatto, si fermò a Armnö. Era la terza volta che pernottava lì. C'era stato qualcuno nel capanno dei pescatori. La rete per le aringhe era sparita, gettata in un angolo c'era una nassa per i lucci. Mangiò una scatoletta di carne e accese il fuoco. Era nervoso, quello scarpone incastrato nel ghiaccio lo rendeva inquieto.

Il giorno dopo si svegliò di buon'ora e riprese a camminare sulla banchisa. Da nord-est si stava alzando un vento leggero e gelido. A Uddskärsfjärden, oltre Höga Lundsholmen, incontrò due persone. Spuntarono da dietro l'isolotto all'improvviso, saltate fuori dal nulla. Si sfilò le cinghie a cui aveva fissato le sacche, sembrava che stesse deponendo le armi.

Erano un uomo della sua età e un ragazzino di dodici o tredici anni che portava i segni di una grave malattia. Aveva una testa deforme, troppo grande, e la pelle sugli zigomi sporgenti era tesa tanto da far credere che potesse lacerarsi da un momento all'altro. Era anche cieco da un occhio: l'orbita sinistra era un sacchetto vuoto di pelle raggrinzita. Indossavano entrambi vestiti logori. L'uomo aveva il viso smunto e lo sguardo che vagava nel vuoto. Lo guardavano preoccupati, tenendosi per mano.

«Non capita spesso di incontrare qualcuno sulla banchisa» disse Lars.

«Stiamo andando a Kalmar» rispose l'uomo. «Veniamo da nord. Si fa prima a muoversi a piedi sul ghiaccio, quando regge.» Parlava un dialetto che Lars non riconobbe. «Da nord» disse poi. «Quanto a nord? Oltre Söderköping?»

«Söderköping? Non so dove si trovi. Veniamo dal Roslagen, vicino a Öregrund.»

«Allora avete camminato tanto.»

Il ragazzo non parlava, faceva solo un suono molto strano quando respirava dal naso. All'improvviso scoppiò a ridere e iniziò a scuotere la testa. Il padre lo tenne stretto, come si farebbe con un animale appena catturato. Quando si calmò, il ragazzo ripiombò nel suo silenzio.

«Sua madre è morta» raccontò l'uomo. «Non ci è rimasto niente lassù. A Kalmar vive sua zia, forse lì staremo meglio. È una donna religiosa, sono sicuro che vorrà prendersi cura di lui.»

«Cosa fate per vivere?»

«Giriamo le fattorie per dare una mano. È gente povera, ma condividono volentieri il poco che hanno, soprattutto quando vedono il ragazzo. Temo che sia giunto il momento di rimetterci in cammino.»

Il padre sollevò per un attimo il berretto sdrucito, riprese il figlio per mano e si avviò. Lars gridò loro di aspettare un attimo. Tirò fuori dalla tasca qualche banconota, prima di poco valore, poi una da cento corone. Le porse al padre, che fissava i soldi incredulo.

«Me lo posso permettere. Non sono solo i poveracci a mettersi in cammino sulla banchisa.»

Poi si rimise in marcia anche lui. Dopo diverse centinaia di metri, si voltò.

Padre e figlio erano ancora lì, immobili, che lo guardavano.

128

Il pomeriggio del giorno dopo aveva quasi raggiunto Halsskär.

Il ghiaccio si stava ammorbidendo. Le sacche che si trascinava dietro, ormai fradicie, erano sempre più pesanti.

Evitò di passare accanto alle zone troppo profonde, agli scogli e alle rocce. Si fermò tre volte per controllare lo spessore del ghiaccio.

Il mare si avvicinava, spingendo da sotto.

129

Quando portò il cannocchiale agli occhi, stava tremando. Dal camino usciva il fumo. Aveva pensato che vederlo l'avrebbe tranquillizzato, eppure ebbe un attimo di esitazione.

Torno indietro, pensò. Devo porre fine a questa follia. Sì, torno indietro.

Invece proseguì fino all'isola. La barca era ormeggiata al solito posto, con la vela arrotolata intorno all'albero. Lungo il sentiero, sulla neve sciolta, non si vedevano impronte. Si sedette su un masso e tirò fuori da una sacca la fiaschetta dell'acquavite. Mandò giù due lunghe sorsate e sentì subito il calore diffondersi nel corpo. Bevve un ultimo sorso prima di salire alla casa.

Busserò alla porta, si disse. L'aprirò, entrerò e, appena me la sarò chiusa alle spalle, cercherò una via d'uscita da questa situazione.

Prima ancora che si decidesse a bussare, la porta si spalancò: fu Sara Fredrika ad aprirla. Si era messa degli altri vestiti , sempre rattoppati e logori, ma puliti. Anche i capelli non erano arruffati come al solito, ma se li era pettinati. Fremeva. Lui non aveva mai visto una gioia più grande.

«Lo sapevo che saresti tornato» gli disse. «Ho avuto qualche dubbio, ma non ho mai perso la speranza.»

«Te l'avevo promesso. C'è voluto del tempo, ma ho attraversato la distesa di ghiaccio e ora sono qui.»

Entrarono in casa. Aveva fatto pulizia e buttato via parecchi stracci e tappeti, ma la pelliccia della volpe impazzita c'era ancora. Lars posò le sacche a terra.

Sara Fredrika lo afferrò, come se lo stesse prendendo all'amo. Poi iniziò a sfilargli i vestiti. Finirono sul pavimento davanti al camino. Lui si scottò le spalle, ma ormai l'amo era penetrato troppo a fondo, rendendogli impossibile la fuga.

Dopo si rivestirono in silenzio. Lui le guardò la schiena di nascosto. Quando lei si voltò, Lars si accorse che Sara Fredrika aveva uno sguardo diverso. Gli sembrò di riconoscerlo, di averlo già visto prima, ma negli occhi di un'altra donna.

Capì subito. Nello sguardo, Sara Fredrika aveva la stessa luce di sua moglie quando gli aveva rivelato di essere incinta.

130

Sara Fredrika glielo disse il giorno dopo, senza tanti giri di parole. Stavano camminando lungo la spiaggia e raccoglievano legna da ardere.

«Sono incinta.»

«Lo avevo immaginato» rispose lui.

Lo guardò con aria interrogativa. «Sparirai di nuovo?»

«Perché dovrei?»

«Il capitano e la puttana venuta dal mare. Che futuro ci aspetta? Siamo sull'orlo di un baratro.»

«Sono venuto a prenderti.»

«Sappi che avevo già deciso di tenere il bambino, anche se non fossi tornato. Sono felice di averlo.»

«Ma io sono qui.»

Sara Fredrika continuava a guardarlo. Lui aveva l'impressione che lei lo stesse legando stretto a sé con una corda.

131

Il bambino era circondato dal silenzio.

Sara Fredrika diceva solo l'indispensabile. Lars Tobiasson-Svartman cercava di capire cosa gli stesse succedendo. Non aveva più le idee chiare. Provava un senso di libertà, ma solo apparente. Allo stesso tempo si sentiva trafitto da un dolore che lo tormentava in tutto il corpo. Cercava di allontanare i cattivi pensieri, li respingeva. Ma se l'ansia diventava troppo forte, andava ad arrampicarsi sugli scogli, come per fuggire da qualcuno che lo inseguiva.

A Sara Fredrika diceva semplicemente che aveva bisogno di tenersi in movimento.

Di notte dormivano insieme sulla branda. I loro corpi non facevano domande, non lo mettevano in imbarazzo.

132

Il 19 aprile iniziò a soffiare da sud-ovest un vento forte che sciolse le ultime tracce di ghiaccio tra le insenature. Saliti sul punto più alto dell'isola, videro che ormai erano circondati solo dall'acqua. Scorsero in lontananza qualche lastrone, ma solo verso il centro dell'arcipelago.

Il giorno dopo misero in acqua la barca a vela, Lars si stupì di quanto forte fosse Sara Fredrika. Lui rimase a riva mentre lei remava per verificare se la barca fosse ancora stagna o meno. Voleva anche controllare che la vela, rimasta a lungo arrotolata intorno all'albero, non fosse strappata in qualche punto.

«Faccio un giro dell'isola» gli gridò.

Lui le fece segno che non sarebbe andato con lei. Voleva restare lì, a Halsskär. La seguì con il cannocchiale. A un certo punto la vide voltarsi verso di lui, sorridere e salutarlo con la mano. Gli stava dicendo qualcosa con le labbra, ma lui non riuscì a capire.

Lontano, all'orizzonte, spuntò un'altra vela. Una barca che arrivava da est e avanzava verso lo stretto di Barösund.

Scese alla baia e aspettò che Sara Fredrika spuntasse da dietro il promontorio. Lei arrivò remando, la vela era ammainata. Tirarono a riva la prua e legarono la cima intorno a un masso.

«È asciutta, l'acqua non filtra da nessuna parte. Hai visto cosa ti stavo dicendo?»

«Non ho capito.»

«Capirai la prossima volta.»

«E di quella barca cosa mi dici?»

«Sta venendo da questa parte.»

Si incamminarono verso casa. Cominciavano a sbocciare i primi fiori, silene e gramigne.

«È un marinaio delle Åland» riprese lei. «Arriva sempre in primavera, dice di sapere quando il mare è di nuovo libero dai ghiacci. Ma io penso che in realtà rimanga appostato in uno di quei bacini che non gelano mai.»

«Quali bacini?»

«I buchi nel ghiaccio, che rimangono sempre aperti.»

Non ne aveva mai sentito parlare prima. «Li hai visti?»

«E come? Altri, però, sì. Sono grandi branchie nella banchisa. Il mare deve pur respirare, quando è ghiacciato. Chiedilo a Olaus, il marinaio che si sta avvicinando. Di solito viene fin qui per chiedermi se ho bisogno di qualcosa dal continente, o se ho lettere da spedire.»

«Lettere?» chiese Lars sorpreso.

«Olaus è gentile, crede che io abbia qualcuno a cui scrivere. Pensa di fare una buona azione.»

Entrarono in casa.

«Io una lettera ce l'avrei» disse lui.

«Non ti ho visto scriverla.»

«Non l'ho ancora fatto, ma dal momento che sta arrivando qualcuno disposto a spedirla, la scriverò.»

«A chi devi mandarla?»

«Ai miei superiori a Stoccolma. Devo informarli di alcune mie osservazioni.»

«Cosa puoi aver visto che non ho visto anch'io?»

Lars si innervosì, ma cercò di non darlo a vedere. Quando Sara Fredrika fu uscita, prese dalla sacca un foglio di carta e una busta e si sedette al tavolo. Fu difficile trovare le parole.

La lettera era una lunga menzogna. Spiegava perché l'aveva spedita dalla costa orientale e non dall'altra parte della Svezia, dove le aveva detto che sarebbe andato. Complicazioni, cambiamenti improvvisi, incarichi revocati. Era tutto segreto. In teoria non gli avevano nemmeno dato il permesso di scriverla, quella lettera, ma aveva deciso di farlo ugualmente. Presto sarebbe tornato alla fortezza di Karlsborg, e quando lei avrebbe ricevuto la lettera, lui sarebbe già stato lontano dalle desolate isolette del Baltico.

«Tornerò a casa presto» aggiunse. «La data non è ancora fissata, ma sarà prima dell'estate. Penso sempre a te e al bambino.»

Dalla finestra guardò la donna fuori.

Per un istante gli sembrò di vedere due volti fusi in uno solo: una parte era di Kristina, ma gli occhi, i capelli e la fronte erano di Sara Fredrika.

Lei entrò in casa e si sedette sul letto.

«Leggimela.»

«Perché?»

«Ho sempre sognato di ricevere una lettera.»

«È riservata.»

«A chi potrei mai rivelarne il contenuto?»

Lars aprì la lettera e iniziò a leggere ad alta voce: «Il ghiaccio si è sciolto, le rotte sono navigabili, le previsioni meteorologiche indicano un abbassamento del livello del mare e un rischio di mine più elevato. Nessun avvistamento di navi da guerra straniere. Capitano Lars Tobiasson-Svartman.»

«Tutto qui?»

«Scrivo solo lo stretto necessario.»

«Cosa c'è di così riservato? Il ghiaccio e il livello del mare? E poi non so nemmeno cosa siano le mine.»

«Sono contenitori di metallo che possono esplodere. Fanno a pezzi uomini e navi.»

«Perché non scrivi una lettera anche a me?»

«Lo farò, se esci. Devo essere solo quando scrivo.»

Lei lo lasciò solo. Prima di scrivere qualche riga a Sara Fredrika, lui richiuse la busta con la lettera indirizzata alla moglie.

«Sono felice di avere un altro bambino, dopo aver perso così tragicamente la mia amata Laura. Sogno il giorno in cui potremo andarcene da qui.»

Infilò la lettera nella busta senza firmarla.

Per Sara Fredrika, Halsskär.

133

L'uomo che si chiamava Olaus gettò l'ancora a nord dell'isola e raggiunse la baia a remi. Aveva una certa età ed era rigido sulle gambe. Non fu sorpreso di vedere Lars. La sua visita fu breve: voleva controllare che chi viveva a Halsskär stesse bene.

Non sembrò accorgersi dei primi segni della gravidanza di Sara Fredrika.

Lars gli consegnò le lettere e i soldi per i francobolli.

«Vuole ricevere una lettera» disse.

«Certo, le farà piacere» rispose Olaus. «Le spedirò da Valdemarsvik.»

Poi tornò alla barca.

Il giorno dopo, quando Lars si alzò, la barca era sparita. Si era dimenticato di chiedere dei buchi nel ghiaccio di cui gli aveva parlato Sara Fredrika.

134

Il 9 maggio fu una giornata di bel tempo e mare calmo. Si svegliarono presto per raccogliere le reti che avevano gettato la sera prima in prossimità di un gruppo di isolette senza nome. Remavano con il sole in faccia. Sara Fredrika si era sbottonata la camicetta, lui si era arrotolato le maniche. Lei stava a poppa, lui remava. Finalmente libero da tutte le misure e le distanze, assaporava quel momento.

Sara Fredrika si sporse per afferrare i galleggianti della rete e, puntando i piedi, iniziò a tirare. Qualcosa opponeva resistenza.

«Aspetta» disse. «È rimasta impigliata.» Strattonò la rete finché non si liberò e cominciò a salire a galla. Ma era pesante.

«Cos'è?» chiese lui.

«Se è un pesce, è molto grosso. Se è qualche schifezza dal fondale, è bella pesante.»

La rete recuperata era praticamente vuota, c'erano solo qualche pesce gatto e un paio di merluzzi. Lars si piegò in avanti per guardare meglio. In quell'istante lei mollò la presa e lanciò un urlo. Cadde in ginocchio, coprendosi il viso con le mani.

Nella rete vide i resti di uno scheletro umano e qualcosa che sembrava un pezzo di stivale.

Lars non ebbe bisogno di chiedere chi fosse, lo sapeva già.

Sara Fredrika aveva ripescato ciò che rimaneva del suo defunto marito.

Parte ottava
Misurare la luce dei fari

135

Ululava come un animale in pericolo.

La rete con i resti di suo marito si era impigliata nella falchetta. Quando si alzò in piedi, Sara Fredrika cominciò a strattonarla come se stesse lottando con un grosso pesce. Ma non voleva issarla a bordo. Voleva ributtarla in acqua, farla finire in fondo al mare.

Lars era rimasto seduto, con i remi stretti in mano, non si muoveva. Non era in grado di imporsi su quello che stava accadendo. A un certo punto, la rete si liberò e iniziò ad andare a fondo.

«Muoviti!» gli gridò lei. «Andiamo via da qui!»

Gli si buttò addosso e iniziò a remare al posto suo. Lui vide il terrore sul suo viso, percepì la forza con cui stringeva i remi. Quando furono abbastanza lontani dal luogo del ritrovamento, Sara Fredrika si lasciò ricadere a poppa.

«Torna indietro» gli disse.

«Dove?»

«Ho fatto uno sbaglio. Devo recuperarlo, devo seppellirlo.»

Il terrore si era tramutato in disperazione.

«La rete non si vede più, però mi ricordo il punto preciso.»

«Come fai, se non si vede niente?»

«Lo so e basta, è il mio mestiere. Riesco a leggere il mare, a vedere ciò che non si vede.»

Girò la barca, contò diciannove colpi di remi e cambiò

direzione, puntando più a babordo, prima di contarne altri ventidue.

La barca era dotata di una piccola ancora. Sapeva che in quella zona la profondità era di circa sessanta metri. La corda dell'ancora ne misurava trenta.

«È qui» disse. «Ma la corda è troppo corta, non raggiungerà mai il fondo.»

«Devo tirarlo su.»

«So dove siamo e possiamo tornarci. Ho visto che hai una cima, nella baia. È lunga quaranta metri, può bastare.»

Senza aspettare la risposta, Lars remò fino a Halsskär. Lei rimase in silenzio, accasciata a poppa, sfinita dallo sforzo.

Arrivati a destinazione, Lars gettò la cima nella barca. «Lascia fare a me» disse. «Lascia che sia io a recuperare la rete, non è necessario che venga anche tu.»

Lei non rispose. Mentre lui si allontanava, rimase sulla spiaggia, seguendolo con lo sguardo.

136

Gettò l'ancora verso il fondale.

Al quarto tentativo sentì che toccava qualcosa. Puntellandosi sulla barca, iniziò a tirare. Dopo qualche istante la rete tornò a galla: dentro erano rimasti impigliati delle ossa e alcuni lembi di pelle, oltre a un pezzo di stivale con un chiodo arrugginito che fuoriusciva dal cuoio. La issò a bordo e alcuni pesci guizzarono via, un misterioso segno di vita dentro la morte. Liberò gli altri pesci e rimosse le alghe prima di lanciare di nuovo la rete in mare.

Gli tornò in mente la menaide che aveva visto una mattina dalla Blenda. L'anatra morta, i movimenti silenziosi, la libertà di essere sempre in fuga. Adesso, un'altra rete aveva riconquistato quella stessa libertà.

Osservò i resti del cadavere. Un avambraccio, una costola rotta e alcune ossa del piede sinistro. La vista del piede lo sconvolse: quella parte così ben conservata dello scheletro era l'unica a ricordargli che quell'uomo era realmente affogato, solo e terrorizzato.

Tornò a Halsskär. Depose i remi per toccarsi la fronte e sentire se aveva la febbre. Ma era fredda.

Al suo arrivo, la casa era vuota. Appoggiò i resti, andò alla fonte e bevve a lungo. Poi cominciò a cercarla.

Doveva essere da qualche parte, ne era sicuro. Ma all'improvviso ebbe la sensazione di essere rimasto solo su quell'isolotto.

137

La trovò all'estremità settentrionale dell'isola. Si era infilata tra due rocce, in mezzo all'erica, e se ne stava lì sdraiata a occhi aperti, senza però vedere nulla. Si sedette accanto a lei.

Tenere in pugno le persone che soffrono, a cui manca la forza di opporre resistenza alle avversità, è la cosa più facile al mondo, si disse. Si ricordò di sua madre, sola e in lacrime, in una delle stanze buie della casa della sua infanzia.

Uno stormo di corvi volava da qualche parte in lontananza, il loro gracchiare andò scemando a poco a poco. Aspettò. Passarono trentadue minuti prima che Sara Fredrika lasciasse in fretta il suo nascondiglio per tornare a casa. Lars stava per aprire la porta, quando lei uscì di nuovo e andò verso la baia.

Lui, invece, non si mosse. Forse era il caso di lasciarla sola? Non sarebbe potuta sparire, tra gli scogli non c'erano porte segrete che si aprivano all'improvviso.

D'un tratto sentì odore di fumo e catrame. Quando la raggiunse, Sara Fredrika aveva dato fuoco a un barile, sopra il quale stava buttando le reti e le nasse.

«Attenta, rischi di scottarti!» le gridò.

L'afferrò per un braccio, ma lei si rifiutò di spostarsi. Allora le tirò uno schiaffo, forte, dritto in faccia. Lei si rialzò e lui la colpì una seconda volta. Rimase a terra. Lui rovesciò il barile e con un calcio lo fece rotolare in mare. Al contatto con l'acqua, si mise a sfrigolare, sprigionando una puzza nauseabonda. Lei restò a terra, sporca di catrame e di sangue, la gonna sollevata fino al ventre. Lars pensò al bambino là dentro, un bambino che esisteva senza essere visto.

Il catrame si spense lentamente. Uno strato sottile di grasso fumante ricoprì la superficie dell'acqua. La aiutò ad alzarsi.

«Devo andarmene da qui» gli disse. «Non ci posso più restare.»

«Presto lasceremo l'isola, ma non ancora.»

«Perché dobbiamo rimanere? Perché non ce ne andiamo subito?»

«Non ho ancora concluso la mia missione.»

Lei si guardò le mani sporche di catrame.

«Ho recuperato le ossa, ma ho tagliato via i galleggianti. La rete è affondata» le disse.

«Tornerà a galla.»

«Verrà trascinata dalle correnti. Non tornerà più in superficie, non qui perlomeno.»

Lei si guardò intorno.

«Le ossa sono in casa» aggiunse lui.

«Devo seppellirlo.»

Sara Fredrika si avviò. Davanti alla porta della casupola, lui la fermò.

«Ho trovato anche qualcos'altro.»

Lei lo guardò con gli occhi colmi di terrore. «La sua testa! Mio Dio, non potrei sopportarlo.»

«No, non la testa. Un piede.»

«Aveva i piedi lunghi e sporchi. Erano importanti solo per lui, a me non interessavano.»

Raccolse i resti da terra e si accovacciò, mormorando qualcosa. Stava parlando alle ossa, sussurrando appena. Lars si avvicinò per sentire cosa diceva, ma non riuscì a capire neanche una parola.

Sara Fredrika andò a prendere la pelle della volpe e vi avvolse i resti del marito. Poi lo pregò di portarle una vanga.

Scelsero la cima di un dirupo sul lato occidentale dell'isola. Sara Fredrika volle scavare da sola, senza il suo aiuto. Quando arrivò alla roccia, mise la pelle della volpe sul fondo e ricoprì tutto con la terra.

Quella sera tirò fuori la pipa dall'angoliera e la buttò nel fuoco. Lars ebbe l'impressione che lo facesse per lui, per cancellare le ultime tracce del marito.

Di notte lo abbracciò forte. Con quella stretta gli fece capire che non lo avrebbe mai lasciato andare.

138

La sera del giorno dopo le disse che Halsskär era una specie di rifugio: l'ultimo avamposto in mare aperto per le persone che non avevano un posto dove stare.

«È come una chiesa» aggiunse.

Lei non capì bene cosa intendesse. «Quest'isola infernale? Una chiesa?»

«In chiesa nessuno commette un delitto, nessuno colpisce con una scure la testa di un nemico. È un porto sicuro. Una volta i fuorilegge si rifugiavano nelle chiese per mettersi in salvo. Forse Halsskär è stato un posto simile per te e tuo marito, senza che voi lo sapeste.»

Lei lo fissò con uno sguardo che non le aveva mai visto prima. Quasi volesse evitarlo. «Come fai a sapere di lei?» gli chiese.

«Di chi?»

«Della donna che cercò rifugio su quest'isola. La dea. Helge mi ha parlato di lei, una volta. Era scoppiata una tempesta e si era fermato qui fino al mattino, così mi raccontò quanto era accaduto una notte d'inverno del 1843. Non si può credere a tutto quello che dice Helge, ma le sue storie sono bellissime. Usa tante belle parole, proprio come te. Quell'anno, l'inverno era stato molto rigido, e il ghiaccio era così spesso che dicevano ruggisse come un animale selvaggio quando si rompeva e si ammassava in cumuli. Nel mare si era formata una spaccatura dalle parti di Gotska Sandön. Da lì arrivò una donna portata dalla corrente. Doveva essere una dea, perché il suo corpo risplendeva. Raccontò di essere stata buttata in mare da un marinaio ubriaco. Braccia e gambe si stavano congelando, la pelle era diafana. Al suo passaggio il ghiaccio si richiuse, e lei si rifugiò sull'isola. L'anno seguente la corrente portò a Halsskär il cadavere di un uomo. Si era tagliato la gola. Era il marinaio che l'aveva spinta in mare, e adesso era toccato a lui arenarsi sull'isola. Helge aveva sentito questa storia da suo padre. A volte penso che io e quella donna siamo la stessa persona.»

Sara Fredrika si infilò sotto le coperte. Lars si sedette sul pavimento lì vicino e lei gli passò le dita tra i capelli.

Poi fu lui a raccontarle la storia di un'altra dea, che proteggeva i confini di una grande città a Occidente, lontanissima dal mare, e accoglieva tutti quelli che arrivavano cercando rifugio.

«È lì che ti porterò» le promise. «Anche per me è arrivato il momento di un nuovo inizio. È ora che entrambi scappiamo dai nostri morti: tu da tuo marito, io dalla mia famiglia.»

«Voglio andare in un posto lontano dal mare, da cui non sia possibile vederlo, sentirlo né respirarne l'odore.»

«Esistono città circondate dal deserto, da dove è difficile raggiungere il mare.»

Lei si tirò su a sedere. «Cosa faresti in un posto del genere? Con il tuo batimetro, le carte nautiche e le rotte?»

«Ci sono cose che si possono misurare anche nei deserti. Potrei esplorare la profondità della sabbia, annotarne i movimenti.»

«Ma l'acqua?»

«Potrebbe esserci un mare da scandagliare anche laggiù, se solo mi mettessi a cercarlo.»

Sara Fredrika si addormentò. Lui si coricò accanto a lei, sentendo il calore del suo corpo.

Quella notte sognò una nave che passava lontano, all'orizzonte. Ebbe la sensazione che portasse qualcuno al luogo della propria esecuzione.

139

Una notte di metà maggio, Sara Fredrika lo svegliò e, prendendogli una mano, gliela posò sul ventre. Il bambino stava scalciando.

Fuori, il grido di un uccello notturno si diffuse nell'oscurità.

Rimasero in silenzio: soltanto la mano, il bambino che tirava calci, l'uccello notturno che gridava.

Cercò di immaginarsi i bambini: quello di Sara Fredrika e quello di Kristina.

Quello di Kristina aveva un viso, il suo.

Quello di Sara Fredrika, invece, assomigliava ai resti del cadavere recuperato in mare.

Quando lei si fu riaddormentata, uscì. La notte primaverile era chiara, umida, e dagli scogli arrivava una brezza leggera. Salì sul punto più alto dell'isola, da dove guardò il mare.

All'improvviso fu vinto dalla propria debolezza. La passione e il desiderio erano svaniti, vedeva di nuovo soltanto sporcizia e miseria.

Devo andarmene da qui, pensò. Senza di lei. Me ne prenderò cura in qualche modo, ma a distanza. La osserverò senza farmi vedere. Mi occuperò di mio figlio da lontano. Ma qui non posso restare.

140

Sebbene fosse la fine di maggio, le giornate continuavano a essere fredde. Un temporale breve e violento distrusse una parte del comignolo, facendo cadere sassi e calcinacci in casa. Allora Lars si arrampicò sul tetto per sistemare il danno. Da lassù sentì che Sara Fredrika parlava da sola.

Mentre scendeva, notò una barca che arrivava da Lindöfjärden che si stava avvicinando. Viaggiava a velocità sostenuta, la vela gonfia disegnava un arco molto nitido.

Saltò giù dal tetto e raccontò a Sara Fredrika della barca.

«È Helge» gli disse lei. «Dovresti ricordarti di lui e di suo figlio.»

Lui si preparò ad andargli incontro.

«Voglio parlargli da sola» continuò lei. «Ma non gli rivelerò che abbiamo recuperato il piede di mio marito con la rete.»

Entrato in casa, Lars si distese sulla branda e si addormentò. Quando riaprì gli occhi era già sera. Si incamminò verso la baia. La barca a vela di Sara Fredrika era sempre lì, ma non c'era più traccia dell'altra barca.

Anche Sara Fredrika era sparita.

La cercò per tutta l'isola, chiamandola senza sosta. Non ottenne risposta. Poco prima di arrivare nel punto in cui, a nord, la costa scendeva a picco sul mare e le onde si infrangevano con forza sugli scogli, la trovò.

Dormiva. Accanto a lei, tra le rocce, c'era una bottiglia rotta.

141

Svegliatasi di colpo, Sara Fredrika si tirò su a sedere. Iniziò a tossire, l'odore dell'alcol gli investì il viso. Cercò di alzarsi, ma cadde e si graffiò una guancia contro una roccia. Lui le porse una mano, ma lei scoppiò a ridere rifiutandosi di prenderla.

«Sono ubriaca. Helge ha capito che avevo bisogno di bere. Ha sempre un po' di acquavite sulla sua barca. Non mi capita spesso. Domani mattina sarà tutto passato.»

«Non puoi passare la notte qui fuori.»

«Non morirò di freddo, e gli uccelli non verranno a beccarmi. Devo restare finché non avrò la forza di rialzarmi.» Si sdraiò, sollevò la gonna e distese le gambe. «Non riuscirai a portarmi a casa adesso, ma puoi rimanere qui con me, se vuoi.»

Gli afferrò una gamba e per poco non lo fece cadere. Le sue mani erano forti, sembravano tenaglie. Lui cercò di liberarsi e lei scoppiò a ridere di nuovo, stringendo ancora di più la presa. «Non hai capito? Non lascerò andare l'uomo che mi porterà via da qui.»

«Sì che l'ho capito.»

Lei mollò la presa e si rannicchiò tra due massi.

Devo andarmene, pensò. Il giorno in cui si renderà conto che non la salverò mi pianterà una scure in testa.

Si accorse di aver paura di lei perché non era in grado di controllarla, ubriaca o sobria che fosse.

Sara Fredrika si coprì il viso con del muschio strappato da una roccia. «Adesso lasciami stare» gli disse. «Domani sarà di nuovo tutto normale.»

Non c'è niente di normale in questa situazione, pensò Lars. Devo andarmene da qui prima che lei inizi a guardarmi dentro. Scoprirà l'abisso che nascondo. Le sue profondità appartengono a lei, le mie a me. Le sono troppo vicino.

Più tardi, quella notte, tornò dove lei stava dormendo. Dall'odore capì che aveva vomitato. La lasciò lì.

142

Il giorno dopo, da est tirava un vento forte, accompagnato da una pioggerella sottile. Al suo risveglio, Lars trovò Sara Fredrika seduta fuori dalla porta, fradicia e scossa dai brividi come un cane randagio.

«Non porto con me in America una donna mezza morta. Entra, togliti i vestiti bagnati e vedi di scaldarti. Altrimenti ti ammalerai e perderemo il bambino.»

Fece come le aveva ordinato. Lui intanto andò al vivaio nella baia.

Perché non aveva il coraggio di dirle come stavano davvero le cose? Che non sarebbe potuto tornare sull'isola a prenderla? Conosceva la risposta. Aveva ucciso sua moglie, aveva ucciso sua figlia. Si era impigliato in una rete che lui stesso aveva gettato. Stava per morire intrappolato e per essere trascinato sul fondo, esattamente com'era accaduto al marito di Sara Fredrika.

Tornò a casa e sbirciò con cautela attraverso la finestra. Sara Fredrika, avvolta in una coperta davanti al camino, gli dava le spalle.

Proprio come Kristina, pensò. Due donne che mi voltano le spalle.

Più tardi, quello stesso giorno, iniziò i preparativi per la partenza. Le parlò, cercando di convincerla che stavolta non avrebbe dovuto aspettarlo a lungo. Presto se ne sarebbe andato, ma altrettanto presto sarebbe ritornato.

Continuarono a pescare insieme, a dormire insieme, e per tutto il tempo lui cercò di guardarla negli occhi.

Dopo una settimana ne era certo: Sara Fredrika si era convinta che sarebbe tornato.

Poteva finalmente mettersi in viaggio.

143

Era l'alba del 7 giugno. Veleggiavano verso nord, con Harstena e gli scogli delle foche a tribordo. Spinti dal vento si dirigevano verso l'arcipelago, prima di virare a ovest ed entrare nella baia di Slätbaken. Seduto vicino all'albero, governava la vela. Non si scambiarono una parola e non incontrarono altre barche.

Nel tardo pomeriggio era calato il vento. Stavano andando alla deriva, ma Slätbaken era ancora lontana.

All'orizzonte videro passare una nave da guerra, poco dopo un'altra. Guardandole con il cannocchiale, Lars Tobiasson-Svartman vide che si trattava di cannoniere, ma erano troppo distanti per poter essere identificate.

Approdarono su un isolotto, tirarono in secco la barca, accesero il fuoco e mangiarono il cibo che lei aveva portato con sé in un cestino. Patate e pesce freddo, e una brocca d'acqua.

In quella serata estiva, il cielo era luminoso. Qua e là si intravedevano alcune stelle. Malgrado tutto, si era affezionato a quella donna che stava per abbandonare. E lei si era affezionata a lui, nonostante i suoi tentativi di barricarsi dietro un muro inaccessibile.

Si era sdraiata con il coperchio del cestino sotto la testa.

«È vero?» gli chiese tutto a un tratto. «Che le stelle, il buio dell'inverno, le notti luminose dell'estate non avranno mai fine? Oppure un giorno non ci saranno più? Dovresti saperlo, tu che misuri le profondità e calcoli distanze invisibili agli altri.»

«Non si può saperlo, si può solo crederci» le rispose.

«E tu, in cosa credi?»

«Che si finisce per impazzire, se si guarda il cielo troppo a lungo.»

Lei meditò su quella risposta. Alla fine disse: «A mio marito succedeva. Quando iniziava l'autunno diventava nervoso, era quasi impaurito. Di notte sentiva il bisogno di uscire, e io dovevo accompagnarlo tenendolo per mano. Non fu mai in grado di spiegarmi perché balbettasse quando sopraggiungeva il primo buio di agosto. Di solito non gli capitava, ma quando calava l'oscurità si metteva a fissare le stelle e balbettava. Diceva di non riuscire a comprenderlo, che era una cosa troppo grande per lui. Un marinaio di Håskö gli aveva raccontato, da ubriaco, che lo spazio era infinito, che non si potevano raggiungere le estremità del cielo e nemmeno le stelle, e che tutto si estendeva senza fine.»

«Non lo si può sapere» le rispose. «A guardare le stelle si ha sempre la sensazione di essere da soli, anche in compagnia di qualcun altro.»

«Riesci a vedere tua figlia, lassù? E tua moglie?»

«Sì, le vedo, ma non voglio parlare di loro.»

Sara Fredrika tacque, e lui pensò che presto tutto sarebbe finito.

Il fuoco si spense.

Nella luce del mattino proseguirono verso Slätbaken e l'imbocco del canale di Göta. Attraversarono lo stretto vicino a Stegeborg e approdarono con il vento a favore. All'imbocco del canale videro alcuni mercantili in attesa di oltrepassare la prima chiusa, poi risalirono il fiume e remarono fino alla banchina di Söderköping.

L'addio era stato breve. Sara Fredrika aveva davvero avuto l'impressione che le avesse raccontato la verità: che avrebbe portato a termine la missione andando a Stoccolma e consegnando i risultati ai suoi superiori, per poi tornare a Halsskär e portarla via.

Ormeggiarono vicino al Brunns Hotel. Visto che il livello dell'acqua era basso, Lars si arrampicò sulla banchina mentre lei rimase in barca.

«Torna a casa e sii prudente, ci vedremo presto.»

La salutò con la mano, augurandosi che gli credesse. Per sicurezza, non si voltò a salutarla una seconda volta.

144

Due giorni più tardi, Lars Tobiasson-Svartman fece ritorno a Stoccolma. Dalla stazione, si diresse subito a casa.

Kristina era sorpresa, ma felice, di vederlo. Sul mobiletto dell'ingresso, Lars trovò un avviso proveniente da Skeppsholmen con l'ordine di presentarsi al quartier generale della marina il prima possibile.

Il giorno seguente, sulla città cadeva una pioggerella sottile. Sul ponte di Skeppsholmen intravide un volto familiare. Era il capitano di fregata Rake: era dimagrito e molto pallido. Ebbe il sospetto che avesse qualche problema, che qualcosa lo tormentasse. Gli si avvicinò rapido e gli strinse la mano.

«Ho visto la carta nautica aggiornata con la nuova rotta di Sandsänkan» disse il capitano. «Ho anche sentito che, a breve, potremo percorrerla.»

«Si risparmia meno tempo di quanto avessi sperato» rispose Lars. «Una nave che viaggia alla velocità massima, diciamo intorno ai venti nodi, con il nuovo percorso guadagna cinquanta minuti. Contavo su un risultato migliore, ma il fondale marino non l'ha permesso.»

«Dunque, il fondale si comporta come gli uomini.»

«Naturalmente il rischio di incappare in mine e siluri è diminuito, e la nuova rotta consentirà anche alle nostre navi da guerra di pescaggio elevato di passare.»

La conversazione terminò. Quando si salutarono, Rake gli trattenne la mano.

«La mia memoria non smetterà mai di stupirmi» osservò il capitano. «In vita mia ho incontrato non so quanti marinai e ufficiali, ma il volto che ricordo meglio è quello del nostromo Rudin.»

«Quello che è morto di appendicite, giusto?»

«È un cruccio insensato, lo so, ma per un motivo o per l'altro ci penso sempre. Mi domando il perché.» Rake gli lasciò andare la mano e fece il saluto militare. «Parlo troppo» disse. «Ma almeno così evito di chiederle di cosa si sta occupando al momento, immagino che i suoi incarichi siano segreti anche questa volta.»

Lars Tobiasson-Svartman lo osservò sparire oltre il ponte. I suoi passi facevano oscillare alternativamente ora una ora l'altra falda del lungo cappotto.

145

Venne ricevuto subito. Si sorprese nel trovare solo due persone ad aspettarlo: il viceammiraglio H. Lydenfeldt e un funzionario dal volto smorto e le occhiaie profonde. Si accomodò sulla sedia che gli venne indicata e sentì una stretta allo stomaco.

«Capitano Svartman, è consapevole del motivo per cui si trova qui?»

«No, ma devo chiedere una proroga al mio congedo.»

«E perché mai?»

La domanda lo raggiunse come uno schiaffo in viso. Improvvisamente, non aveva più saliva in bocca.

«Non mi sono ancora ristabilito.»

Con un gesto impaziente, il viceammiraglio avvicinò la cartellina che aveva davanti a sé. «Ristabilito da cosa? La sola causa che lei ha addotto per ottenere il congedo era la sua stanchezza. Chi non è stanco? Maledizione, tutti lo sono. *Il mondo intero* è stanco. Il nostro stimatissimo ministro della Marina Boström, a volte, si addormenta nel bel mezzo dei nostri colloqui. Non per disinteresse, ma per stanchezza, come lui stesso dichiara.»

Lars Tobiasson-Svartman era pronto a spiegare le proprie ragioni, ma il viceammiraglio sollevò una mano.

«L'abbiamo convocata per un altro motivo. Ci risulta che durante il congedo lei abbia viaggiato. L'hanno vista nell'arcipelago di Östergötland. Ci sono pervenuti alcuni rapporti al riguardo e c'è qualcuno che si chiede se per caso non sia una spia tedesca o russa. E ci sono altri aspetti da chiarire in questa vicenda, uno in particolare. Lei ha sostenuto di avere riscontrato alcune imprecisioni nelle carte nautiche da lei stesso tracciate, ma questa è una menzogna. Non siamo ancora riusciti a fare chiarezza su questo punto, ma è evidente che lei non solo è coinvolto in una storia a dir poco equivoca, ma ha anche fatto dichiarazioni ambigue e prive di fondamento. Cos'ha da dire a questo proposito?»

Lars Tobiasson-Svartman aveva perso le parole. Non sapeva cosa rispondere, si sentì avvampare.

Il viceammiraglio proseguì: «Non credo che lei sia così stupido da fare la spia. Ma ha tradito la nostra fiducia, combinando un guaio dopo l'altro e dando prova di non essere una persona onesta. Visto che non è successo niente di irreparabile e che in fondo è un bravo batinauta – uno dei migliori al nostro servizio, a dire il vero –, le chiediamo soltanto di rassegnare le dimissioni. Se si rifiuta, dovremo licenziarla noi, adducendo gravi motivazioni. Ma se sarà lei ad andarsene, le potremo comunque fornire ottime referenze. È tutto chiaro?»

Il funzionario con le occhiaie si chinò in avanti. Aveva i denti gialli e i baffi unti. «Sono qui come rappresentante del ministro della Marina» disse con un tono che lasciava intendere che provava un sottile piacere nel tormentare i sottoposti. «Non ci sono alternative all'offerta del viceammiraglio.»

H. Lydenfeldt batté le mani sul tavolo. «Ha ventiquattr'ore di tempo per prendere una decisione. Potrà sembrarle una mossa inutile ed esagerata, ma con il disordine che regna attualmente nel mondo, anche la più piccola macchia sul vessillo della marina risulta inammissibile. Sono sicuro che capirà.» Prese l'orologio dal taschino e aggiunse: «Si presenti qui domani mattina alle dieci.»

Il colloquio era concluso.

Uscito dalla stanza, Lars Tobiasson-Svartman si appoggiò alla parete del corridoio per non cadere.

146

Prima di incamminarsi, si fermò sulla scalinata del quartier generale della marina a osservare alcuni passeri che beccavano sulla ghiaia del viale. Arrivato al ponte si fermò di nuovo.

Non aveva ancora superato lo shock, ma adesso riusciva a pensare con maggiore lucidità. Era convinto che ci fosse un'unica spiegazione possibile: l'ingegner Welander era risorto dal mondo dei morti, o per meglio dire, da quel limbo in cui era stato relegato dopo essersi in parte ripreso dalla crisi provocata dall'alcol.

Immaginava perfettamente com'erano andate le cose. Welander non era stato sollevato dall'incarico, anzi, era tornato in servizio, pur avendo ricevuto pesanti rimproveri per l'imprecisione con cui erano state effettuate le misurazioni nella zona di Sandsänkan.

Naturalmente Welander era rimasto allibito da quelle accuse e si era difeso, sostenendo di avere svolto il proprio lavoro in maniera inappuntabile fino al momento in cui era crollato. Aveva chiesto, perciò, di confrontare i risultati che Lars Tobiasson-Svartman gli aveva attribuito con i propri.

A quel punto era venuta a galla la verità: l'ingegner Welander non aveva commesso errori.

Lars riprese a camminare. A ogni passo si convinceva sempre più che il ponte che stava attraversando fosse una sottile lastra di ghiaccio. Poteva rompersi in qualunque momento.

147

Quella sera si sedette nella stanza più calda a parlare con Kristina della sua prossima missione. Riusciva a placare l'ansia che lo opprimeva solo raccontando di un viaggio che non avrebbe mai compiuto.

Non erano le bugie in sé a tranquillizzarlo. Era la calma con cui la moglie era solita accogliere le sue parole, grazie alla quale tutto diventava verosimile.

Le domande che gli poneva erano sempre le stesse. Dove sarebbe andato? Per quanto tempo sarebbe stato via? Correva pericoli?

«Il fatto che sia una missione segreta non implica dei rischi» le rispose. Poi, senza essersi preparato il discorso, iniziò a parlarle dei fari. Di quella luce che, proiettata da uno scoglio isolato o da una struttura galleggiante, aiutava le navi a orientarsi. Discorreva della bellezza della loro portata luminosa, dei giochi di luce creati dai segnali intermittenti rossi, verdi e bianchi. Improvvisava le fasi di una missione che non gli sarebbe mai stata assegnata.

«Devo misurare fino a che distanza è visibile il segnale luminoso in condizioni meteorologiche variabili» le spiegò. «Lo scopo è la creazione di una linea di difesa particolare intorno al paese, un sistema di fari che riesca a trarre in inganno i nemici.» Poi rimase in silenzio. «Ho già parlato troppo» concluse.

«E io mi sono già dimenticata tutto» gli rispose lei.

Gli sembrò di cogliere nella sua voce un accenno di inquietudine, lievissimo ma percepibile.

Misurare il raggio di luce dei fari. Aveva forse esagerato? Era una storia credibile? Forse Kristina nutriva per la prima volta un leggero sospetto?

Lei abbassò lo sguardo mentre si passava una mano sul ventre. «Quando parti?» gli chiese.

«Non è ancora stato stabilito, ma possono comunicarmi la data anche con un anticipo molto breve.»

«Voglio che tu sia a casa quando nasce il bambino.»

«Mi auguro che per quel giorno la missione sia conclusa, oppure che non sia ancora iniziata. In ogni caso, nel caso in cui mi vogliano far mettere in viaggio quando dovrai partorire, mi opporrò con fermezza.»

Lars si alzò e uscì sul balcone. Si stava chiedendo dove abitasse l'ingegner Welander.

148

Due giorni dopo l'aveva già scoperto: l'ingegner Welander abitava a Kungsholmen. A Skeppsholmen, dov'era andato per rassegnare le proprie dimissioni, era passato dall'ufficio del personale. Lì l'avevano informato che Welander, in quel momento, non era a bordo di nessuna nave.

La sua missione per i giorni successivi prevedeva che rimanesse appostato davanti alla casa dell'ingegnere. Ne passarono quattro prima che lo vedesse. Era uscito dal portone insieme a una donna e a una ragazza sui quattordici anni. Lars ricordava vagamente che aveva quattro figli, una femmina e tre maschi. Li seguì lungo Hantverkargatan. Nei pressi di Kungsholms Torg entrarono in un negozio di abbigliamento. Quando uscirono, la moglie e la figlia tenevano in mano diversi pacchetti.

Prima o poi Welander sarebbe stato solo. Allora avrebbe potuto affrontarlo. Lo guardò da lontano, il suo viso non era più pallido e gonfio. Aveva davvero deciso di liberarsi dall'alcol.

La moglie era piccola e magra, e gli si rivolgeva spesso con un sorriso affettuoso.

149

I giorni passavano. Lui aspettava, con la stessa pazienza di un predatore. L'occasione gli si presentò una sera, era trascorsa una settimana da quando aveva iniziato a tenerlo d'occhio. L'ingegner Welander uscì da solo sotto la pioggia, andava verso il centro. Camminava in fretta e a testa bassa, lo sguardo al marciapiede. A un certo punto svoltò in un vicolo che costeggiava il canale di Riddarholmen e che aveva l'aria abbandonata.

Lars Tobiasson-Svartman aveva coperto naso e bocca con una sciarpa. In tasca teneva un martello avvolto in un vecchio calzettone. Lo tirò fuori e seguì Welander nel vicolo. Ma non trovò il coraggio di colpirlo, e corse via. Per un attimo temette che l'ingegnere lo avesse visto e lo stesse inseguendo, ma non sentì alcun rumore di passi alle sue spalle. Allora infilò la sciarpa e il martello nella tasca del cappotto, sforzandosi poi di ritrovare un passo normale.

Arrivato a Wallingatan, si misurò i battiti. Erano accelerati. Decise di aspettare che scendessero a sessantacinque, prima di salire in casa.

150

Usciva di casa ogni mattina dicendo a Kristina di dover sbrigare alcune faccende riservate. In realtà passava le giornate nei musei e nei caffè. Con il tempo si perdonò per non essere riuscito a colpire Welander. Si teneva dentro una gran rabbia, che non sapeva come sfogare.

Le settimane passavano e la pancia di Kristina si ingrossava sempre più.

Quando ne ebbe abbastanza di vagare per musei e caffè, iniziò a fare lunghissime passeggiate. All'imbrunire gli venivano in mente i fari, quelli che non erano ancora stati oscurati per la guerra. Vedeva davanti a sé i segnali luminosi proiettati sul mare. Presto avrebbe iniziato a misurarli. Era arrivato il momento di partire.

Pensò a Sara Fredrika e a quell'isolotto in mare aperto.

Il mare è tranquillo, si disse. Per una volta, intorno a me, il mare è veramente tranquillo.

151

Una sera si accorse di essere finito per caso davanti al palazzo in cui abitava Ludwig Tacker. Era lì che, ogni anno, si svolgeva quell'odiosa tradizione del pranzo di Natale.

Si ricordò che il suocero aveva l'abitudine di fare una passeggiata una volta alla settimana, sempre di sera.

Molti anni prima, Ludwig Tacker aveva preso parte a un viaggio in un protettorato inglese dell'Africa centrale, governato da Cecil Rhodes. Da allora, non aveva mai smesso di raccontare alla propria famiglia di quella lunga spedizione che lo aveva portato fino alla lontana Lusaka. Era partito da Göteborg, facendo tappa a Hull prima di proseguire per Città del Capo. Da lì, con la ferrovia e a cavallo, aveva raggiunto i giacimenti di rame a Broken Hill. In vita sua, non aveva mai visto nulla di simile: i filoni affioravano in superficie, tanto che per estrarre il prezioso minerale bastava chinarsi.

Ludwig Tacker aveva fatto quel viaggio pensando di investire nell'industria mineraria. Rhodes, però, aveva denaro a sufficienza e non voleva altri soci nella sua miniera. Di conseguenza, tutto si era risolto in un nulla di fatto. Ma l'interesse del suocero per le estrazioni minerarie persisteva. Ecco perché una volta alla settimana incontrava alcuni amici che condividevano la stessa passione.

Si incontravano a casa di un consigliere comunale che abitava a Järntorget, a Gamla Stan.

Quella sera, rientrando a Wallingatan, Lars Tobiasson-Svartman seppe come avrebbe potuto sfogare la propria rabbia.

152

La settimana successiva seguì il suocero per le strade che lo portavano a casa del consigliere comunale. Non aveva ancora un piano preciso, ma voleva controllare il percorso.

Era una serata calda, e si nascose ad aspettare. Ci vollero quattro ore prima che Ludwig Tacker tornasse a casa, in compagnia di altri due uomini. Di tanto in tanto si fermavano perché qualcuno inciampava e allora scoppiavano a ridere, per poi riprendere a camminare, chiacchierando animatamente.

Quella notte, mentre sua moglie dormiva, si fermò nello studio a elaborare un piano. Sulla scrivania erano appoggiati il martello e la sciarpa. Lars era tranquillo, proprio come quando si preparava per una delle sue missioni.

Non si accorse neppure che la moglie si era avvicinata un paio di volte alla porta socchiusa per osservarlo.

153

Quella sera una bufera di vento si abbatté sulla città, accompagnata da qualche scroscio di pioggia.

Si era infilato in tasca la sciarpa e il martello avvolto nel calzettone. Quando Ludwig Tacker varcò il portone, accelerò il passo per non perderlo di vista. Gli avrebbe tagliato la strada nel punto più buio e deserto del tragitto. Si premette contro il muro di un palazzo. Il suocero gli passò così vicino da percepire l'odore del suo sigaro e il rumore del bastone che picchiettava ritmicamente sul selciato. Lars si legò la sciarpa intorno al viso e tirò fuori il martello. Sette, otto passi al massimo e lo avrebbe raggiunto.

Ludwig Tacker si voltò all'improvviso brandendo il bastone. «Chi è lei? Cosa vuole?» gridò.

Lars Tobiasson-Svartman fu sopraffatto dal terrore. Stava andando a fondo, colpire il suocero era l'unico modo per risalire in superficie. Ludwig Tacker urlò e si difese colpendolo a sua volta con il bastone e cercando al tempo stesso di levargli la sciarpa che gli nascondeva il viso. Era un uomo robusto, che si dimenava e strattonava con forza. Gli aveva quasi sfilato la sciarpa quando il martello gli piombò sul naso. Allora cadde a terra.

Lars scappò di corsa. Gettò il martello in acqua all'altezza di Nybroviken, dopo aver annodato la sciarpa al manico.

Per tutto il tempo ebbe paura che qualcuno lo afferrasse. Ma non arrivò nessuno, era solo con il proprio terrore.

Rimase a lungo davanti a casa, a Wallingatan. Non aveva mai provato uno spavento simile: Ludwig Tacker lo aveva quasi smascherato, rischiando di far crollare tutto.

Aprì il portone e salì le scale. Kristina dormiva. Ascoltò il respiro della moglie al di là della porta della camera.

Gli occhi senza vita delle statuette di porcellana brillavano alla luce dei lampioni.

Si sedette in salotto e sperò che Ludwig Tacker fosse morto.

154

La notizia dell'aggressione a Ludwig Tacker fece scalpore e apparve sui giornali. Tutti erano convinti che fosse stato aggredito da un folle.

Il suocero non morì. Il colpo subito gli aveva rotto il naso e parte della mascella. Inoltre, si era morsicato la lingua, procurandosi una ferita profonda. I medici che lo avevano in cura gli diagnosticarono anche una commozione cerebrale.

Era sera, Kristina era andata a far visita al padre. Seduto nello studio, Lars Tobiasson-Svartman stava esaminando un rapporto meteorologico, quando entrò sua moglie.

«Non voglio disturbarti» si scusò lei.

Posata la rivista, Lars le indicò il divanetto di fronte a una delle due finestre. Kristina era stanca e si accomodò.

«Non mi disturbi» le disse. «Perché dovresti?»

«Stavo pensando a quello che è successo.»

«Dobbiamo ritenerci fortunati che non sia rimasto ferito in modo molto più grave.»

Lei scosse la testa. «Perché una persona dovrebbe voler uccidere un uomo che nemmeno conosce?»

«È come in guerra.»

«Cosa intendi?»

«Non si uccidono uomini, ma nemici. E i nemici sono quasi sempre senza volto. Quell'uomo combatte una guerra segreta: tutti gli sono contro, nessuno è con lui.»

La moglie non gli fece altre domande prima di uscire dalla stanza. Lars Tobiasson-Svartman prese un giornale e iniziò a leggere. Era di lui che si parlava. Di quel folle ricercato dalla polizia.

Mi sento tranquillo, pensò. Non mi sta inseguendo nessuno, nessuno conosce la verità. L'uomo che è saltato fuori dal nulla quella notte è sparito nel nulla. Non tornerà più, rimarrà un mistero.

155

Il giorno dopo, Lars andò a trovare il suocero, che era a letto e riceveva solo poche visite. Per un attimo fu tentato di raccontargli chi si nascondeva sotto quella sciarpa.

«Mi dispiace per quello che è successo» disse invece. «La polizia sta cercando di rintracciare quel folle, speriamo che ci riescano. Grazie al cielo l'aggressione non è sfociata in una tragedia.»

Ludwig Tacker lo guardò senza dire una parola, poi con la mano gli fece segno di andare. Voleva essere lasciato in pace.

Lars Tobiasson-Svartman si sedette su una panchina a Humlegården.

Non sono io, pensò. Ci sono momenti in cui divento un'altra persona, forse mio padre, forse qualcuno che non riesco a immaginare. Sono alla ricerca di un fondale che non trovo, né in fondo al mare né dentro di me.

I pensieri scivolarono via. I bambini giocavano nel parco. Si sentiva la testa completamente vuota. Poi fu colto da un'incredibile stanchezza. La sensazione arrivò all'improvviso, come un banco di nebbia.

Quando si svegliò era pomeriggio inoltrato, così decise di rientrare in casa. La domestica lo stava aspettando con gli occhi lucidi. Kristina era stata portata in ospedale qualche ora prima, le doglie erano iniziate con largo anticipo.

La paura, si disse lui. La paura adesso ha il sopravvento anche su di me. Ho sperato che Ludwig Tacker morisse. Invece rischio di aver ucciso mio figlio.

156

Quella sera Kristina diede alla luce una bambina.

I medici non erano sicuri che la piccola sarebbe sopravvissuta. Nei giorni seguenti, Lars Tobiasson-Svartman non si allontanò mai da casa, lasciando che fosse la domestica ad andare e venire dall'ospedale.

Le giornate erano afose. Di notte, dopo che la domestica si addormentava sfinita, si aggirava nudo per le stanze. Seduto alla scrivania, buttava giù i suoi pensieri scoprendo, a poco a poco, di non averne. Intorno e dentro di lui c'era solo un grande vuoto.

Una notte che non riusciva a prendere sonno preparò i bagagli. Cercò di piegare i vestiti come faceva sua moglie.

Le statuette di porcellana se ne stavano mute sulle mensole. Restò in attesa.

157

Il 2 agosto ricevette una telefonata per conto del primario, il dottor Edman. Doveva correre in ospedale. Fu assalito dal panico. Gli vennero crampi allo stomaco talmente forti che lasciò l'appartamento piegato in due dal dolore.

Se la bambina era morta, la moglie gli avrebbe mosso contro pesanti accuse. Non si era fatto vedere, evitando di assumersi le proprie responsabilità. Oppure era successo qualcosa a lei? Le era venuta un'infezione? Non aveva idea di come stessero le cose. Sapeva solo di essere seduto in una vettura di piazza e di tremare da capo a piedi.

Ludwig Tacker, pensò all'improvviso. Ha capito che sono stato io a tendergli l'agguato? L'ha raccontato a Kristina?

Arrivato in ospedale, come prima cosa fu costretto a cercare un bagno. Poi bussò alla porta del primario, sentì un energico «Avanti» ed entrò. Il dottor Edman era alto e calvo. Gli indicò una sedia.

«Sembra molto spaventato.»

«Infatti lo sono. La sua chiamata mi ha davvero preoccupato.»

«Pensano tutti al peggio quando li preghiamo di venire qui. Ho raccomandato ai miei assistenti di evitare toni drammatici al telefono, ma c'è poco da fare: l'ospedale mette sempre paura. Comunque può stare tranquillo, sua figlia ce la farà. È forte e ha una gran voglia di vivere.»

Lars provò un sollievo indescrivibile. Una volta si era ferito a un braccio cadendo da una scala di corda e il medico di bordo gli aveva fatto un'iniezione di morfina perché il dolore era molto forte. Non aveva mai dimenticato la sensazione di benessere che gli si era diffusa in tutto il corpo appena la morfina aveva iniziato a fare effetto. Adesso provava la stessa cosa: era come se qualcuno gli avesse iniettato una droga nelle vene. I crampi allo stomaco erano spariti. Il dottor Edman, in piedi davanti a lui nel suo camice bianco, gli sembrava un salvatore.

«Devono restare entrambe in ospedale ancora per qualche giorno» continuò il primario. «Abbiamo sempre molto da imparare dai parti prematuri.»

Congedatosi dal medico, Lars si incamminò lungo il corridoio.

Non lo merito, si disse. Ma mia figlia vuole vivere, e forse la sua forza vitale è più grande della mia.

Andò ad ammirare il miracolo.

158

La sua prima impressione fu che assomigliasse a un fungo secco.

Ma è mia, pensò. È mia ed è viva.

Kristina era in una piccola stanza singola, il viso pallido e l'aria stanca. Lui si sedette sul bordo del letto e le prese una mano.

«È proprio una bella bambina» le disse. «Voglio che si chiami Laura.»

«L'avevamo già deciso» gli rispose lei, abbozzando un sorriso.

Non si fermò a lungo. Prima di andarsene, l'avvisò che sarebbe partito presto per la prossima missione. Avrebbe già dovuto essere in viaggio, ma aveva chiesto una proroga perché voleva sapere se la bambina sarebbe sopravvissuta.

«Ti sono grata per essere rimasto» gli disse Kristina.

«Va tutto bene, tornerò presto.»

Lars lasciò l'ospedale. Provava un piacevole senso di sollievo, come quando ci si immerge nell'acqua calda.

159

Quella notte girò nudo per l'appartamento.

Poco prima dell'alba, senza fare rumore aprì la porta della stanza in cui dormiva la domestica. Si era scoperta e giaceva nuda sul letto. Rimase a guardarla a lungo, poi se ne andò.

Al mattino, quando la domestica si svegliò, lui era già partito.

Parte nona
La traccia del disertore tedesco

160

Stava percorrendo un sentiero tortuoso lungo il fiume, coperto di ortiche e di felci. Erano già passati due giorni dalla sua fuga da Stoccolma, da Kristina e dalla bambina. Al mercato del pesce di Söderköping, aveva cercato qualcuno che l'aiutasse ad attraversare la baia di Slätbaken e a raggiungere Finnö. Due pescatori di Kättilö si offrirono di accompagnarlo in cambio di un po' di acquavite. Gli diedero appuntamento alla foce del fiume due giorni dopo, speravano di vendere prima tutto il loro pesce.

A lato del sentiero vide una radura che scendeva fino al fiume. Si sedette su un masso e chiuse gli occhi. Aveva camminato piano, senza sforzarsi troppo, ma faceva fatica a respirare; eppure, non aveva corso. Non gli capitava solo quando era in movimento, ma anche da seduto o mentre dormiva: i battiti acceleravano all'impazzata.

Prima di prendere il treno che lo avrebbe portato verso sud, aveva scritto una lettera a Kristina. Le spiegava che la sua partenza improvvisa era dovuta alla svolta inaspettata e carica di rischi che l'immane conflitto che infuriava aveva subito. Come sempre, ogni lettera con il minimo accenno alla missione che le avrebbe scritto doveva rimanere riservata; poteva diventare un pericolo per tutti e tre: per lei, per la bambina, e per lui stesso.

Seduto a un tavolo nella sala ristorante della stazione

centrale riservata alla prima classe, mentre scriveva il nome "Laura" gli tremava la mano. Non riuscì a dominarsi e scoppiò a piangere. Una cameriera lo guardò sorpresa, senza dirgli nulla. Lars si ricompose e cominciò a dar vita alla missione di cui era stato incaricato con urgenza.

La guerra è sempre più vicina ai nostri confini. Il popolo non deve ancora sapere nulla, ma i militari come me ne sono al corrente. La difesa dei nostri confini va rafforzata. Dovrò imbarcarmi su navi diverse, mi sposterò di continuo. Navigherò dal Baltico settentrionale a quello meridionale, e poi anche a occidente lungo le coste dell'Halland e del Bohuslän. Le mie lettere non viaggeranno con la posta militare di Malmö, saranno spedite da basi speciali della marina situate lungo la costa orientale. Non dovrai mai rivelare niente di quanto ti scriverò, a nessuno. Rischierei ritorsioni, perfino il licenziamento. Ti farò avere presto altre notizie.

Spedì la lettera alla stazione, comprò un biglietto per Norrköping e lasciò la città. Appena prima di Södertälje, il treno attraversò un bosco in fiamme. Il fumo al di là dei finestrini era come una nebbia fitta.

È quello che sto cercando, pensò. Una nebbia nella quale remare, la stessa di quando sono approdato sull'isola e ho incontrato Sara Fredrika per la prima volta.

Raggiunse Söderköping, dove trascorse la notte in un albergo vicino al canale. Senza essere consapevole delle ragioni che lo avevano spinto, si registrò sotto falso nome: era Ludwig Tacker. Non aggiunse alcun titolo e come indirizzo indicò Humlegårdsgatan.

La notte era afosa, dormì sopra le lenzuola.

Nessuno sa dove sono, pensò. Per ora sono al sicuro. E quando scopriranno che sono stato qui avrò già fatto sparire le mie tracce.

All'alba fece una passeggiata lungo il canale, fino in cima alla collina di Ramunderberget. Poi ritornò in albergo e, bevendo un caffè, scrisse un'altra lettera alla moglie. Le assicurò di essere felice per la nascita della bambina, ma di avere anche piena coscienza dei propri doveri.

Era una lettera breve. Sigillò la busta e lasciò l'albergo.

La giornata era calda. Prima di prendere il sentiero che costeggiava il fiume, provò un'inattesa sensazione di tranquillità.

161

Seduto su un masso a riflettere, si chiese se avrebbe dovuto prolungare la missione più del previsto. Il sentiero lungo il fiume, l'aria calda e umida, l'odore di terra e di fango fecero volare i suoi pensieri verso altri continenti. L'Africa, l'Asia. Un corriere avrebbe portato le sue lettere in Svezia. Kristina si sarebbe preoccupata per i pericoli di quei luoghi lontani: le malattie, gli insetti, i serpenti. Ma la distanza avrebbe ingigantito i segreti che doveva custodire. Lei non ne avrebbe parlato con nessuno, neanche con suo padre. Oltretutto, non sapeva niente di navi da guerra. Se lui le avesse raccontato di una nave in grado di raggiungere l'inconcepibile velocità di ottanta nodi, lei non l'avrebbe messo in discussione.

Kristina non metteva mai in discussione nemmeno i suoi segreti.

Rimase seduto su quel masso a fantasticare su missioni in paesi lontani. Fece un calcolo che non si era mai azzardato a fare prima. Quanto lontano dalla realtà poteva spingersi con l'immaginazione senza che tutto si disintegrasse?

Naturalmente a quella domanda non sapeva dare una risposta. Immaginò di trasformare il batimetro in una campana subacquea con cui immergersi e raggiungere il fondale marino. Quanta pressione dell'acqua avrebbe retto prima di dover risalire in superficie e tornare alla realtà?

Era già pomeriggio inoltrato quando si alzò e riprese a camminare verso la foce del fiume. Con la mente, percorreva il sentiero brumoso di una foresta tropicale sconosciuta.

162

La barca era simile a quella di Sara Fredrika, con la vela rattoppata. I due pescatori, ubriachi fradici, dormivano accovacciati tra le tinozze e le ceste vuote. Li svegliò alle sei. Il più grande dei due, che si chiamava Elis, gli chiese se si fosse ricordato di portare l'acquavite. Gli mostrò le bottiglie ma disse che non gliele avrebbe date finché non fossero stati a sud di Finntarmen. Anzi, finché non fossero arrivati a destinazione.

«Ma arrivati a quale destinazione?»

Era stato Gösta a chiederlo, il più giovane.

«Per ora non posso rivelarvi niente, è una missione militare» rispose. «Devo farmi trovare su un'isola dove verrò recuperato da una nave della marina.»

«Che isola?» domandò Gösta.

«Ve la indicherò quando ci saremo vicini.»

Pur avendo iniziato a smaltire la sbornia, i due pescatori borbottavano di voler aspettare fino al giorno dopo, prima di lasciare la foce del fiume. Ma Lars Tobiasson-Svartman, che non aveva tempo da perdere, li costrinse a mettersi subito in viaggio. Grazie al vento, prima del buio sarebbero già stati lontani dalla baia di Slätbaken. Gösta si sedette alla barra del timone, mentre Elis si occupava della vela, bestemmiando ogni volta che manovrava la scotta.

Lui si rannicchiò a prua, sistemandosi la custodia del

batimetro tra le gambe. Dal mare saliva un odore acre, simile a quello che si sentiva a bordo della Blenda.

Approdarono a una piccola insenatura appena oltre la baia di Slätbaken. Su un isolotto lì vicino aveva trascorso una notte con Sara Fredrika.

All'improvviso fu assalito da un terribile senso di colpa. Ebbe la sensazione di non aver mai viaggiato nell'arcipelago di Östergötland, ma di essersi immerso nel profondo di se stesso. Faceva fatica a respirare. Fu solo quando il fuoco si spense e i due pescatori si addormentarono che sentì il panico attenuarsi lentamente.

Guardò i due ragazzi che russavano. Li invidio, pensò. Ma la distanza che separa la loro vita dalla mia non potrà mai essere colmata.

163

Si trovavano tra Rökholmen e Lilla Getskär quando Gösta gli chiese di nuovo in che punto sarebbe sbarcato. La barca avanzava spedita, spinta dal vento fresco della notte.

«A Halsskär» rispose Lars.

I due lo guardarono stupiti. «Quella roccia in mezzo al mare? Vicino al faro e agli scogli delle foche?»

«C'è un'altra Halsskär a sud di Västervik, e una anche nelle vicinanze di Hernösand. Ma non è là che dovete portarmi.»

«E cosa ci vai a fare in quello stramaledetto posto nel nulla? Ci vive una pazza... È lei che devi incontrare?»

«Non avevo idea che quell'isola fosse abitata. Eseguo solo degli ordini. È lì che mi verranno a prendere.»

I pescatori sembravano divertiti.

«Dicono che tutti i cacciatori di frodo finlandesi che passano da quelle parti le danno un colpetto all'andata, e uno pure al ritorno» raccontò Elis.

Lars si sentì gelare il sangue nelle vene. Li avrebbe uccisi, ma voleva sapere di più sulle voci che circolavano. «C'è una puttana sull'isola? E come ci è finita?»

«Suo marito è annegato» disse Gösta. «Comunque sì, è una puttana. Di cosa potrebbe vivere altrimenti? L'ho vista, è proprio una lurida strega. Bisogna essere davvero disperati per andare a letto con una come quella.»

«Ma ce l'ha un nome?»

«Sara, anche se qualcuno la chiama Fredrika.»

I due ragazzi tacquero. La barca era veloce. Lars ora riconosceva le isole, il ghiaccio che le circondava era ormai un ricordo lontano.

Immaginò di uccidere quei due farabutti e di lasciarli andare a fondo.

Nel tardo pomeriggio fecero rotta verso la baia dove era ormeggiata la barca di Sara Fredrika. Diede a Elis due litri di acquavite e saltò a terra.

«Se qualcuno ve lo chiede, voi non avete mai trasportato nessuno.»

«E chi dovrebbe chiedercelo?» ribatté Gösta. «A chi interessa se due pescatori danno un passaggio a uno sconosciuto con la loro maledetta barca?»

«In ogni caso, non dovete dire niente. È in corso una guerra, e quello che sto facendo è segreto. Una sola parola sul mio sbarco qui e potreste ritrovarvi dietro le sbarre per il resto della vita.»

Li osservò mentre si allontanavano verso sud. Si erano messi a discutere animatamente. Lars era convinto che non avrebbero raccontato a nessuno di lui. Li aveva spaventati a sufficienza.

Vide le reti, il vivaio, gli attrezzi e i pesi. La barca era ormeggiata. Se il livello dell'acqua era alto non c'era bisogno di tirarla a riva. Poi guardò il sentiero. La scarpata e le rocce erano coperte di erbe rampicanti.

Cercò di costruire una stanza intorno a sé, ma i muri non volevano innalzarsi.

164

La prima cosa che vide fuori dalla casa fu un gatto. Lo scrutava attentamente. Gli sembrò lo stesso che aveva ucciso in preda alla rabbia.

Disprezzava chi credeva nel soprannaturale. L'essere umano si era sempre dato da fare per rendere le divinità superflue, era un calcolatore: forse un giorno si sarebbero potuti misurare il tempo e lo spazio con scale di grandezza ancora sconosciute. Cos'era il soprannaturale se non un retaggio dell'infanzia, della paura delle ombre e del buio che restava dentro di noi? Riusciva sempre a controllarsi, ma adesso il gatto lo aveva spaventato.

Il gatto sparì appena lui si mosse per raggiungere la finestra.

Sara Fredrika dormiva sulla branda. Lars vide il suo ventre enorme. Probabilmente lei aveva sentito qualche movimento all'esterno, perché girò il viso verso la finestra, gridò di gioia e corse fuori. Lui la abbracciò. Era sudata e il suo corpo era caldo.

Scacciò subito ogni pensiero che riguardava Kristina e Laura.

Finalmente era riuscito a innalzare un muro. Al di fuori di Halsskär non c'era più nulla, nulla che non fosse in grado di controllare. Adesso teneva strette in mano tutte le distanze.

«Come sei arrivato?» gli chiese Sara Fredrika. «Non mi sono accorta di niente. Neanche un presagio del tuo arrivo.»

«Mi hanno portato due pescatori di Loftahammar. O almeno così si sono presentati.»

«Da dove sono partiti?»

«Da Norrköping.»

«E come li hai trovati?»

«Al porto. Avevano comprato una barca, o l'avevano scambiata con del pesce... Non ho capito bene. Sono stato fortunato, altrimenti avrei dovuto proseguire fino a Söderköping.»

I due pescatori non possono smentirmi, pensò. Cammino sull'acqua senza lasciare tracce.

«Hai un gatto nuovo» le disse.

«Me l'ha portato Helge. Non gliel'ho chiesto io, ma lui non aveva mai visto quello che avevo. Mi tiene compagnia, ma sente la mancanza dei topi. Qui sull'isola non ce ne sono. E ha paura dei serpenti.»

Entrarono in casa. Era tutto come prima. Lars pensò che, da quando se n'era andato, lì non era passato più nessuno. Eppure provò una strana sensazione: gli venne il sospetto che, nonostante tutto, qualcosa durante la sua assenza fosse cambiato. Ci volle qualche istante prima che ne avesse la conferma.

Gli occhi di Sara Fredrika non erano più gli stessi. Lei lo guardava in modo diverso.

Era successo qualcosa.

165

Quella sera glielo chiese. Era scoppiato un temporale e i tuoni erano così forti da far tremare le pareti. Sara Fredrika era stesa sulla branda, aveva un forte mal di schiena.

«Non è successo niente» gli rispose. «Sono stata qui con il gatto ad aspettarti, nient'altro.»

La ascoltò con attenzione, cogliendo una nuova intonazione nella sua voce. Era successo qualcosa, ma che cosa? Meglio non chiederle altro, per ora.

Quella notte ebbe l'impressione che lei si tenesse a distanza. Un atteggiamento appena percettibile, eppure Lars se ne accorse. Sembrava sospettosa, indecisa. Lars si spaventò. Magari aveva scoperto che era sposato e che sua moglie e sua figlia non erano precipitate in un burrone. Si alzò con cautela, ma lei si svegliò lo stesso.

«Dove vai?»

«Fuori.»

«Mi fa male la schiena.»

«Torna a dormire, è appena l'alba.»

«Come farò a partorire qui?»

«Andrò a chiamare qualcuno, quando sarà il momento.»

Il temporale era passato. Sull'erba bagnata tra le rocce scorrevano rivoli d'acqua. Da un buco sotto un muro della casa sbucò il gatto, che lo seguì fino alla baia. Lui infilò una mano nel vivaio e ne prese una piccola limanda, che gli gettò.

Sara Fredrika poteva aver scoperto qualcosa su di lui? Cercò di ricordare tutto quello che era accaduto dal loro primo incontro, ma non trovò nulla che avrebbe potuto insospettirla. Arrivò a pensare che il disertore fosse tornato a galla o che si fosse impigliato in una delle sue reti. No, quel cadavere non poteva essere riaffiorato, lo aveva legato a un sasso. E le reti di Sara Fredrika non pescavano così in profondità.

Fece il giro dell'isola insieme al gatto. Le nuvole del temporale erano sparite. Salì sul punto più alto di Halsskär, d'un tratto gli tornò in mente il sottotenente Jakobsson che urinava sul ponte della nave.

Ricordi lontani, pensò. Come sogni.

Chissà se era possibile calare il batimetro nelle tenebre che stanno sotto la superficie dei sogni.

All'orizzonte scorse un'imbarcazione in rotta verso nord. Non aveva con sé il cannocchiale e non capì se fosse una nave da guerra.

Il gatto se n'era andato.

Continuava a non capire cos'era successo.

166

Il caldo non dava tregua. Sara Fredrika faceva fatica a muoversi, continuava ad avere male alla schiena e si lamentava di non trovare un posto fresco. Lui pescava e si occupava di tutto. Provava un senso di pace nel sistemare le reti, pulire il pesce e andare a prendere l'acqua. I muri che si era costruito intorno erano solidi, anche se di tanto in tanto nella sua mente apparivano Kristina e la bambina. Sapeva che lui aveva rinnegato la sua esistenza per un'altra donna? Non poteva averlo scoperto.

A metà agosto, una mattina presto, mentre andava a Jungfrugrunden per raccogliere le reti, smise di remare. Il vento era molto debole, increspava il mare in piccole onde. Si rese conto di trovarsi nei pressi del punto in cui giacevano i resti dei due marinai tedeschi. Lì avrebbe potuto legarsi addosso un peso con la gomena a poppa e farla finita gettandosi dalla barca.

Era forse quella l'unica profondità irraggiungibile che avrebbe potuto trovare? Affondare verso la morte, ignaro di quello che sarebbe successo quando i polmoni si fossero riempiti d'acqua.

Riprese a remare.

La rete che issò a bordo era piena. Qualsiasi pensiero sulla morte era svanito.

Sara Fredrika lo raggiunse sulla spiaggia per aiutarlo a pulire il pesce. Si muoveva a fatica e faceva smorfie per il dolore alla schiena.

Non si parlarono molto.

167

Il giorno dopo ripulì il batimetro e cominciò a misurare i fondali intorno a Halsskär. Annotava la misura su un taccuino e tornava subito a immergere lo scandaglio.

Gli sembrava di sentire due voci, un dialogo senza fine tra il mare e la terra. Ogni onda portava con sé i frammenti di un racconto a cui prendeva parte ogni singolo scoglio.

Appoggiò il batimetro sul fondo della barca. Non aveva mai pensato che tra il mare e la terra fosse in corso una disputa ininterrotta. Ma si rese conto di essersi sbagliato: non era una disputa, bensì un abbraccio in cui non era mai venuto meno il desiderio.

Una fiducia che si rinnova costantemente, pensò. La terra continua ad alzarsi in maniera impercettibile, le rocce e il mare si sostengono a vicenda.

Voltò le spalle a Halsskär e guardò il mare aperto. L'orizzonte era deserto.

Ebbe l'impressione che mancasse qualcosa. Era sparito qualcosa che prima c'era.

168

Lei lo aspettava seduta fuori dalla porta di casa.
Aveva gli occhi lucidi.
Lars si fermò, non voleva avvicinarsi troppo.
Gli gettò ai piedi due pezzi di legno. Lui non capì subito cosa fossero, poi vide il pezzo di corda che li univa.
I suoi pungoli da ghiaccio, quelli con cui aveva trafitto gli occhi del disertore. Si sentì gelare il sangue. Era sicuro di averglieli infilati in tasca prima di gettare il sasso in acqua e veder sparire il corpo sotto il ghiaccio.
La guardò. C'era dell'altro? Era solo l'inizio?
«Cosa sono quelle macchie?»
«Non capisco di cosa parli.»
«Sono tuoi, vero?»
«Certo che sono miei, ma non li trovavo più. Non sapevo più dove fossero finiti.»
«Raccoglili!»
Si chinò. Sul legno chiaro c'erano macchie di un colore più scuro, una sostanza rappresa. Sembrava ruggine.
Sangue, senza ombra di dubbio, disse tra sé. Il sangue del disertore.
«Continuo a non capire.»
«Quello è sangue.»
«Può trattarsi di qualunque cosa, perché dovrebbe essere proprio sangue?»

«Perché lo riconosco. Una volta mio marito si ferì con un coltello. Il taglio era talmente profondo che sembrava che il sangue non si sarebbe mai fermato. Non lo dimenticherò mai. Queste macchie sul legno sono identiche, lo stesso colore.» Le veniva da piangere, ma si trattenne. «Li ho trovati sulla spiaggia l'ultima volta che ho fatto il giro dell'isola, prima di diventare troppo pesante per camminare sulle rocce. Non sarei dovuta uscire nemmeno quel giorno.»

«Devo averli persi.»

Lo stava fissando. In quel momento, capì di avere intuito nello sguardo e nella voce di lei il timore di una menzogna, di qualcosa che le aveva sempre tenuto nascosto.

«Avevo visto che li portavi con te quando andavi a camminare sul ghiaccio, ma un giorno erano spariti. E poi li ho ritrovati sporchi di sangue.»

Il coperchio che chiudeva l'abisso si stava assottigliando. Cercò di evitare che venisse spostato.

«Cos'è successo il giorno in cui è morto?» continuò lei. «Non l'ho mai capito, non ho mai creduto che si fosse buttato in acqua, né che avesse ucciso il gatto.»

«Perché avrei dovuto mentirti?»

«Dovresti dirmelo tu.»

«Credi che lo abbia ucciso? È questo che pensi?»

Lei si alzò a fatica. «Non sto dicendo che tu stia mentendo. Né che mi stai nascondendo qualcosa. Ho solo trovato questi pungoli, e sono sporchi di sangue.»

«Volevo risparmiarti una parte di verità: li ha usati per uccidere il gatto e io li ho trovati sulla banchisa.» Rimase in silenzio. «Hai pensato che ti avessi raccontato una bugia?» proseguì. «Secondo te sarei capace di fare una cosa simile? Non capisci che l'idea di perderti mi terrorizza?»

Si sorprese a pensare che era proprio di quello che aveva paura.

Lei lo guardò a lungo, ma alla fine decise di credergli.
C'era mancato poco che il coperchio sopra l'abisso non venisse spazzato via.

169

Quella notte si sentì tranquillo. Tutte le distanze avevano perso significato. Aveva ripreso il controllo su di sé e su Sara Fredrika, trovando una spiegazione per i pungoli da ghiaccio. L'inquietudine che lo aveva assalito era svanita.

A letto parlarono del figlio e di quello che sarebbe successo nei mesi successivi.

«Chi ti assisterà al momento del parto?» le chiese.

«Conosco una levatrice. Si chiama Wester e vive a Kråkmarö. Sa che aspetto un bambino, ma dovrai andare a prenderla con la barca.»

A Sara Fredrika, però, interessava soprattutto il loro futuro lontano dall'isola. Non poteva immaginare di vivere con il piccolino a Halsskär. L'isola sarebbe stata il luogo in cui sarebbe nato, non dove sarebbe cresciuto.

Lars aveva elaborato un piano fantasioso sulla loro partenza per l'America. Le spiegò che le navi da guerra che sorvegliavano le coste occidentali dell'Europa rappresentavano una minaccia. Ma grazie alle sue conoscenze, si sarebbero imbarcati su una cannoniera svedese diretta in Islanda. Era tutto pronto. Mancava solo la data di partenza. Dovevano avere pazienza ed essere pronti a lasciare l'isola con poco preavviso.

«Quindi dobbiamo aspettare che vengano a prenderci qui?»

«È la stessa nave con la quale sono arrivato la prima volta.»

Le sue risposte la rassicuravano. Sto prendendo tempo, pensò lui. Sto allungando la distanza che mi separa dal momento in cui dovrò prendere la decisione definitiva.

Le posò una mano sul ventre e sentì il bambino che si muoveva. Gli parve che quella mano fosse adagiata su un fondale sabbioso dove nuotava una sogliola. Il piccolo scalciava, quasi volesse scappare.

È così anche per i bambini? Anche loro vogliono sfuggire all'inevitabile?

Continuava a tenerle la mano sul ventre. La sogliola gli si muoveva sotto il palmo.

Una notte lei lo svegliò.
«Sento qualcuno gridare» gli disse.
Lars si mise in ascolto. Non c'era vento, tutto era calmo.
«Non sento niente.»
«C'è qualcuno che grida, forse un uomo.»
Si infilò i pantaloni e uscì. La terra sotto i suoi piedi era fredda. In quel momento udì un urlo in lontananza. Arrivava dal mare.
Sara Fredrika si era alzata dal letto e lo aveva raggiunto sulla soglia di casa. Nella luce della notte il suo viso era bianco.
«Lo senti?»
«Sì.»
Rimasero in ascolto. Eccolo, un'altra volta. Non capiva se fosse un uccello o un essere umano. Anche gli uccelli potevano trovarsi in pericolo – gli venne in mente quello imprigionato nel ghiaccio l'inverno precedente. Aveva le ali congelate, pensò. Per volare dobbiamo spiegare le ali. Ma a un certo punto non ne siamo più capaci.
Udirono di nuovo quel grido. Lars salì sul promontorio, voleva capire da dove arrivasse. Probabilmente da sud-ovest, sembrava umano. Stava per scendere e prendere la barca, ma adesso l'urlo non si sentiva più. Rimase in attesa. Il mare era piatto.

Tornò in casa. Sara Fredrika tremava dal freddo, gli si strinse contro. Lui le cinse le spalle. Rimasero svegli fino all'alba a chiedersi chi o cosa fosse stato, se un uomo o un uccello.

Al mattino presto, Lars tornò sul promontorio e scrutò il mare con il cannocchiale. Non vide niente. Le onde si infrangevano piano sugli scogli.

Pensò al mare come a una donna anziana seduta su una sedia a dondolo.

171

Da nord-est arrivò una burrasca che fece abbassare la temperatura in tutto l'arcipelago, poi tornò la bonaccia. Sara Fredrika faceva sempre più fatica a muoversi e continuava a lamentarsi per il dolore alla schiena.

Lui pescava e immaginava di essere il padrone di Halsskär. Pensava di rado alla moglie e alla bambina. Nella sua mente c'era un gigantesco vuoto.

Talvolta gli capitava di sussultare. Era perché accanto a lui comparivano Kristina e Ludwig Tacker.

Una mattina, scendendo alla baia sentì delle voci, e si mise a seguirle. Si rannicchiò dietro uno scoglio e scorse una barca a vela in mogano ancorata oltre la stretta lingua di terra a sud-ovest dell'isola. Due piccole barche a remi si stavano avvicinando alla spiaggia. A bordo c'erano donne che indossavano abiti estivi bianchi e grandi cappelli. Gli uomini, in giacca blu, remavano. Intravide delle bottiglie e sentì le donne ridere. A poppa di una delle barche, un signore che portava un berretto sportivo con la visiera all'indietro teneva davanti al viso uno strumento simile a una macchina fotografica.

Lars corse a casa a raccontare tutto a Sara Fredrika.

«Sembrerebbero dei villeggianti» le spiegò. «Ma cosa vengono a fare qui? Credevo che frequentassero solo le isole intorno a Stoccolma, o le stazioni balneari sulla costa occidentale. E poi è tardi, è quasi autunno.»

«Una volta ho sentito dire che un tale era arrivato qui da Söderköping a bordo di una barca che si chiamava Tjust, e aveva con sé un pianoforte» gli raccontò lei. «Era l'inizio di maggio, e quell'uomo si era portato il piano da Stoccolma! I marinai erano miracolosamente riusciti a issarlo a bordo e a legarlo a prua. Si era fermato su un isolotto dov'era rimasto a suonare e a ubriacarsi fino a settembre. Poi era tornato a casa.»

«Le persone che ho visto io non hanno un pianoforte.»

«Allora cosa ci fanno qui, sulla mia isola?»

«Non è la tua isola... E a quelli non importa nulla se qualcuno vuole impedirgli di sbarcare.»

Sara Fredrika avrebbe voluto protestare, ma lui la interruppe.

«Si chiederanno chi sono» continuò. «Non devono vedermi. Ho ricevuto istruzioni di non rivelare assolutamente la mia identità.»

«Penseranno che tu sia mio marito. Del resto, la gente giudica in base a ciò che vede. Mettiti i vestiti di mio marito.»

Lars aveva pensato la stessa cosa. Lei tirò fuori gli indumenti da una cassapanca, puzzavano di muffa e di salsedine.

«Sembra che tu li abbia ereditati» osservò. «Sei più alto di lui, ma meno robusto.»

«Li prendo solo in prestito» le rispose. «Quando lasceremo Halsskär li brucerò.»

«Voglio vedere quella gente.»

«Non puoi salire sugli scogli.»

«Se sono a ovest, le rocce sono piatte e riesco a camminarci sopra. Voglio vedere i cappelli delle signore» gli disse.

Quando arrivarono sul promontorio, la comitiva era già sbarcata. Si accovacciarono al riparo degli scogli. Lars ci mise un po' per capire che stavano girando un film. Quelle immagini luminose e in movimento proiettate su un telo bianco erano l'ultima novità, in fatto di invenzioni. Stava cercando di spiegarlo a Sara Fredrika sottovoce, ma lei non lo ascoltava.

Il regista aveva appoggiato la macchina da presa su un treppiede. Le signore in abiti bianchi correvano sulla spiaggia, quando un uomo con dei baffi incredibili e il viso imbellettato sbucò da dietro una roccia e si mise a inseguirle.

Sara Fredrika gli prese un braccio, conficcandogli le unghie nella pelle. «Ha la coda» esclamò. «Gli esce dai pantaloni.»

Aveva ragione. L'uomo con gli occhi truccati di nero aveva una coda finta. Le donne si misero a gridare, supplicando pietà, con le mani giunte e lo sguardo implorante. Il regista girava febbrilmente una manovella, mentre le signore urlavano senza emettere alcun suono. Sara Fredrika si alzò. Le sue grida assomigliavano a una sirena da nebbia. Strillava e tirava sassi contro l'uomo con la coda.

Lars cercò di fermarla. «È tutto finto» la rassicurò, sfilandole di mano un sasso e scuotendola. «Non fa sul serio, è una messinscena. Nessuno si farà del male.»

Sara Fredrika si calmò. Il regista aveva smesso di girare la manovella e si era sistemato il berretto nel verso giusto. Le signore guardarono meravigliate quelle due persone spuntate da dietro gli scogli. La coda che l'uomo teneva in mano era l'estremità di una corda. In mare si intravide un bagliore: forse qualcuno li stava guardando dalla barca a vela con un cannocchiale.

Lars disse a Sara Fredrika di aspettarlo e raggiunse gli attori. Le donne erano giovani e bellissime, gli parve anche di riconoscere l'uomo con la coda. Gli porse la mano per presentarsi e si ricordò di averlo visto al Dramaten di Stoccolma. Si chiamava Valfrid Mertsgren, recitava in *Matrimonio a Ulfåsa*.

Mertsgren non accettò la mano e lo guardò irritato. «Lei chi è?» gli chiese. «Ci avevano detto che quest'isola era disabitata, doveva esserci solo una vecchia catapecchia che avremmo potuto usare per le riprese.»

«Abito qui insieme a mia moglie.»

«Come diavolo si fa ad abitare qui? Di cosa vivete?»

«Di pesca.»

«Non di rapine?»

«Se qualcuno capita da queste parti e ha bisogno di aiuto, gli diamo una mano. Non rapiniamo nessuno.»

«Tutti rubano» ribatté Mertsgren. «L'essere umano è avido. Forse non ruberebbe il cuore del suo prossimo, se potesse?»

Il gruppetto si era avvicinato.

«Davvero abitate qui?» volle sapere una delle due donne. «Come fate in inverno?»

«Ovunque c'è il mare, si ha da vivere.»

«Perché non mettiamo nelle riprese anche lui e quella donna così grassa?» propose l'altra con una risatina stridula.

«Non è grassa» replicò Lars, che sentiva montare la rabbia. «È incinta.»

«Niente da fare» disse Mertsgren. «Questa è un'avventura romantica, dove momenti di puro idillio si alternano a scene drammatiche. Non se ne parla nemmeno di infilarci una strega gonfia come un pallone.»

Lars stava per colpirlo, ma riuscì a dominarsi e parlò con calma, senza rivelare cosa provava. «Perché girate un film a Halsskär?» gli chiese in tono amichevole. «Perché proprio qui?»

«Bella domanda» rispose Mertsgren. «Non lo so neanch'io. Sulla barca c'è un mastino che si chiama Hultman» proseguì bisbigliando. «È un ricco commerciante, un uomo d'affari. Ha deciso di investire in questo film assurdo a cui stiamo lavorando. Forse non sa dove buttare tutti i soldi che ha guadagnato con i chiodi e gli esplosivi. Sa come si chiama quella barca?»

Lars lesse la scritta sulla prua e, sorpreso, vide che si

chiamava Goeben, lo stesso nome dell'incrociatore di cui teneva una foto sulla scrivania, quello che non aveva mai visto nella realtà, e che ancora ammirava.

Una barca a vela e una nave da guerra con lo stesso nome, rifletté. Signore vestite di bianco con grandi cappelli e marinai in fin di vita imprigionati tra le fiamme. La guerra e un uomo che guadagna un sacco di soldi.

«Ho capito» disse.

«Ha capito cosa?» chiese Mertsgren.

«Che Hultman ama la guerra e la morte.»

«Non so se ama la guerra. Ma di sicuro ama spiare le bagnanti con il cannocchiale. Si tiene alla distanza giusta per non essere visto, in modo che nessuno sappia che è lì. Poi punta il cannocchiale sulle signore... o su alcune parti del loro corpo.»

«Ma ama la guerra e la morte per il bene dei suoi chiodi.»

«Comunque sia, non c'è dubbio che ami i tedeschi. Sostiene che sono come i suoi chiodi: dritti, inflessibili e tutti uguali. Gli piace il loro ordine e spera che il Kaiser vinca la guerra. Maledice la Svezia, che se ne sta nascosta dietro i suoi fari spenti con il becco chiuso. Ma per girare questa idiozia mentre lui rimane sulla sua barca a spiare le signore con il cannocchiale, paga bene.»

Mertsgren si chinò in avanti e gli sussurrò in un orecchio: «E poi va pazzo per le battute erotiche e i doppi sensi. Per le porcherie, in poche parole. A lei che è pescatore, per esempio, direbbe che il suo è un lavoro sicuro perché il pesce piace sempre.»

Guardò la coda che teneva in mano. «Con tutti i ruoli umilianti che ho dovuto interpretare in vita mia, almeno non sono mai stato costretto a portare una coda. Perlomeno fino a oggi. Amleto non ce l'ha, re Lear neanche, e neppure il malato immaginario. Ma cosa non si farebbe per mille corone? È la somma che mi paga a settimana, oltre a offrirmi pasti luculliani e alcol a volontà.»

Agitò una mano in direzione di Sara Fredrika. «Capisco che si sia agitata» continuò. «Me la saluti e le chieda scusa da parte mia. Vi lasceremo in pace. Dirò a Hultman che l'isola è abitata.»

Mertsgren prese le due donne sottobraccio e andò verso la barca a remi. Il regista cominciò a fissare le cinghie di cuoio intorno al treppiede. Lars fissò la macchina da presa e l'altro gli fece un cenno con la testa.

«Un miracolo, ce la invidiano perfino i preti» disse mentre si caricava tutto in spalla. «Non si chiede a cosa mi riferisco?»

«Certo che me lo chiedo.»

«Tengo tra le mani il mistero della vita. Girando una manovella, decido quando far muovere le persone. Con la macchina da presa sveliamo segreti che l'occhio non riesce a cogliere. Un cavallo al galoppo, per esempio, per una frazione di secondo ha tutti e quattro gli zoccoli sospesi, e la macchina da presa ce l'ha mostrato. Vediamo meglio degli occhi, e siamo noi a decidere cosa mostrare.»

Sollevò l'attrezzo, spostando lo sguardo tra Sara Fredrika e Lars. Poi sorrise.

«In realtà non so come ci sono finito, in tutto questo» disse. «Prima facevo il fotografo e avevo un piccolo studio. Poi Hultman ha sentito parlare di me, e adesso mi ritrovo su un'isola con una macchina da presa e una sceneggiatura assurda che un vecchio folle ha deciso di intitolare *Il diavolo in vacanza*. Ma devo ammettere che questo mestiere mi ha affinato la vista.»

«In che senso?»

L'uomo inclinò leggermente la testa di lato, un'ombra passò sul suo sorriso. «Per esempio, posso dire con certezza che lei non è un pescatore. Non ho idea di chi sia né di cosa faccia qui, ma non è un pescatore.»

Camminò verso l'acqua. A Lars sembrò che il treppiede sulle spalle di quell'uomo fosse il pezzo di una croce che lui trascinava. Il regista si voltò.

«La sua storia potrebbe essere un buon soggetto per un film? Un criminale scappato di prigione, fuggito dalle sue colpe? Non lo so.»

Non aspettò una risposta. Gli altri avevano già quasi raggiunto la barca a vela. Le donne ridevano e le bottiglie tintinnavano.

Lars tornò da Sara Fredrika.

«Cosa volevano? Quelle donne con gli occhi nascosti dal cappello non mi piacevano per niente. E poi le code appartengono agli animali, non agli uomini.»

«Era solo una finzione, un diavolo che saltellava qua e là, tutto qui.»

«Cosa ci facevano a Halsskär?»

Tornarono a casa, Lars la sosteneva per evitare che lei scivolasse.

«Pensa a loro come se fossero rottami trascinati a riva» le disse. «Poi sale il vento, e li trascina via di nuovo. Rottami che non sono buoni nemmeno come legna da ardere.»

«Le code appartengono agli animali» ripeté lei. «Non agli uomini.»

172

Nel pomeriggio, Lars tornò sul promontorio con il cannocchiale. La Goeben se n'era andata. Scrutò l'orizzonte, ma non vide nulla.

L'uomo con la macchina da presa gli aveva visto dentro. Rifletté se questo avrebbe potuto rappresentare un pericolo.

Pensò che non lo fosse.

173

Una notte, Sara Fredrika lo svegliò nel bel mezzo di un sogno. Seduta davanti a lui, Kristina gli parlava, ma lui non capiva cosa gli stesse dicendo. Con un balzo si tirò su sulla branda.

«Credo che ci siamo... Il bambino. Si muove, sento tutto il corpo tirare.»

«Ma manca ancora tanto tempo.»

«Non dipende da me.»

«Cosa devo fare?»

«Stai sveglio, sono già stata sola abbastanza nella mia vita.»

«Sono qui, anche se dormo.»

«E come posso sapere cosa sogni?»

Proprio come l'uomo con la macchina da presa, pensò lui. Mi vede dentro senza nemmeno rendersene conto.

«Non sogno quasi mai» le rispose. «Il mio sonno è vuoto, nero, privo di colori. Mi è capitato di sognare dei fiori, ma erano sempre grigi. Fiori senza vita.»

Rimasero svegli fino all'alba. Le beccacce di mare stridevano, si sentivano anche i gabbiani e le rondini.

Alle sei, decisero che Lars sarebbe partito in barca per andare a Kråkmarö a prendere la levatrice. Anche se il bambino non fosse nato quel giorno, era meglio controllare che fosse tutto a posto.

Issò la vela. Il vento soffiava da est a una velocità di tre o quattro metri al secondo.

Un pensiero gli attraversò la mente. Poteva essere un'occasione per scappare a nord o a sud, o magari a est, verso Gotland, spingendosi anche oltre, fino al golfo di Riga. Invece fece rotta a ovest, verso la levatrice. La barca era veloce. Alle sue spalle, Halsskär diventava sempre più piccola.

Le giornate di agosto sono come segnali galleggianti, pensò. Nitide, chiare alla luce del sole.

Il mare lo stava portando incontro al suo destino.

174

La levatrice si chiamava Engla. Ma non era quello il suo nome di battesimo: sul certificato di nascita e sul diploma di ostetrica c'era scritto Eugenia Wester. Per tutti però era Engla. Sua madre avrebbe voluto chiamarla così dopo aver sognato il nome Engla il giorno prima del parto, ma il pastore si era opposto. Aveva mostrato il registro parrocchiale, dicendo che quel nome non si era mai sentito e che chiamare qualcuno come un angelo sarebbe stata una bestemmia. Suo padre, il capitano Fredrik Wester, che non credeva negli dèi ma solo nelle bussole, gli aveva risposto in malo modo che l'avrebbero chiamata comunque Engla. Del resto, il pastore non aveva il controllo su tutto quello che succedeva nell'arcipelago. Engla non ebbe mai fratelli né sorelle, e neanche un marito, perché era strabica e tutto fuorché bella. Quando i genitori morirono vendette la fattoria e la barca, mezza affondata nel porto, e si trasferì in una piccola casa in campagna. Era diventata levatrice alla scuola di Norrköping, e da quel giorno aveva dedicato la propria vita ai bambini degli altri. Rideva spesso, aveva una bella voce e non aveva paura di salire sul tetto per ripararlo quando ce n'era bisogno. Ogni volta che si sentiva triste si avventurava in mare. In quelle occasioni, gli abitanti del villaggio si preoccupavano che non facesse ritorno. Ma lei tornava sempre. Ormeggiava la barca nella baia protetta dal buio della notte, e mai prima che la tristezza se ne fosse andata.

Engla, però, era prima di tutto una brava ostetrica. Con le sue mani magiche faceva nascere i piccoli anche nelle situazioni più difficili. C'erano molte levatrici esperte e preparate. Ma Engla aveva le mani d'oro, come certe sarte o certi cacciatori, o come quei contadini che riescono a far crescere qualcosa anche su un pezzo di roccia cosparso di poca terra. Aveva risolto molti casi disperati, una volta perfino un medico di Stoccolma era andato a Kråkmarö solo per parlare con lei. Anche se aveva quasi settant'anni e c'erano levatrici più giovani a cui rivolgersi, quasi tutti chiedevano ancora di Engla.

Lars Tobiasson-Svartman attraccò al molo e si diresse al villaggio, seguendo le indicazioni dei contadini al lavoro nei campi. Bussò ed Engla aprì subito la porta. Lars non l'aveva mai vista, ma gli sembrava di conoscerla da sempre. Le spiegò da dove arrivava e lei gli sorrise.

«Il bambino di Sara Fredrika» disse. «È tuo, immagino.»

Lui non si prese la briga di risponderle, e lei non si scompose.

«Sicuramente ai bambini piacerebbe poter scegliere i propri genitori» continuò. «E forse lo fanno a nostra insaputa. Ma per Sara Fredrika è ancora presto. Cos'è successo?»

Lars le disse ciò che gli aveva riferito Sara Fredrika: contrazioni, difficoltà nei movimenti, dolore al bacino. Lei allora cominciò a fargli delle domande.

«È caduta?»

«No.»

«E tu non l'hai picchiata, vero?»

«Perché avrei dovuto?»

«Perché, quando qualcosa va storto, gli uomini lo fanno. Ha la febbre? Ha sollevato qualcosa di pesante?»

«Trascorre quasi tutto il giorno a letto.»

«E quando sei partito stava un po' meglio?»

«Sì.»

«Allora torna da lei. Sara Fredrika non ha avuto molte gioie nella vita, e temo che finora nemmeno tu gliene abbia date molte. Ma ti devi prendere cura di lei. Solo così le dimostrerai di essere l'uomo di cui ha bisogno.»

«Vuole che la porti via da Halsskär.»

«Perché mai dovrebbe restare su quell'isola, dopo la disgrazia che le è capitata? Quello scoglio desolato la sta divorando, la consuma.» Lo seguì alla barca. «Non mi hai neanche detto come ti chiami. Ce l'hai un nome?»

«Mi chiamo Lars.»

«Non mi interessa sapere da dove vieni, le voci che circolano dicono che sei un militare. Ma c'è una cosa più importante, ovvero che indossi i vestiti di Nils Persson. Ti sei riconciliato con l'idea che qualcun altro era lì prima di te.»

«Cosa devo dire a Sara Fredrika?»

«Che è ancora troppo presto, verrò con te a tempo debito.»

Lars saltò a bordo ed Engla mollò gli ormeggi. C'era bonaccia, quindi si mise ai remi.

«Aspetta che nasca il bambino, poi portala via. I piccoli non sopravvivono laggiù. Si è perso il conto di quelli morti prima ancora di avere un anno.»

Lars cominciò a remare.

«Assicurale che verrò» gli gridò Egla. «Aiuteremo il bambino a venire al mondo e, quando starà bene, ve ne andrete.»

Lars continuò a remare finché non uscì dal porto. Poi issò la vela e si diresse al largo.

Si vergognò di aver pensato di scappare, e di esserci andato così vicino. Le avrebbe rubato la barca come un pirata, abbandonandola su quell'isolotto. Adesso veleggiava rapido, Sara Fredrika non doveva pensare che se ne fosse andato davvero.

Aveva fretta e il mare continuava a portarlo.

175

Agosto volgeva al termine. Il vento che soffiava da ponente era insolitamente forte. Sull'isola si abbatté anche la prima tempesta autunnale e a Armnö un fulmine colpì un pino.

Lars pensava che la memoria e l'oblio condividessero una chiave. Forse anche la rabbia apriva la stessa porta? Kristina e la bambina erano svanite. Ma lui, dove si trovava di preciso?

La distanza più grande che devo calcolare è quella che mi separa da me stesso, si disse. Dovunque mi metta, la mia bussola interna impazzisce. Per tutta la vita mi sono mosso di nascosto, facendo il possibile per non incontrare me stesso.

In realtà non so ancora chi sono. E non voglio nemmeno scoprirlo.

176

Sara Fredrika era tranquilla. Parlava sempre del viaggio che avrebbero fatto dopo la nascita del bambino.

A volte quella conversazione diventava insopportabile. L'isola si stava trasformando in un peso, una zavorra che impediva di muoversi.

Ripensò a quello che Engla aveva detto di lei, a proposito dello scoglio desolato che la stava divorando.

177

Scriveva una lettera a Kristina a intervalli di tre o quattro giorni. Sul lato meridionale dell'isola aveva trovato una roccia su cui poteva sedersi e avere un sostegno per carta e penna.

Una volta le raccontò di un viaggio a bordo di una nave da guerra che navigava verso Bornholm e la costa polacca. Una spedizione pericolosa, ma necessaria. Adesso era di nuovo in acque svedesi, e solo per caso non era finito nell'Östergötland, tra quegli isolotti dove aveva già trascorso fin troppo tempo. Presto sarebbe rientrato a Stoccolma. La missione stava andando per le lunghe ma, prima o poi, si sarebbe conclusa, e a quel punto sarebbe tornato a casa. Le chiese come stava e come stava Laura. Non si scordò nemmeno di suo padre. Si era ristabilito? Avevano trovato il colpevole?

Le raccontò anche di sé, cercando di trasmetterle una parte della disperazione che provava senza svelarle il perché. *In certi giorni, quando mi ritrovo solo con me stesso, quasi arrivo a capire chi sono. In quei momenti, tu però non ci sei, e nessun altro riesce a vedere quello che sono. Solo io, ma non basta.*

Si chiese se cancellare quelle ultime righe, ma alla fine decise di lasciarle. Sentì che poteva osare.

Ogni volta infilava la lettera in una cartellina impermeabile che nascondeva sotto una zolla d'erba. Alla fine di agosto pensò che fosse giunto il momento di spedirne almeno una. Voleva consegnarla a un pescatore o a un cacciatore, ma non passò nessuno. Gli capitò anche di avvistare qualche barca a vela, ma non arrivarono fino alla baia. Un giorno capì di non poter più aspettare. Disse a Sara Fredrika che l'ultima domenica del mese sarebbe andato in chiesa a Gryt.

«Non sono molto credente, ma ogni tanto sento un grande vuoto dentro di me.»

«Se sei fortunato, potrai andare a vela. Altrimenti dovrai remare fino a laggiù.»

Si alzarono all'alba. Lei lo accompagnò al pontile. Lars aveva avvolto la divisa in una tela cerata.

«Il vento è buono, soffia da est in direzione nord. Ti spingerà fino a Gryt e poi di nuovo a casa. Canta un salmo anche per me, e all'uscita dalla messa ascolta le chiacchiere della gente. Non ci vado da così tanto che non so più chi è vivo e chi è morto. Portami notizie, anche se sono vecchie.»

Lars si fermò una volta sola, in una delle isole di Bussund. Lì decise di infilarsi la divisa, pulì una macchia su una spalla. Quando riprese a navigare sulla scia di altre barche dirette a Gryt, portava il berretto da capitano. Notò le espressioni stupite degli altri naviganti, ma qualcuno doveva pur sapere. Era impossibile che nessuno sapesse della sua esistenza.

C'è un uomo sull'isola di Sara Fredrika, è il padre del bambino che sta per nascere.

Per quanto sembrasse strano, di fronte agli sguardi di quella gente provava qualcosa di molto simile all'orgoglio.

178

Un tempo, la collina su cui sorgeva la chiesa era raggiungibile con la barca, sia da sud che da nord. Ma il fondale dello stretto si era alzato e adesso ci si arrivava soltanto a piedi. Sul sagrato si era riunita tanta gente, non come in inverno, quando gli abitanti delle isole più lontane non andavano fino a Gryt.

Lars s'imbatté nei due pescatori di Kättilö, che non erano del tutto sobri.

«Siamo stati zitti» disse Gösta. «Non ci siamo lasciati sfuggire neanche una parola.»

«Bene, continuate così» rispose lui. «E continuiamo a far finta di non conoscerci.»

Voltò loro le spalle e si allontanò. Il sagrestano gli indicò l'incaricato della posta sull'isola, stava fumando la pipa appoggiato al muro della chiesa. Lui lo raggiunse e gli porse due lettere. Lo pregò di spedirne una subito e l'altra dopo una decina di giorni.

Ascoltò distrattamente la predica del reverendo Gustafsson sul diavolo, sulle tentazioni della carne e sul dovere della carità per i figli di Dio.

Al termine della messa girò tra i fedeli per ascoltarne le conversazioni. In fondo era abituato a origliare, ed era sempre stato bravo a cogliere i discorsi degli altri. Fuori dalla chiesa, si parlava perlopiù di malattie e di cattiva pesca.

Mentre andava verso la barca, venne raggiunto da un uomo in divisa che gli porse la mano. Si presentò come Karl Albert Lund, la guardia comunale.

«Non sono in molti a portare la divisa da queste parti. È per questo che sono venuto a salutarla.»

«Capitano Hans Jakobsson, sono solo di passaggio» gli rispose Lars.

«Posso chiederle cosa la porta qui?»

«Mi dispiace, non sono autorizzato a parlarne. La guerra lo impedisce.»

«Capisco. Be', capitano, tolgo il disturbo.»

Lars Tobiasson-Svartman batté i tacchi e lo salutò. Poi raggiunse la barca e si mise subito in viaggio verso casa. Si chiese perché avesse scelto quel nome, Hans Jakobsson. Era un omaggio all'uomo morto davanti ai suoi occhi sul ponte della Blenda? Perché non gli aveva risposto come avrebbe veramente voluto, cioè che era il nuovo compagno di Sara Fredrika?

Si tolse la divisa. Aveva ancora il vento a favore. Durante il tragitto cercò di mettere insieme qualche notizia e pettegolezzo da raccontare quella sera.

179

Sara Fredrika partorì a Halsskär il 9 settembre 1915.

Lars aveva fatto in tempo ad andare a prendere Engla a Kråkmarö. Sulla via del ritorno, il vento era stato volubile e la vela non era servita granché. Aveva remato con tanta forza da scorticarsi le mani. Sulla barca erano in tre: Engla aveva portato con sé un rinforzo, la domestica di un capitano. Arrivati a destinazione, Engla gli suggerì di tenersi in disparte, di cercare un posto battuto dal vento dove non avrebbe sentito le urla di Sara Fredrika.

Era una giornata fredda. Lars trovò un'insenatura sul lato sud dell'isola, dove poté mettersi al riparo degli scogli. Cercò di immaginare Sara Fredrika, i suoi sforzi per mettere al mondo il bambino. Ma non vedeva niente, soltanto il mare.

Il mio desiderio più grande è il sogno di orizzonti lontani, pensò. Orizzonti e fondali marini, ecco quello che cerco.

Era come se un sigillo invisibile lo rendesse inaccessibile a tutti fuorché a se stesso. La superficie era tranquilla, come quella di un mare silenzioso, ma al di sotto si nascondevano le forze con cui si era scontrato. Ambizione, insicurezza, il ricordo delle sfuriate del padre e delle lacrime silenziose della madre. Viveva una lotta costante tra il controllo, la previsione e l'azzardo sfrenato. A differenza degli altri, non si adattava alle situazioni, ma cambiava personalità, diventava un altro uomo, spesso senza nemmeno rendersene conto.

All'improvviso, si abbandonò a un pianto incontrollabile. Poi, di colpo come aveva cominciato, smise di piangere.

Nel tardo pomeriggio sentì che lo chiamavano. Tornò a casa convinto di trovare un figlio maschio, ma Engla Wester gli mise tra le braccia una bambina. Questa volta, però, non gli sembrò che la piccola assomigliasse a un fungo secco, piuttosto alla pallida erica di primavera.

«È una bimba sana e forte, pesa più di tre chili. Se Dio lo vorrà e vi prenderete cura di lei, vivrà senza problemi.»

«Come sta Sara Fredrika?»

«Come tutte le donne che hanno appena partorito. È provata, ma felice che tutto sia andato per il meglio. E ha una gran voglia di dormire. Prima, però, vuole vederti.»

Engla e la domestica li lasciarono soli in casa. Sara Fredrika era pallida e sudata.

«Come la chiamiamo?» disse.

Senza esitare, Lars le rispose: «Laura. È un bel nome, Laura.»

«Adesso è nata. Possiamo andarcene da questa maledetta isola e non tornarci mai più.»

«Ci metteremo in viaggio appena avrò concluso i miei ultimi rapporti.»

«Sei contento di tua figlia?»

«Sì. Sono incredibilmente felice.»

«Ora hai una bambina che potrà prendere il posto di quella precipitata nel burrone.»

Lui non disse niente, limitandosi ad annuire. Poi uscì per invitare Engla e la domestica a brindare alla nuova nata, e siccome era già tardi, propose loro di rimanere fino al giorno seguente.

Quella notte dormì tra gli scogli, protetto da una cerata. Pensava alle sue figlie, che si chiamavano entrambe Laura.

Laura Tobiasson-Svartman.

La sorella minore di Laura Tobiasson-Svartman.

Avrebbero vissuto senza sapere l'una dell'altra. Proprio come le loro madri.

180

Pochi giorni dopo la nascita di Laura, tra gli scogli della costa orientale di Halsskär, Lars fece una scoperta singolare.

Vide che qualcosa oscillava nell'acqua sbattendo contro le rocce. Avvicinandosi, riconobbe una serie di scarponi militari allacciati tra loro. Erano vecchi e consumati dal mare. Cercò qualche indizio che gli permettesse di capire se fossero tedeschi o russi, ma non trovò nulla.

Nove scarponi, quattro sinistri e cinque destri, rimasti in acqua a lungo. Dopo averli legati insieme, qualcuno li aveva lasciati andare alla deriva.

Li lanciò in mare.

Di nuovo, sentì che i morti lo avevano sorpreso e sfidato.

181

La bambina piangeva spesso, tenendoli svegli e provocando in Lars un dolore fisico. Quando Laura strillava, Lars metteva i tappi nelle orecchie, ma non serviva a nulla. Sara Fredrika, invece, sembrava insensibile a qualsiasi rumore, e lui provava invidia per l'amore che mostrava nei confronti della piccola. Al contrario, Lars faceva fatica a provare un semplice affetto.

Solo con Sara Fredrika riusciva a capire cosa fosse realmente l'amore. Per la prima volta, ebbe paura di venire abbandonato. Era terrorizzato al pensiero che un giorno Sara Fredrika potesse scoprire che non esisteva alcun progetto comune di viaggio. C'era solo quell'isola desolata, e i rapporti da scrivere alla commissione segreta.

182

Sara Fredrika coglieva ogni occasione per parlare della partenza. Le sue domande lo facevano disperare. Voleva starsene in pace, senza pensare al futuro.

«Ho paura» gli disse. «Ho sognato il mare e gli abissi di cui misuri la profondità. Ma io non voglio stare qui, voglio vedere Laura crescere lontano da questa isola maledetta.»

«Ce ne andremo presto, ma non è ancora il momento.»

Una mattina, la bambina dormiva e pioveva forte. Sara Fredrika lo guardava.

«Non prendi mai in braccio tua figlia» gli disse. «Neanche la sfiori.»

«Non ne ho il coraggio» le rispose lui. «Ho paura di lasciarle dei segni.»

Sara Fredrika non aggiunse altro. Lars si teneva in equilibrio sulla linea invisibile che, nel cuore di lei, separava l'inquietudine dalla speranza.

183

Arrivò ottobre, e Lars avvertì che la pazienza di Sara Fredrika stava per esaurirsi. Non gli credeva più quando lui diceva che presto avrebbe finito di scrivere i rapporti, mancava poco.

Una notte si mise a picchiarlo nel letto. Lui si difese, lei continuava.

«Perché non possiamo andarcene da qui? Perché non sei mai pronto a partire?»

«Ho quasi finito, non mi rimane molto. Poi ce ne andremo.»

Si alzò e uscì. Ormai era quasi autunno.

184

Qualche giorno dopo cadeva una pioggerellina leggera. Il vento era calato.

Fece un giro dell'isola. Immaginò che tutti quegli scogli formassero una sorta di archivio, come libri di un'immensa biblioteca, oppure come volti che le generazioni future avrebbero potuto guardare e consultare.

Un archivio o un museo, una suggestione che non riusciva a interpretare. Ma l'autunno si stava avvicinando, e presto quell'archivio, o museo, avrebbe chiuso le porte davanti all'inverno.

185

Le notti erano gelide. Il 9 ottobre la bambina si mise a strillare all'alba.

Quel giorno, Engla Wester venne a controllare come andavano le cose. Era soddisfatta, la piccola cresceva bene.

Dopo la visita, Lars accompagnò Engla alla barca.

«Sara Fredrika è una brava mamma» disse lei. «È forte e ha latte a sufficienza. E mi sembra molto contenta. Vedo che ti prendi cura di lei. Penso che abbia dimenticato suo marito, quello che è annegato.»

«Non lo dimenticherà mai.»

«Arriva sempre il giorno in cui i morti ci voltano le spalle» rispose lei. «Succede quando una nuova creatura fa il proprio ingresso nella vita. Cogli l'occasione che ti viene offerta, non permettere che tra te e la bambina si crei una distanza.»

Lars spinse la barca in mare mentre Engla issava la vela.

«Trascorrerete qui l'inverno?» chiese.

«Forse sì, forse no.»

«Che risposta è? Sì, no, forse?»

«Non abbiamo ancora deciso.»

«Quest'anno l'autunno è arrivato presto, proprio come dicevano i vecchi che guardavano le nuvole e il vento. Autunno in anticipo, inverno lungo, primavera piovosa. Non aspettate troppo a partire.»

Lars la guardò allontanarsi oltre il promontorio. Dalla casa arrivavano gli strilli di sua figlia.

Le parole di Engla lo avevano scosso. Per tutta la vita aveva cercato nuove distanze. Ma non era la distanza a contare, bensì la vicinanza.

Si rese conto che doveva dire la verità a Sara Fredrika. Doveva confessarle che era sposato con un'altra donna, che la marina militare svedese lo aveva messo alla porta e che forse un giorno si sarebbe ritrovato senza soldi. Solo così avrebbero potuto ricominciare tutto daccapo, solo così avrebbero potuto progettare un viaggio reale.

Aveva faticosamente eretto dei muri intorno a Halsskär, ma era pronto ad abbatterli e a mostrare chi era veramente. Provò un'emozione intensa. Confuso e meravigliato pensò: Adesso il batimetro ha finalmente raggiunto il fondo.

Alla fine di ogni giornata, Lars saliva sul punto più alto dell'isola a osservare il mare. Adesso, il vento soffiava da nord-est, forte e gelido. Si strinse nella giacca, puntando gli occhi sul continente.

In lontananza, vide una barca a vela. Era una barca sconosciuta, lo capiva anche senza il cannocchiale. Era più lunga di quelle usate dai pescatori dell'arcipelago. Prese il cannocchiale e mise a fuoco le lenti.

C'era una donna seduta a poppa, vicino al timone. Portava la barca verso Halsskär.

Quella donna era Kristina Tacker, sua moglie.

Parte decima
Il messaggio di Engla

186

Pensò che fosse un'allucinazione.

Ma la barca era reale. Kristina stava navigando a vele spiegate verso Halsskär, dove sapeva che lui si stava nascondendo. Lars pensò a come fuggire. Ma non poteva andare da nessuna parte.

Le corse incontro quando la vide entrare nella baia. Cosa poteva essere successo? Forse aveva lasciato qualche traccia sulle carte nautiche? Non immaginava che lei fosse in grado di leggerle. O era stato qualcun altro a tradirlo? Qualcuno che sapeva dove si era rifugiato?

Non trovò una risposta. Non ce n'erano.

Scese alla spiaggia, la barca era appena entrata nella baia. Kristina aveva già gettato l'ancora. Quando lo vide, si mise a gridare. Lars le andò incontro, cercando di calmarla. Sentendo l'acqua gelida arrivargli al petto, si fermò.

«Non urlare» le disse. «C'è una spiegazione per tutto.»

«No, non è così!» ribatté lei. «Perché mi hai mentito, perché ti nascondi qui?»

Kristina si spostò a prua e prese a picchiarlo sulla testa con una cima. Lui cercò di difendersi, ma lei non smetteva di colpirlo. Non pensava che potesse provare una rabbia simile. Quella non era sua moglie, era un'altra donna, una che faceva cadere le statuette di porcellana mandandole in frantumi ogni volta che le spostava sulle mensole.

Per farla tacere doveva spingerla giù dalla barca. Lei oppose resistenza, ma Lars la prese e la trascinò in acqua. Ogni volta che risaliva in superficie, Kristina urlava. Allora le diede uno schiaffo, poi un altro, ancora più forte. Alla fine lei tacque. I capelli bagnati le si erano appiccicati al viso.

Lars non sentiva più il suo profumo.

«Posso spiegarti tutto» le disse. «Basta che la smetti di gridare.»

Non aveva mai avuto tanta paura come in quel momento. Se fosse arrivata Sara Fredrika, tutti i muri che lo circondavano sarebbero crollati. Non sarebbe rimasto più niente.

Kristina lo guardò con disprezzo.

«Dietro un segreto può nascondersene uno più grande» le disse.

Lei gli saltò addosso, gli graffiò la faccia. Lo fece con lucidità, senza abbassare lo sguardo. Un filo di sangue gli iniziò a scorrere sulla guancia.

«Non ho intenzione di sentire altre bugie su quello che fai e sul perché sei su quest'isola» gli disse. «Solo una cosa voglio sapere. Perché Laura doveva morire? È l'unica cosa che conta.»

Lui fece un passo indietro, inciampò e cadde. Lei lo prese per un braccio.

«Non ti azzardare a scappare di nuovo, non te lo permetterò. Ti troverò ovunque tu ti nasconda. Le tue menzogne lasciano sempre delle tracce, e io le seguirò.»

Lars era confuso. Gli sembrava che l'acqua gelata gli penetrasse nelle ossa e lo gonfiasse. «Non possiamo restare qui, fa troppo freddo» le disse.

«Non fa freddo. La morte è fredda. Laura è fredda, non il mare.»

«Cos'è successo?»

Kristina gli prese la testa tra le mani. Adesso, con le lacrime agli occhi, la riconosceva. Sotto quei capelli bagnati, intravide la donna con cui era sposato.

«Quando sei partito sono rimasta in ospedale per qualche settimana. Laura cresceva, diventava sempre più forte. Una notte sono stata svegliata dal suo pianto, era diverso dal solito. Il dottor Edman ha detto che era solo una colica e che sarebbe passata da sé. La bambina però non migliorava: non era una colica, ma un'occlusione intestinale. Laura è morta fra dolori atroci. Non potevo far niente, e tu non c'eri. Ero convinta che fossi impegnato in una missione importante, e che mi fossi vicino almeno con il pensiero. Mi dicevo che avremmo superato il dolore insieme. Ma la morte di Laura ha portato a galla tutte le tue menzogne. Era davvero necessario pagare un prezzo così alto per scoprire chi sei veramente?» Gli si avvicinò ancora di più. «Sei stato tu ad aggredire mio padre?»

«No, non sono stato io, e smettila di gridare. Sai che non sopporto le urla.»

Lei batté la mano in acqua, schizzandolo. «Cosa ne sai tu delle urla? Non hai idea di come pianga un neonato che sta per morire. Lo vuoi sapere? Posso farti sentire i lamenti di Laura prima che morisse.»

Lui scosse il capo. «Sono sconvolto» disse. «Non capisco... Laura è morta davvero?»

«Il 22 agosto alle 4.35 del pomeriggio, come mi ha riferito il dottor Edman quando è venuto a farmi le condoglianze. Lei è morta, tu sei vivo. Cos'è che non capisci?»

Lui non rispose. Cercò di immaginarsi la bimba senza vita, ma vide solo un buco nero. «Non possiamo restare in acqua, fa troppo freddo.»

Kristina riprese a colpirlo sul viso. «Hai sentito quello che ti ho detto? Mia figlia è morta!»

«Era anche mia figlia.»

«No, non era tua! Tu non ci sei mai stato! Tutte le tue

bugie ti hanno allontanato da lei, da me, da te stesso e da tutto quello in cui ho sempre creduto.»

Dopo, rimase nell'acqua a gemere per il dolore.

Lars vide le statuette di porcellana che cadevano dalle mensole, una dopo l'altra, e diventavano polvere.

187

La scortò con delicatezza verso la riva. L'amarezza della moglie lo aveva sconvolto, ma si vergognava soprattutto per l'infinito dolore che le aveva procurato. Non gli era mai capitato di sentirsi indifeso davanti a lei, ma questa volta non sarebbe potuto scappare. E Sara Fredrika non sarebbe potuta accorrere in suo aiuto. Al contrario, la sua presenza avrebbe completato la catastrofe.

«Ti ricordi del nostro viaggio a Kristiania?» gli chiese. «Quel giorno sulle rive di Bygdøy? I bambini che facevano il bagno nudi, i palloncini che si erano staccati ed erano saliti in cielo?»

Lui se ne ricordava, ma decise di negarlo.

«No, non te ne sei dimenticato, sono sicura. Forse però la tua memoria è falsata. E non c'è posto per i ricordi veri nella testa di un bugiardo.»

«Forse i palloncini me li ricordo, vagamente.»

«Secondo me invece ti ricordi tutto, soprattutto la croce che abbiamo disegnato sulla sabbia. Ci siamo giurati che la nostra vita si sarebbe basata sulla verità. E io ci ho creduto, santo cielo! Pensavo di aver trovato un uomo capace di mantenere fede alle sue promesse!»

Una folata di vento gelido li investì. Rabbrividirono entrambi, e cominciarono a tremare.

«Chi sei veramente?» proseguì lei. «Ho cercato di scoprirlo, ma è impossibile. Sei inafferrabile, la tua immagine si sgretola, sei un essere sfuggente che vive di sotterfugi.»

«Posso spiegarti tutto» le disse.

La risposta della moglie non si fece attendere. «Se c'è una cosa che non puoi fare è spiegare. Ho seguito le tue tracce ed è stato come scendere in un pozzo. Man mano, il fetore che saliva dal fondo diventava sempre più intollerabile. Mi sono resa conto di essere sposata con un uomo che non esiste. Un'ombra dotata di vasi sanguigni e cervello che in realtà è solo un'invenzione, frutto della fantasia. Non sopporto l'idea che mia figlia abbia avuto per padre un essere immaginario. Puoi aiutarmi a capire? Perché sento che sto perdendo la ragione.»

«Prima devo sapere come hai fatto a trovarmi.»

«Vengo qua a raccontarti che Laura è morta e tu non reagisci. Sostieni di essere sconvolto, ma la sola cosa che ti interessa è sapere come ho fatto a trovarti!»

«Pensa quello che vuoi, sono davvero addolorato per la perdita di mia figlia.»

«Faresti meglio a sentirti addolorato per la persona che sei. È stato mio padre ad aiutarmi. Quando Laura è morta si è messo in contatto con il quartier generale della marina per spiegargli quello che era successo. Ha superato qualsiasi ostacolo. Mi sembra di sentire ancora la sua voce: "*È morta una bambina, era mia nipote. Suo padre è in missione segreta, ma deve sapere che è successa questa disgrazia.*" Si è fatto un gran silenzio, ha detto mio padre. Gli ufficiali dello stato maggiore sono rimasti tutti a bocca aperta. Alla fine, un viceammiraglio si è fatto coraggio e lo ha informato che non prestavi più servizio in marina: per ragioni che non potevano essere rivelate, eri stato sollevato dal tuo incarico. Allora mio padre ha insistito affinché fornissero dei chiarimenti almeno a me. Il giorno dopo mi ha accompagnato a Skeppsholmen. Erano presenti il viceammiraglio e altre persone, non ricordo chi. Mi hanno fatto accomodare, mi hanno porto le condoglianze. Ma quando ho chiesto un indirizzo a cui spedirti una lettera mi hanno risposto che non lo avevano. Non era un'informazione segreta, semplicemente non esisteva. *Tu* non esistevi. Mio padre era con me, in piedi dietro la sedia. Quando si è reso conto che davvero non facevi più parte della marina mi ha appoggiato una mano sulla spalla. Non c'era nessuna missione segreta. Nemmeno loro avevano idea di dove tu ti trovassi, ne sapevano quanto noi. Come pensi che mi sia sentita? Avevo perso mia figlia, e ora scoprivo di essere sposata con un uomo che non esisteva.»

Lui non rispose: cercava disperatamente una via di fuga. Dev'essere stato Welander, pensò. Ma certo, non c'è altra spiegazione. Dev'essere stato lui a immaginare che fossi qui.

«Sono tornata a casa con mio padre. Ero come paralizzata, solo la sua rabbia mi faceva andare avanti. Soprattutto quando ho capito che sospettava che fossi stato tu ad aggredirlo.»

«Non è vero, non sono stato io.»

«Tu saresti capace di tutto, Lars.»

Aveva usato il suo nome di battesimo. Era come se glielo avesse lanciato addosso.

Potrei restituirle il colpo, pensò lui. Se si mette male, potrei ammazzarla.

Le fece una domanda per prendere tempo. «Di chi è la barca?»

«Che importanza ha? Me l'ha prestata un amico di mio padre.»

«Non sapevo che fossi capace di andare a vela.»

«Ho imparato da bambina. Quando ho saputo che ti nascondevi su quest'isola, ho deciso di prendere la barca e venire qui. Mio padre ha protestato, ma io non gli ho dato retta.»

«È stato Welander a dirti dove potevi trovarmi?»

«Sì, è venuto da me qualche giorno dopo l'incontro allo stato maggiore. All'inizio non volevo farlo entrare, ma mi ha detto che aveva sentito della tua sparizione e che avevi mentito anche sul suo conto, con gli altri ufficiali. Ha aggiunto che pensava di sapere dove ti nascondevi, perché spesso te ne andavi in barca a remi su uno scoglio sperduto, quando lavoravate insieme.

«Lì per lì non ho chiesto altro, non volevo rivederti mai più. Quando ho scoperto chi eri davvero, ho preso tutti i tuoi vestiti – i cappotti, le divise, le scarpe – e li ho ammucchiati sul pavimento. La mattina seguente ho detto ad Anna di trovare uno straccivendolo che si portasse via tutto. Non ho chiesto neanche di essere pagata. Volevo solo che non ci fossi più.

«Mio padre, però, mi ha fatto capire che non dovevo lasciarti morire nella colpa. Si è messo in contatto con Welander, che è tornato qualche giorno dopo per dirmi di aver parlato con una guardia costiera di questa zona. Forse era una guardia comunale, non so. In ogni caso sosteneva di averti visto.

«Uscita dall'arcipelago con la barca ho fatto rotta verso sud. All'altezza di Landsort il vento è diminiuto, quindi ho avuto molto tempo per pensare. E me lo chiedo ancora: perché mi hai sposato, se il tuo unico desiderio è sempre stato ferirmi e raccontarmi menzogne? Perché mi odi tanto?»

Lui sussultò, aveva visto un'ombra muoversi sugli scogli. Per sua fortuna non era Sara Fredrika, ma un uccello: una cornacchia che si alzò in volo e sparì verso nord. Il tempo stringeva, doveva mandarla via prima di cedere alle sue accuse.

«Se sono stato congedato dalla marina è stato per colpa di un malinteso. Sono state le calunnie di Welander. Avevo solo cercato di prendere le sue difese quando si ubriacava, tutto il resto è falso. Anche adesso si sta vendicando perché sono stato testimone della sua debolezza, della sua umiliazione. L'hanno dovuto portare via a braccia, era sdraiato sul ponte immerso nel suo stesso vomito. Ma non potevo dirti che ero stato congedato, era un tale disonore. Ero venuto qui per pensare al modo migliore per spiegartelo. Forse non tutto quello che ti ho raccontato è vero, ma la sostanza sì.»

«E sarebbe?»

«Il mio amore. Non riuscivo a rivelarti quello che era successo e allora, per punirmi, ho cercato la solitudine su quest'isola. Avevo bisogno di tempo per riflettere, per farmi coraggio.»

«Ma le lettere? E le invenzioni, le bugie?»

«Per le stesse ragioni: la vergogna e il disonore.»

«Come faccio a crederti?»

«Guardami negli occhi.»

La donna ubbidì. Lui sentì che stava riprendendo in mano la situazione, mettendo a punto le distanze. «Cosa vedi?» le chiese.

«Un uomo che non conosco.»

«Mi conosci, invece. Siamo stati sposati per quasi dieci anni, abbiamo dormito nello stesso letto.»

«Se ti vengo troppo vicino ho paura di bruciarmi. Tutte le tue bugie sono come un acido corrosivo che...» Non completò la frase. «Quello che non riesco proprio a capire è perché tu abbia cercato di uccidere mio padre.»

Lui sentì un bisogno pressante di raccontarle come stavano davvero le cose: che era colpa di quei maledetti pranzi di Natale, del disprezzo mostrato dal suocero nei confronti del capitano che aveva sposato sua figlia. Ma nemmeno qui c'era più spazio per la verità.

«Non sono stato io ad aggredirlo. Non sarei mai capace di un gesto così violento.»

«Ma se hai colpito me un attimo fa.»

«Era solo per farti stare zitta.»

«Perché non dici la verità, almeno una volta? Provaci,

almeno! Le tue bugie mi si attorcigliano intorno alle gambe come serpi.»

«Ti ho già spiegato come stanno le cose... Mi sono rifugiato qui per riflettere.»

La paura si muoveva tra loro in un moto infinito, come quello delle onde del mare. Di tanto in tanto lui lanciava un'occhiata al sentiero. Sapeva che non c'era più tempo, che prima o poi Sara Fredrika si sarebbe chiesta dove fosse finito.

«Voglio che torni indietro» le disse. «Ho ordine di portare a termine la mia missione.»

«Non c'è nessuna missione, l'ho sentito con le mie orecchie dal viceammiraglio. Non fai più parte della marina svedese. Dimmi la verità, per una volta!»

«Anche gli altri hanno l'obbligo di mantenere il segreto, non solo io. Il viceammiraglio non poteva rivelare che avevo un altro incarico segreto.»

«Cosa ci fai qui? Ho navigato tra queste isolette tristi senza incontrare mai nessuno. In questo tratto di mare c'è solo morte.»

«D'accordo, ti racconterò tutto, anche se non potrei. Ho una radiotrasmittente senza fili, un'invenzione geniale dell'ingegner Marconi e dell'ammiraglio Henry Jackson. Permette di comunicare tra mare e terra, o tra una nave e l'altra. Stiamo provando in tutta segretezza un sistema svedese, una variante di quello usato dalle potenze belligeranti.»

«Non ho capito nemmeno una parola.»

«Ci sono onde invisibili che si propagano nell'aria, e possono essere intercettate e decifrate. Un linguaggio segreto che cambierà il modo di combattere la guerra. Ogni giorno, a orari stabiliti, devo trovarmi all'apparecchio per ricevere e inviare onde radio.»

Kristina Tacker pesava ogni parola del marito. «D'accordo, potrebbe essere vero. Ma allora voglio visitare quest'isola che è diventata la tua casa. Mostrami le onde invisibili che viaggiano sopra le nostre teste, fammi vedere qualcosa di concreto, il posto dove vivi, per esempio. È una grotta? Una baracca?»

«Proprio così, in una baracca ci vivo, nell'altra tengo le mie attrezzature. Ora ti faccio vedere.»

Cercava disperatamente una via d'uscita. A un tratto si rese conto di qual era il suo posto: la casa che condivideva con Sara Fredrika e Laura. Per la prima volta in tutta la sua vita c'era qualcosa che aveva paura di perdere. Con Kristina Tacker, invece, si era sempre sentito un estraneo, tra le sue statuette di porcellana, tra le stanze calde e freddissime di Stoccolma. Tutti gli anni trascorsi con lei erano svaniti. Ecco la menzogna più grande, pensò. Non l'avevo mai capito. Non abbiamo niente in comune, abbiamo vissuto un amore immaginario.

Eppure nemmeno questo è vero, si disse. Posso parlare solo per me stesso. Lei deve aver provato sentimenti diversi. Non è venuta fin qui solo per smascherare una menzogna, ma anche per capire come abbia potuto amarmi tanto. Ha diretto la propria luce verso una parete di roccia fredda, che però non si è mai riscaldata. E io ho cercato di domarla, per tutti gli anni trascorsi insieme, senza riuscirci. È rimasta una creatura selvaggia. Mi sono fatto ingannare dalle statuette di porcellana. Lei aveva molti più lati di quanti ne immaginassi. Sotto la superficie tranquilla, quasi indolente, si nascondeva molto altro.

Si ricordò di quel giorno al mercatino di Natale, quando si era scagliata contro l'uomo che stava picchiando la figlia. Non aveva tratto le giuste conclusioni da quel gesto. Avrebbe dovuto capire già allora di avere a che fare con una persona molto più forte di lui.

188

Il sole stava tramontando e il freddo li faceva tremare. All'improvviso si sentì un rumore di passi provenire dal sentiero e Sara Fredrika spuntò da dietro il cespuglio di biancospino. Lui si chiese da quanto tempo fosse lì a guardarli, come faceva spesso anche lui: osservare gli altri senza farsi vedere.

Ma la donna si fermò di colpo, trasalendo. «Lei chi è?»

Lui non rispose. Il suo primo istinto fu di fuggire per mare, prendere la barca, raggiungere il largo o fare rotta a sud, verso uno dei porti tedeschi intorno a Kiel, e chiedere asilo lì.

Sara Fredrika si avvicinò e gli domandò di nuovo chi fosse la donna al suo fianco.

«Non lo so» rispose lui.

«Non lo sai?» ribatté Kristina Tacker. «Non sai più nemmeno chi sono? Chi è *lei*, piuttosto? Cosa ci fai veramente qui? Riuscirai mai a dire qualcosa che non sia falso?»

Sara Fredrika lo prese per un braccio. «Chi è?»

Lui non poteva rispondere. Era in trappola. Non aveva nemmeno con sé il batimetro. Le due donne continuavano a tempestarlo di domande: chi era quella immersa in acqua fino alla vita? Chi era quella che gli stringeva il braccio? Se ne stava zitto. La trappola era scattata di nuovo. Presto sarebbe tutto finito, anche se non riusciva a immaginare come.

Erano Sara Fredrika e Kristina Tacker a parlare, e lo fissavano: Kristina Tacker con un crescente furore negli occhi, Sara Fredrika con disperazione. Dal nulla sbucò il gatto, che sembrò captare la tensione e si tenne alla larga. Lui cercò per l'ennesima volta una via di fuga, un punto debole in quella formazione. Ma sentiva soltanto un'infinita stanchezza e desiderio di arrendersi.

Da qualche parte, sulle scogliere che lo circondavano, doveva esserci anche il viso di suo padre, i cui occhi di lì a poco si sarebbero liberati dalla roccia. Le mani di pietra si alzavano già sulla testa, pronte a colpire.

Alla fine capì che non c'era altro da fare: doveva raccontare le cose come stavano.

«Si chiama Kristina, è mia moglie. Sono sposato con lei.»

«Ma avevi detto che era morta, insieme a tua figlia!»

Kristina Tacker fece un passo avanti. «Ha detto che ero morta?»

«Chi sei tu?»

«Sono sua moglie.»

«Non può essere. Sua moglie è precipitata in un burrone, e ha trascinato la figlia nella caduta.»

«Be', ti ha mentito, chiunque tu sia! Sono viva, e sono sposata con lui. E non sono mai precipitata in un burrone!»

Kristina lanciò un urlo e si mise a correre per il sentiero. Sparì alla vista, ma le sue grida echeggiavano tra gli scogli.

«Chi è quella?» chiese di nuovo Sara Fredrika.

«È vero, sono sposato con lei. Non sono ancora riuscito a ottenere il divorzio.»

«Mi avevi detto che era precipitata in un burrone con vostra figlia.»

«Era la mia prima moglie, non ti ho raccontato tutto della mia vita. A forza di missioni segrete si diventa riservati anche sulle questioni personali.»

Sara Fredrika fece qualche passo indietro. Lui si accorse che era spaventata.

«Che cosa ci fa qui?»

«Non lo so, è appena arrivata con quella barca a vela.»

Kristina Tacker tornò indietro di corsa. Lui cercò di fermarla, ma lei gli sfuggì dalle mani.

«Non mi toccare mai più!»

Gli volse le spalle e cominciò a parlare con Sara Fredrika. «E tu chi sei?»

«Vivo qui con lui.»

«Con lui?»

«Proprio così. Cos'hai da ridire? È la mia vita, non la tua.»

«Ma io sono sua moglie. Non hai ancora capito?»

«Non è vero: lui vive con me e mi porterà via, in un paese lontano. Voglio che tu sparisca, subito.»

Una nuova voce si unì alle altre. Era il pianto di un neonato. Veniva da lontano, ma nel silenzio si udiva in maniera distinta. Kristina Tacker si guardò intorno smarrita, poi capì di cosa si trattava. Cominciò a tremare, si accasciò a terra.

«È la mia bambina» disse Sara Fredrika. «Si chiama Laura.»

Gemendo come un animale ferito, Kristina Tacker si allontanò carponi, facendosi strada a forza in un cespuglio di rovi.

«È impazzita? Le spine la graffieranno.»

«È malata» rispose lui. «Molto malata, ha bisogno di aiuto.»

Cercò di abbracciare Sara Fredrika, ma lei si divincolò bruscamente.

«Non mi toccare. Non so cosa stia succedendo, sento cose che mi rifiuto di credere, ma non azzardarti a toccare né me né lei.»

Sara Fredrika si accovacciò accanto a Kristina Tacker, che si era accasciata tra i rovi.

Lars Tobiasson-Svartman guardava la moglie. Sembrava un animale ferito. Era stato lui a spararle, ma non era riuscito a finirla. Sara Fredrika le si avvicinò per tirarla fuori dal cespuglio e lei non oppose resistenza. Nonostante cominciasse a fare buio, lui vide il sangue che le scorreva sul viso graffiato dai rovi. Kristina si abbandonò esanime tra le braccia forti di Sara Fredrika.

Lui se ne stava immobile. Il gatto continuava a osservare la scena, tenendosi a distanza. Quattro metri, calcolò lui tra sé. Difficile dirlo, con così poca luce. Ma il gatto è a quattro metri da me. Kristina Tacker, Sara Fredrika e la bambina qualche metro più in là. In realtà, la distanza che mi separa da loro è infinita e in continuo aumento. Le cime dell'ancora sono state tagliate, il vento e la corrente ci spingono in direzioni opposte.

Pensò alla banchisa. Alle crepe che si aprivano all'improvviso, agli uomini che andavano alla deriva su una lastra di ghiaccio, nel gelo dell'inverno. Pensò soprattutto alla menaide che aveva visto l'estate dell'anno prima, quando la luce era caduta sull'acqua: la rete era piena di anatre marine e pesci morti. In quel momento gli era sembrata un'immagine di libertà. Ma lui non era la menaide, era uno dei pesci morti. In quella rete aveva visto la propria rovina.

Cominciò a correre lungo il sentiero, voleva fuggire da lì. Inciampò, sbatté la faccia su un sasso e si tagliò un labbro. Gli pareva che anche l'isola lo vedesse ormai come un nemico e lo attaccasse.

La barca di Kristina era ormeggiata nella baia. Guadò l'acqua gelida fino all'imbarcazione e si issò a bordo. Ma la vela era raccolta alla meno peggio intorno all'albero e trattenuta da una catena. Anche il timone era stato bloccato. Kristina aveva preso le sue precauzioni, troppe volte lo aveva visto andarsene. Aveva pensato di impedirgli la fuga prima ancora della loro lite in acqua. Cercò di aprire la catena con un martello trovato in un vano del pozzetto. Ma quella non cedeva, il timone si sarebbe spezzato se avesse continuato a forzarla. Gettò il martello in mare e si accasciò sulla panca del pozzetto. Intorno a lui era tutto tranquillo.

Sotto di lui, sotto la barca a vela di Kristina Tacker, il fondo era di due metri e venticinque centimetri.

189

Trascorse lì la notte. La solitudine era come una parete che lo proteggeva. Si era tolto gli abiti bagnati e aveva infilato quelli della moglie, trovati a bordo. Avrebbe aspettato la fine di quella terribile vicenda con indosso la sottoveste di Kristina Tacker. Dopo una notte lunghissima, nella prima luce dell'alba gli scogli gli parvero grandi pietre destinate alla costruzione di un'imponente cattedrale.

Era riuscito a sonnecchiare un po' e aveva sognato dei rottami portati a terra dal mare. Nel sogno camminava lungo una spiaggia, le alghe erano trasparenti, il loro odore pungente. Alla fine aveva trovato quello che stava cercando: una scheggia proveniente da uno specchio di poppa. Quella scheggia di legno era lui, staccato dal suo contesto, portato via dalla corrente.

Il suo primo pensiero, una volta sveglio, fu che il fondo che aveva dentro di sé aveva cominciato ad aprirsi verso un abisso infinito, incommensurabile.

Sono capace di costruire una menzogna, pensò. Ma non sono riuscito a vivere nel mondo creato dalle menzogne. Il truffatore vive una vita, la frode ne vive un'altra.

190

Sentì un rumore di passi lungo il sentiero. Era Sara Fredrika. La luce dell'alba era pallida. Si tirò su a sedere e gli vennero i brividi. Faceva freddo nel pozzetto.

«Vieni a terra» gli gridò lei.

Lui non rispose, né si mosse.

«Sta male. Se rimane qui morirà. Non mi importa di quello che hai fatto, lei ha bisogno d'aiuto.»

Lars raggiunse la spiaggia tenendo i vestiti ormai quasi asciutti alti sopra la testa. L'acqua fredda gli mozzava il fiato. Iniziò a singhiozzare, ma Sara Fredrika si limitò a scuotere la testa di fronte alle sue lacrime. Aveva i capelli in disordine, come la prima volta che l'aveva osservata di nascosto.

Lo tenne a distanza. «So tutto» disse. «Mi ha raccontato ogni cosa. Mi sento in grado di sopportare quello che hai fatto, anche se vorrei legarti un peso al collo e farti andare a fondo. Io posso sopportarlo, ma lei no. La bambina è stata la goccia che ha fatto traboccare il vaso. Voglio chiederti solo una cosa prima di chiudere la questione. Con che coraggio hai dato lo stesso nome a entrambe le tue figlie?»

Lui non rispose.

«Chi avrebbe mai detto che un omuncolo come te potesse produrre tanta merda? Ti esce da tutti i pori, un torrente di merda. Ma adesso il problema non riguarda noi, riguarda lei. Credo che stia per impazzire.»

«Che cosa vuoi che faccia?»

«Aiutami a riportarla alla sua barca. Non posso accompagnarla con la mia. Potrebbe perdere il controllo e buttarsi in mare. E non posso neanche legarla. Non mi sembra il caso di arrivare a terra con una persona legata.»

«Ma come reagirà vedendomi?»

«Penso che tu, per lei, non esista più. Quando ha visto la bambina, quando ha saputo il suo nome, qualcosa in lei si è spezzato. L'ho sentito io stessa: un rumore di rami che si rompevano.» Sara Fredrika volse lo sguardo verso la barca. «Non ho mai portato una barca così grande, ma in qualche modo farò. Quante vele ha?»

«Due.»

«Ce la farò.»

«Dove pensi di portarla?»

«Vorrei che tornasse a casa, al sicuro.»

«Non puoi arrivare fino a Stoccolma. È troppo lontano, non ci riuscirai.»

«Se ti avessi scoperto io, sta' certo che avrei trovato anche il modo di tornare in città. Ovviamente porto con me la bambina. Tu, invece, resterai qui. Quando tornerò, ce ne andremo. Non ti perdono gli inganni, tutte le bugie che hai seminato sul tuo cammino. Ma dentro di te, da qualche parte, deve pur esserci qualcosa di autentico.»

Le sfiorò il braccio. Lei si ritrasse.

«Non ti avvicinare. Se non mi fossi temprata negli anni, sarei impazzita come lei. Ti meriteresti davvero di colare a picco con un peso legato intorno al collo. Solo che non sopporto l'idea di perdere il mio uomo un'altra volta. Anche se ti sei dimostrato un vigliacco e probabilmente avevi cattive intenzioni fin dalla prima volta in cui sei approdato sull'isola, con le tue belle parole e i tuoi sorrisi.»

Tornarono a casa. Quando vide Kristina, Lars indietreggiò. Il viso della moglie era coperto di graffi e ferite, i suoi vestiti erano strappati e sporchi di vomito. Seduta su uno sgabello, si dondolava avanti e indietro. Sara Fredrika le si accovacciò di fronte.

«Adesso ce ne andiamo. Non c'è molto vento, ma è sufficiente per portarci via di qui.»

Kristina non reagì. Sara Fredrika aveva preparato un cesto di viveri e un altro con qualche vestito. La bambina, avvolta in una pelliccia, era sdraiata sulla branda.

«Porta i cesti. Io penso a lei e alla bambina.»

Sara Fredrika si avviò per prima con la neonata in braccio. Con l'altra mano sorreggeva Kristina.

Lars Tobiasson-Svartman, con i due cesti, le seguiva a una certa distanza.

Ancora una volta gli sembrò di partecipare a una processione. Alle sue spalle camminavano altre persone, però non le vedeva.

191

Entrarono tutti in mare per raggiungere la barca. Era una mattina autunnale limpida e fredda, con una brezza leggera che soffiava da sud-est. Kristina si lasciò condurre in acqua in silenzio, come se dovesse essere battezzata. Sara Fredrika la accompagnò sottocoperta insieme alla piccola. Lui se ne stava lì, immerso fino alla vita. Sara Fredrika aprì la catena che legava la vela con una chiave trovata in tasca a Kristina Tacker. Poi fu la volta del timone.

«Tornerò» gli disse. «Dovrei sparire, ma non lo farò. Naturalmente puoi prendere la mia barca e andartene. Ma dove andresti? Mi aspetterai qui perché non hai altra scelta.»

Levò l'ancora e gli chiese di spingere la barca. Lui rimase in acqua finché Sara Fredrika non ebbe issato la vela e fatto rotta verso nord-est.

Quando la barca sparì oltre il promontorio, Lars fece ritorno a riva.

Aveva solo voglia di dormire.

192

I giorni che seguirono furono una conversazione continua con le ombre.

Lars si aggirava per l'isola arrampicandosi sugli scogli che lo riparavano dal freddo vento autunnale. Una notte fu svegliato da una cannonata e vide dei bagliori all'orizzonte. Per il resto dormì profondamente, senza mai sognare, con il gatto accovacciato ai piedi del letto.

Pescava solo quando avvertiva il bisogno di mangiare. Cominciò a sentire delle voci tra gli scogli: appartenevano alle persone che avevano vissuto sull'isola prima che venisse abbandonata.

Un tempo Halsskär era abitata, pensò. Sara Fredrika mi ha raccontato che i primi abitanti erano arrivati in barca, utilizzando le loro costole come remi. Allora non avevo capito cosa intendesse con quelle parole, ma adesso sono perfettamente chiare. Erano arrivati a remi, l'isola li aveva accolti con meraviglia. Navigavano e remavano, pescavano e morivano. Un tempo Halsskär era abitata. Nessuno li aveva visti arrivare, nessuno li vide partire. Solo gli scogli sollevarono le mani di pietra in segno di addio.

Nascosto tra due rocce, al riparo dal vento gelido, cercò di immaginare cosa sarebbe successo quando Kristina Tacker fosse arrivata a Stoccolma. Ma non riuscì a vedere nulla: il suo viso, perfino il suo profumo, erano spariti per sempre.

Si chiese anche quando sarebbe tornata Sara Fredrika.

Sara Fredrika che sognava l'America. Certo, lui era ancora dell'idea di andarci, ma da solo. Un capitano svedese poteva ricostruirsi facilmente una vita nella marina americana. Ma Sara Fredrika non lo avrebbe mai lasciato andare via.

Lui, in realtà, pensava alla bambina. Laura Tobiasson-Svartman. Era in grado di vederla anche nella più completa oscurità. Se l'avesse abbandonata, si sarebbe perduto per sempre.

193

Venne novembre e le notti si fecero sempre più fredde. Lars continuava ad aspettare il ritorno di Sara Fredrika.

L’autunno, l’attesa, i venti del Nord.

194

Una notte si svegliò di soprassalto. Aveva sognato che lei era tornata. Uscì al buio e si mise in ascolto, ma sentì solo lo sciabordio del mare.

Poi udì un frullo d'ali. Gli ultimi stormi di uccelli migratori lasciavano la Svezia nella notte.

Una possente armata gli passò sopra la testa, lasciandolo lì da solo.

195

Il 4 novembre cadde la prima neve. Quella mattina era andato a raccogliere le reti, il gelo gli penetrava nelle ossa. Poiché il vento era debole non aveva issato la vela ma aveva remato lentamente. Al largo di Jungfrugrunden aveva visto qualcosa galleggiare in mare: si trattava di una mina, l'aveva capito quando si era avvicinato. Si scorgevano solo gli spuntoni, il corpo centrale era sotto la superficie dell'acqua. Una mina russa, che di certo s'era staccata da un fondale.

Legò una cima intorno al cavo metallico ormai corroso e la trascinò a riva. Poi, con un peso, l'ancorò sulla spiaggia.

Gli sembrò di cominciare a fortificare Halsskär.

196

Il giorno dopo, durante una delle sue lunghe passeggiate sull'isola, si insinuò in lui il dubbio che Sara Fredrika lo avesse ingannato. Non aveva mai avuto intenzione di tornare. Se n'era andata, lasciando per sempre sia lui che Halsskär.

Quel pensiero gli scatenò un attacco di panico. Si mise a scrutare il mare con il cannocchiale, ma non vide nessuna barca all'orizzonte.

Prima di sera riuscì a tornare in sé. Sara Fredrika sarebbe ritornata, lo aveva letto nei suoi occhi. Qualcosa la stava trattenendo da Kristina Tacker, ma prima o poi avrebbe rimesso piede a Halsskär.

L'unica cosa da fare, adesso, era aspettare.

Era la sua unica missione.

197

Verso la metà di novembre scorse un piccolo battello che navigava veloce verso il pontile. Lars faceva fatica a tenere fermo il cannocchiale. Riconobbe la barca: era quella di Engla. Ora ne era sicuro: Sara Fredrika stava tornando, finalmente l'attesa era finita.

Corse alla baia. Faceva freddo quella mattina. Stringendosi il cappotto addosso si accorse che i capelli, ormai lunghi, gli scendevano oltre il bavero.

Quando il battello spuntò dietro l'ultimo promontorio, vide che a bordo c'era solo Engla.

Sara Fredrika non era tornata.

198

Engla gettò l'ancora e, tenendo la gonna sollevata sopra le ginocchia, camminò nell'acqua fino a riva. Tossiva forte e aveva gli occhi lucidi. Gli strinse la mano e gli consegnò una lettera che aveva tirato fuori dalla scollatura.

«È arrivata a me» gli disse. «È di Sara Fredrika. Non sapevo nemmeno che se ne fosse andata.»

Lars percepì la curiosità della donna, ma non se ne curò. «Torna a casa» le disse. «Hai la tosse, e forse anche la febbre. Grazie per avermela portata fin qui.»

«Posso aspettare la risposta.»

«Non è necessario.»

«Era dentro un'altra lettera indirizzata a me. Diceva di aspettare la tua risposta.»

Lars cercò di decifrare l'espressione della donna. Cosa le aveva scritto Sara Fredrika?

«Diceva solo questo» disse lei. «Solo che la bambina stava bene e che dovevo aspettare la tua risposta. Nient'altro.»

199

Andarono a casa. Engla accettò solo un po' d'acqua e si sedette vicino al fuoco. Lui uscì per leggere la lettera in pace.

Guardò attentamente la busta, la grafia non era di Kristina. Sara Fredrika aveva dettato la lettera a qualcun altro.

Esitò un attimo ad aprirla. Fu come prendere fiato prima di immergersi sott'acqua.

200

La lettera era scritta con una grafia incerta:

Non tornerò più. Tu sei rimasto lì, ma non sei fatto per me. Finalmente ho capito quello che mi sono sempre rifiutata di credere: il soldato tedesco non si è tolto la vita, sei stato tu a ucciderlo. Non so perché, come tu non saprai mai come sono riuscita a scoprirlo. Quando leggerai questa lettera sarò già in viaggio, insieme a Laura. Non ci rivedrai più. Metterò tra noi tutta la distanza che posso. Fa' ciò che vuoi di quello che è rimasto sull'isola. Non capirò mai chi sei veramente, del resto credo che nemmeno tu sappia chi sei o chi vorresti essere. Kristina, che non ha potuto aiutarmi a scrivere questa lettera, è molto malata. Sono preoccupata per la sua salute mentale, e non credo che vivrà ancora a lungo nel mondo reale. Se non migliora verrà rinchiusa in un ospedale psichiatrico. È stata Anna, che lavora in casa vostra, ad aiutarmi a scrivere la lettera. La spedirò alla levatrice di Kråkmarö e le chiederò di rimanere lì finché non sarà sicura che l'avrai letta e compresa fino in fondo. Poi mi scriverà per confermarmelo. Non ha il mio indirizzo, glielo farò avere più tardi. Il mio viaggio è iniziato e tu non ne fai parte.

Sara Fredrika, novembre 1915

Lesse la lettera un'altra volta. Poi si appoggiò a una roccia a guardare le nuvole.

Correvano veloci verso sud-ovest.

201

Si alzò quando sentì Engla uscire di casa. Non sapeva quanto tempo fosse passato.

«L'ho letta» disse.

«Mi ha scritto di restare finché non avessi finito. Anche se non so cosa c'è scritto.»

Scesero alla baia.

«Queste nuvole sono minacciose» gli disse Engla. «Il cielo, a novembre, è irrequieto quanto un animale tenuto in gabbia. Temo che avremo un inverno lungo, con molto ghiaccio.»

Lars non rispose, lei lo guardò.

«Non sono mai riuscita a conoscerti veramente» continuò. «Ma ho fatto nascere tua figlia. Adesso Sara Fredrika e la bambina sono andate via, e ho la sensazione che non torneranno. Non posso saperne il motivo, non sono fatti miei. Ma devo chiederti cosa pensi di fare. Rimarrai sull'isola? Riuscirai a sopravvivere? Non alla fame, credo che tu sappia benissimo come ci si procura il cibo dal mare. Ma alla solitudine. Vieni da una grande città, sarai in grado di sopportare l'isolamento quando arriveranno le bufere di neve?»

«Non lo so.»

«Allora devi andartene.»

Lars annuì. Engla aspettò che dicesse ancora qualcosa, ma lui rimase lì muto a fissarla.

«Be', ora vado» riprese lei. «Devi andartene da Halsskär, non credo che tu possa sopravvivere qui. Gli scogli ti divoreranno.»

Lars la guardò levare l'ancora e ripulirla dalla fanghiglia che vi si era accumulata. Appena la vide issare la vela, si voltò e se ne andò.

202

Un giorno arrivarono sull'isola i due giovani pescatori di Kättilö.

La voce che Sara Fredrika se n'era andata con la bambina, lasciandolo lì da solo, aveva fatto il giro di tutte le isole. Qualcuno aveva visto una barca a vela con a bordo una donna che navigava in direzione di Halsskär. Ma nessuno sapeva cosa fosse accaduto sull'isola. Sapevano solo che il batinauta si aggirava tra gli scogli da solo, come un animale malconcio.

Qualcuno diceva perfino che aveva iniziato a camminare a quattro zampe.

Una domenica i due pescatori decisero di andare sull'isola per pura curiosità, portandosi dietro una bottiglia di acquavite. Quando gliela offrirono lui si limitò a scuotere la testa, senza rispondere alle loro domande.

Tornati a casa raccontarono che, voltandosi un attimo lungo il viaggio di ritorno, lo avevano visto camminare carponi.

203

Qualche giorno prima di Natale, Lars incise il proprio nome su una roccia a nord dell'isola, uno scoglio che finiva sott'acqua durante l'alta marea. L'arcipelago era coperto da un sottile strato di neve e la temperatura rimaneva costantemente sotto lo zero. Si era avvolto in una coperta che aveva fissato con una corda. Continuava a farsi la stessa domanda, l'unica che lo interessasse ancora. Come faceva Sara Fredrika a sapere cos'era successo sulla banchisa il giorno in cui il disertore era morto? Cercava invano una risposta.

Si aggirava per Halsskär, mangiava poco e ogni tanto lanciava qualche pesciolino al gatto, che era sempre più spaventato. Una volta al giorno andava a controllare che la mina fosse sempre ben fissata all'ancora.

Dopo la visita di Engla aveva smesso di calcolare le distanze. Era precipitato nell'abisso che aveva dentro. Là in fondo, nel buio, insieme a lui c'era Kristina Tacker. Ogni volta che cercava di venirne fuori, le pareti viscide lo facevano scivolare sempre più giù. Le forze gli mancavano e alla fine lo abbandonavano del tutto.

204

A volte ritrovava un po' di lucidità. Allora capiva che non avrebbe mai potuto affezionarsi a un'altra persona, per paura di perdere se stesso. In altri momenti avrebbe voluto strapparsi i vestiti di dosso, lavarsi e tirarsi fuori da quel degrado.

Un giorno in cui soffiava un vento pungente prese la barca e raggiunse Valdemarsvik, dove si procurò dei giornali e lesse le ultime notizie sulla guerra: i combattimenti estenuanti nelle Fiandre avevano preso il posto delle battaglie in mare. L'impressione che la vita scorresse uguale per tutti si intensificò e lui precipitò di nuovo in quel suo abisso, senza riuscire a opporre resistenza.

Si rese conto di aver fondato la propria vita su un'idea insensata. Aveva inseguito la distanza quando avrebbe dovuto cercare la vicinanza.

Fu allora, in quei giorni prima di Natale, che incise il suo nome sullo scoglio.

Solo in seguito capì di aver scolpito la propria lapide.

205

La mattina di Natale una bufera proveniente da nord infuriava sull'isola.

Gli venne in mente che proprio quel giorno, qualche anno prima, Sara Fredrika aveva perso il marito.

Quando scese alla baia si accorse che la mina si era sciolta dal cavo d'ormeggio. La cercò nelle acque agitate nelle vicinanze, ma non riuscì a trovarla. Era tornata in mare, seguendo nuove rotte.

Ho partecipato alla guerra, pensò. Ma non so da che parte ho combattuto.

206

La morte lo raggiunse il primo giorno del 1916.

La casa andò in fiamme una notte in cui soffiava un vento di tempesta. Nel camino si era formata una crepa che lui aveva trascurato e da cui si erano liberati fiocchi di brace incandescente. Le pareti della casa si incendiarono come se fossero impregnate di petrolio.

Lo svegliò l'intensità della luce quando era troppo tardi per spegnere il fuoco. Prese il batimetro, i taccuini, i vestiti e corse fuori.

La casa bruciò in fretta, prima dell'alba era già ridotta in cenere. Il freddo era intenso. Il vento, tagliente come una lama.

Durante la notte, nel bagliore del fuoco gli era sembrato di vedere Sara Fredrika e Laura. Kristina Tacker, invece, non era lì tra le fiamme. Era lontana, muta. Lui non ne ricordava più nemmeno il viso.

Nel pomeriggio il vento si placò e il mare tornò calmo. Se avesse continuato a fare così freddo, molto presto si sarebbe formato il ghiaccio. Lars si sentiva congelare, avvertiva un dolore sempre più forte, quasi insopportabile.

La decisione finale si presentò in sordina, ma a poco a poco divenne evidente.

Provava ancora un po' di paura, ma era soprattutto dalla stanchezza e dal freddo che non riusciva più a difendersi.

Si guardò intorno in cerca del gatto con l'intenzione di ucciderlo, ma non ne ebbe il coraggio. Il gatto avrebbe sopportato il gelo, non sapeva cosa fosse la morte, l'avrebbe conosciuta quando non avesse più trovato nulla da mangiare.

Portò il batimetro e i taccuini alla baia, ma prima di caricarli a bordo li avvolse in una rete a cui legò ben stretto un peso.

A un tratto sentì che il tempo gli sfuggiva. Guardò nervosamente il cielo per capire se il vento si sarebbe alzato.

Voleva partire finché il mare era calmo.

La barca scivolò fuori dalla baia.

Remò verso il punto in cui i corpi dei due marinai tedeschi erano andati a fondo. Quando lo raggiunse tirò su i remi, si sedette a poppa e lasciò che la barca andasse alla deriva. Non c'era vento, il mare era liscio come uno specchio. Lars sollevò la rete con il batimetro e i taccuini oltre la fiancata dell'imbarcazione, lasciandola poi sprofondare in acqua.

Per l'ultima volta cercò di risalire lungo le pareti scivolose dell'abisso, ma tornò a precipitare sul fondo.

Aveva deciso che tutto si sarebbe svolto in fretta. La pietra era pesante: almeno sette chili, calcolò. Se la legò con una fune alla gamba. Ma prima si tolse i vestiti. Voleva morire nudo, in modo che l'acqua gelida gli intorpidisse subito i sensi.

Gettò la pietra in acqua e la seguì verso il fondo.

Qualche giorno dopo la barca si arenò ai piedi del faro di Häradskär. Un guardacoste la riconobbe: era quella di Sara Fredrika.

A metà gennaio il mare gelò.

Anche per quell'inverno del 1916 il ghiaccio ricoprì tutte le fosse.

Postfazione

Questo romanzo si svolge in una terra di confine tra la realtà e la fantasia.

Ho disegnato molte carte nautiche, ho ribattezzato alcune isole, ho aggiunto qualche insenatura e ne ho cancellate altre. Se si cercasse di navigare lungo le rotte che ho tracciato, si dovrebbero affrontare fondali sconosciuti e numerose altre insidie.

Nel dicembre del 2001 la marina svedese ha affidato a un ente civile il compito di effettuare dei rilievi nelle acque territoriali. Spero che i batinauti in attività e quelli delle generazioni passate siano indulgenti e mi perdonino per aver tracciato sulle carte nautiche rotte militari completamente diverse dalle loro.

Il batimetro, invece, è esistito davvero: veniva gettato in mare e immerso nei fondali più profondi. Era l'unico strumento in grado di individuare le rotte più sicure. Ho immaginato che il batimetro usato in questo romanzo fosse stato fabbricato nella città di Manchester. Potrebbe essere vero, ma non è necessario che lo sia.

Tra le navi che ho citato, diverse sono esistite davvero, anche se sono state demolite o sono scomparse dalla memoria ormai da molto tempo. Altre, invece, le ho costruite io stesso, come se fossi un ingegnere navale. Ne ho aumentato o diminuito il tonnellaggio, ridotto l'equipaggio e aggiunto un capitano di artiglieria dove lo ritenevo necessario.

Insomma, mi sono preso molte libertà.

Anche certi uomini che ho descritto sono esistiti veramente. La maggior parte, però, non ha mai messo piede su un'isola dell'arcipelago dell'Östergötland, bello ma battuto dalle tempeste. E ancor meno sono stati marinai o comandanti di navi da guerra svedesi.

Eppure me li vedo tutti davanti, nel paesaggio in cui la storia si fonde con l'immaginazione. Sulle spiagge della letteratura i naufraghi della fantasia si mescolano a quelli della realtà.

Molto tempo fa, in una giornata umida e nebbiosa, ho raggiunto l'arcipelago di Gryt con una barca a remi. Era l'inizio del 1990. Da lì, molti anni dopo, quando il tempo ha schiarito le idee e tutto, alla fine, mi è parso soltanto uno strano sogno, ha cominciato a prendere forma questo romanzo.

Henning Mankell
Maputo, agosto 2004

Stampato da
Grafica Veneta S.p.A., Trebaseleghe (PD)
per conto di Marsilio Editori® in Venezia

EDIZIONE	ANNO
10 9 8 7 6 5 4 3 2 1	2021 2022 2023 2024 2025